KB041052

던전에서 추구 하면 안 되는 걸까 외전

소드 오라토리아 2
Sword Oratoria

마을이, 하늘이 타오르듯 붉게 물든 가운데.
불똥이 쏟아지는 수정의 길에서 한 그림자가 나타났다.

오모리 후지노
OMORI FUJINO

일러스트 **하이무라 키요타카**
HAIMURA KIYOTAKA

캐릭터 원안 **야스다 스즈히토**
YASUDA SUZUHITO

김완 옮김

CONTENTS

"······"

"단장님이 말괄량이들에게······!!"

핀 디무나
모두를 통솔하는 【로키 파밀리아】의 단장, 파룸.

티오네 히류테
아마조네스 자매의 언니. 단장 핀을 연모한다.

······했다. 출발하자, 베이트!
······때는 승차감에는 까다롭데이!"

로키
최대 파벌 【로키 파밀리아】의 주신.

까걸어가!"

"그거, 필리아 축제 때 쓰셨던
레이피어 말씀인가요?"

레피야 비리디스
아이즈를 숭배하는 엘프 마도사.

"검을 망가뜨리는 바람에,
변상을 해야 해서······"

"아이즈, 오늘은 무슨 예정 있어?"

티오나 히류테
아마조네스 제1급 모험자.
티오네와는 쌍둥이 자매 중 동생.

아이즈 발렌슈타인
오라리오 최강의 여검사.

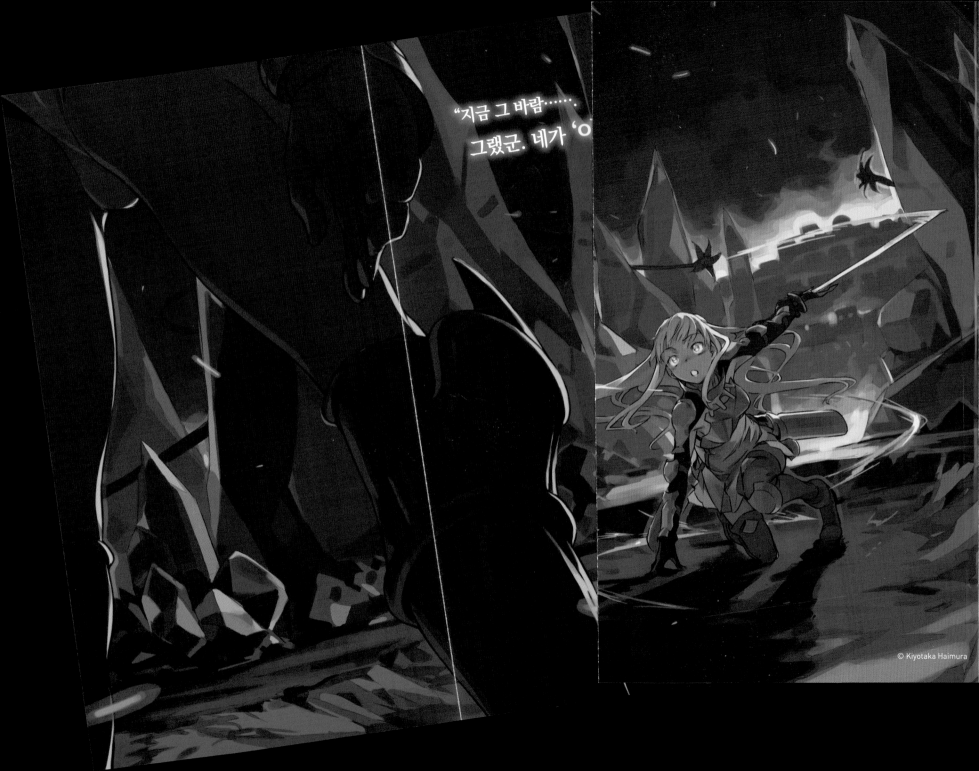

던전에서 만남을 추구하면 안 되는 걸까 외전

소드 오라토리아 2

Sword Oratoria

오모리 후지노 지음 | **하이무라 키요타카** 일러스트

야스다 스즈히토 캐릭터 원안 | **김완** 옮김

S NOVEL

커버 그림, 본문 일러스트 | **하이무라 키요타카**

침실의 일막

어두운 방이었다.

광원은 벽에 걸린 소형 마석등 하나뿐이라 구석에는 그림자가 어렸다. 돌 향기도 어렴풋이 피어나는 어렴풋한 실내의 유일한 장식물은 은이나 철과 함께 가공된 수정 물품들이었으며, 벽이며 천장에서 늘어진 그러한 세련된 장식품이 이따금 푸르게 빛을 냈다.

촛불만큼이나 미약한 빛에 붉은 융단, 등나무 광주리, 책꽂이, 그리고 조잡하게 만든 침대 같은 것들이 희미하게 비쳤다.

이윽고 방 안으로 두 사람의 그림자가 들어왔다.

한 사람은 풀 플레이트 아머를 입었으며, 또 한 사람은 후드가 달린 지저분한 로브를 머리에 푹 뒤집어썼다. 몇 마디 말을 주고받은 그들은 백팩을 비롯한 짐을 방 한구석에 놓아두고는 목제 침대로 직행했다.

남성——다부진 몸을 한 모험자는 얼굴 전체를 가리는 헬름, 발끝까지 덮는 그리브, 풀 플레이트 안의 이너웨어까지 눈 깜짝할 사이에 벗어 던지고 반라가 되었다. 아랫도리를 남겨두고 침대에 걸터앉은 그의 옆에서, 로브를 걸친 인물은 외투 위에서도 뚜렷이 알아볼 수 있는 풍만한 가슴과 가녀린 허리를 하나하나 드러내기 시작했다.

"이봐, 얼른 벗어. 여기까지 와서 애를 태우다니, 이러지 말자고."

"기다려. 덤비지 마."

흥분을 감추지 못하는 사내의 목소리에 기복 없는 높은 음성이 돌아왔다. 가느다란 손가락이 로브를 비롯한 옷을 벗어나가고, 마지막으로 낡은 끈을 풀자 긴 머리카락이 등으로 흘러내렸다.

풍만한 여성이었다.

남자라면 누구나 달려들 만큼 아름다운 곡선을 그리는 몸. 탄력 있는 커다란 두 언덕은 욕정을 자극했으며 완만한 둔부는 가차 없이 음심을 부채질한다. 잘록한 허리는 높은 위치에 있고 나긋나긋한 팔다리는 끄트머리까지 가늘다. 조용한 분위기며 몸짓과는 상반된, 넘쳐날 것 같은 매력이 생생한 피부에서 감돌았다.

침대에 앉은 사내는 선정적인 몸은 물론 후드를 벗은 여자의 얼굴에도 숨을 죽였다.

마석등 빛이 음영을 만들어내는 미모를 보며 목을 꼴깍 울렸다.

"이렇게 예쁜데 왜 얼굴을 가리고 다녀?"

"너 같은 남자들이 일일이 달려드는 걸 막기 위해서."

반쯤 도취된 사내는 그 무뚝뚝한 대답에도 웃음을 흘리며, 실 한 오라기 걸치지 않은 그녀의 허리를 끌어당겼다. 부드러운 몸을 안으면서 그대로 침대에 밀어 넘어뜨렸다.

불빛에 드러난 두 그림자가 겹쳐지면서 나무가 요란하

게 삐걱거렸다.

거사에 들어가기 직전, 여자가 입을 열었다.

"아까 그 얘기 말인데, 무슨 의뢰를 받았다고?"

"아——."

드러누운 그녀에게 입술을 내밀려던 남자는 움직임을 멈추고는 잠깐 간격을 두고 중얼거렸다.

"이상한 의뢰였어. 30계층에 가서, 영문 모를 걸 회수해 오라는……."

무언가를 떠올리려는 듯 시선을 드는 모험자 사내.

결코 몸집이 크지는 않은 그의 다부진 몸을 여자는 잠자코 올려다보고 있었다.

"아차차, 이건 극비였지. 못 들은 걸로 해줘."

"그렇구나……."

여자는 그렇게 말하더니 남자와 시선을 얽고, 손을 그의 뺨으로 뻗었다.

닿을 듯 말 듯한 거리를 두고 살짝 쓰다듬는가 싶더니 그대로 스윽 목에 감긴다.

그리고 단숨에 조였다.

"?!"

단련된 사내의 목에 다섯 손가락이 파고든다. 전라에 맨손이라고 경계하지 않았던 사내는 경악을 드러내며 표정을 바꾸고 그 손가락에 손을 가져다 댔지만, 여자의 가녀린 팔은 꼼짝도 하지 않았다.

격렬한 저항에도 아랑곳 않고 우둑우둑 소리를 내는 무시무시한 악력. 사내의 눈에는 핏발이 서고, 뻐끔거리는 입은 갈라진 목소리를 흘렸다.

그 모습을 무감정하게 바라보던 여자는 이윽고 —— 뚜둑.

너무나도 쉽게 사내의 목뼈를 부러뜨렸다.

"……."

여자는 힘을 잃고 축 늘어지는 모험자 사내를 아무렇게나 옆으로 내팽개쳤다. 숨이 끊어진 사내의 몸은 둔중한 소리를 내며 바닥에 굴렀다.

희미한 불빛이 피부를 핥아내리는 가운데 그녀는 조용히 몸을 일으키고 긴 다리로 침대에서 일어났다. 발밑의 시체에는 눈길조차 주지 않고 방 한구석으로 향한다.

알몸으로 사내의 백팩에 다가가, 사양하지 않고 내용물을 뒤졌다.

한동안 물색을 하더니…… 여자의 손은 갑자기 멈추었다.

"……없어."

중얼거린 후, 몸의 움직임을 멈춘 여자는 크게 혀 차는 소리를 냈다.

뿌드득 이를 악다물고 사내의 주검을 노려보았다. 가증스럽다는 눈빛에 짜증을 숨기려고도 하지 않더니, 부아가 난 것처럼 벌떡 일어났다.

여자는 시체에 다가갔고——.

콰직.

짓밟힌 사내의 머리가 선혈을 흩뿌리며 방을 새빨갛게
물들였다.

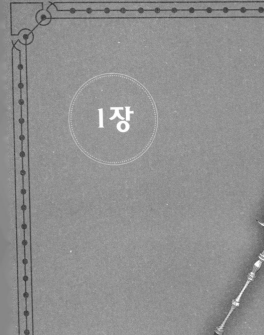

1장

일상풍경

Гэта казка іншага сям'і.
кожны дэень пейэаж

© Kiyotaka Haimura

까앙, 까앙. 금속을 두드리는 소리가 났다.

주위에서 연신 울려 퍼지는 드높은 타격음. 솟아나는 소리 뒤로 눈부신 불똥이 튀어 주위 일대에 섬광을 뿌렸다.

망치를 휘두르고 굵은 땀을 흘리는 정한한 사내들의 목소리도 이따금 들려오는 이 장소의 풍경은 대장간이라 불리기에 딱 어울렸다. 넓은 실내의 벽 쪽에는 격렬하게 타오르는 합계 네 개의 대형화로가 새빨간 불꽃을 피워 뜨거운 열기가 물씬 피어났다.

수인이며 드워프 기술자가 망치를 휘두르고, 수습 기술자로 보이는 파룸 소녀가 장작과 도구를 끌어안고 오종종 바쁘게 주위를 뛰어다녔다.

"우워어어어어어어어!! 아마존, 너 가만 안 둔다아아아아아아아아아!!"

작업장 한 쪽에서는 커다란 사내 다섯 명이 달려들어 특대 아다만타이트 주괴를 두드려대는 중이었다. 대형급 몬스터의 머리조차 쪼개버릴 것 같은 거대한 해머를 교대로 내리쳐 엄청난 경도를 가진 금속의 형상을 바꾸고 불순물을 제거해나갔다.

'스미스' 어빌리티를 습득한 그들의 손, 그리고 그들이 쥔 해머는 어렴풋한 붉은 빛줄기——가시화된 마력과도 같은 광막——에 휩싸여, 끊임없이 승화의 숨결을 불어넣어 눈앞의 금속덩어리를 더욱 높은 차원의 '무기'로 드높여나갔다.

마이스터라 불리며 존경을 받는 우두머리 하이 스미스의 구령은 격렬했다.

자지도 쉬지도 못하고 일해야 한다는 원념까지 담긴, 친구 소녀에 대한 그러한 포효를 들으며.

아이즈는 어딘가 안절부절 못하며 어떤 인물, 아니, 신물(神物) 앞에 서 있었다.

"설마 닷새 만에 작살을 내서 올 줄이야⋯⋯."

무거운, 그리고 어이없다는 듯한 대장장이 신 고브뉴의 말에 아이즈의 어깨가 흠칫 떨렸다.

드워프를 연상케 하는 조그만 몸집에 다부진 체구를 가진 초로의 남신은 흘끔 그녀의 얼굴을 보더니 한숨을 토해 냈다.

몬스터 필리아 다음 날 아침.

지금 아이즈는 정비를 부탁했던 애검 《데스퍼러트》를 받기 위해 【고브뉴 파밀리아】의 홈인 '세 망치 대장간'을 찾아왔다. 공방이기도 한 넓은 단층 건물 한복판에 있는 두 사람 주위에는 스미스 단원들이 이른 아침인데도 구슬땀을 흘리며 일했다. 단련 작업에 몰두하는 사람, 화로의 불꽃을 조절하는 사람, 게시판에 붙은 무기 의뢰서를 확인하는 사람 등등 다양했다.

바쁘게 돌아다니는 그들에게 에워싸인 아이즈는 《데스퍼러트》를 받으면서, 한편으로는 정비가 끝날 때까지 고브뉴에게 빌렸던 레이피어를 돌려주고 있었다.

무참하게도 검신이 부서져나간 잔해 상태로 바꾸어서.

"너희는 정말 대장장이를 눈물 나게 만드는구나."

"……죄송, 합니다."

작업대 위에 올라간 **레이피어였던 물체**를 고브뉴와 함께 내려다보며 아이즈는 고개를 푹 숙였다. 동료인 파괴마 티오나까지도 함께 걸고넘어진 고브뉴의 말에 꺼져 들어가는 목소리로 사과했다.

몬스터 필리아에서 탈주한 몬스터들과 교전하던 중 멋지게 박살을 내버린 레이피어는 오직 칼자루만이 원형을 남긴 채 무수한 파편이 되어 작업대 위에 놓여 있었다. 이제는 누가 보더라도 수리가 불가능했다. 【검희】아이즈의 검기와 '마법'을 견뎌내지 못했던 무기의 말로가 눈앞에 있었다.

또 【로키 파밀리아】냐고 진저리를 치는 시선을 주위의 기술자들에게 받으며 아이즈는 그저 고개만 조아릴 뿐이었다.

"……저어, 가격은……."

"4천만 발리스 정도 하려나."

──꽈앙! 소리를 내며 '4000만'이라는 숫자가 아이즈의 머리 위로 떨어졌다.

그 무게에 머리를 문지르며…….

──당분간 던전에서 열심히 벌어 갚아야겠네.

팔짱을 끼며 못 말리겠다는 양 고개를 가로젓는 고브뉴

의 얼굴에 미안해하며, 그리고 의기소침한 모습으로 아이
즈는 생각했다.

흰토끼 소년에게 사과할 날은 더 미뤄질 것 같았다.

🦇

바람을 가르는 소리가 울려 퍼졌다.

참격보다도 뒤늦게 들려온 날카로운 소리는 검신이 얼
마나 빠르고 예리한지를 보여주는 증거였다. 서늘한 아침
공기 속에, 한 자루의 세이버로 몇 겹이나 되는 은색 궤적
을 새겨나갔다.

아직 해도 뜨지 않은 이른 시각, 아이즈는 홀로 홈 안뜰
에서 일과이기도 한 검술 연습을 하고 있었다.

이 아침 연습은 누가 시킨 것이 아니라, 아이즈가 9년 전
부터 스스로 시작했다. 하루 일과를 반복하듯, 혹은 더 높
은 경지의 검술을 이루기 위해 홈에 있는 동안에는 거의
매일같이 했다. 사실 이런 연습은 던전에서 올리는 성과에
비하면 미미할 텐데도 그녀는 결코 소홀히 하지 않았다.
아니, 소홀히 할 수 없었다. 아이즈 또한 많은 이들이 그렇
듯, 앞으로 나아가지 못하게 된다는 데에 두려움을 품고
있기 때문이다.

잔디가 난 안뜰 한 곳에 머물며 조금씩 몸에 배어드는
검세의 오차를 수정하듯 가로로, 세로로, 비스듬히 애검

데스퍼러트를 휘둘렀다. 하염없이. 하반신의 움직임은 최소한도로 억제해 마치 지휘봉을 휘두르는 지휘자처럼, 오직 홀로 검광의 선율을 자아냈다.

이윽고 일출을 알리는 빛이 동쪽 하늘을 붉게 비추어 오라리오 전체가 뿌옇게 밝아오기 시작했다.

아이즈는 마지막을 선언하듯, 정원수에서 떨어진 녹색 나뭇잎 하나를 올려 베어 양단하고는 검을 칼집에 거두었다.

"……?"

연습을 마친 아이즈는 자신을 바라보는 시선이 있음을 알아차렸다.

돌아보니 안뜰로 이어지는 탑 출입구 부근에서 엘프 소녀, 레피야가 눈을 크게 뜬 채 서 있었다.

가슴에 두꺼운 책을 안고 있던 그녀는 아이즈의 검무에 매료된 것처럼 뻣뻣하게 서 있다가, 시선이 마주치자 뒤늦게 생각났다는 듯 웃으며 박수를 쳤다.

"대, 대단했어요, 아이즈 씨! 저도 모르게 쳐다보느라 말 거는 것도 잊었네요!"

"어…… 고마, 워?"

그 칭찬에 아이즈는 살짝 고개를 갸웃하며 대답했다. 일과를 칭찬받으니 어떻게 반응해야 좋을지 알 수 없었다.

흥분했는지 뺨을 발갛게 물들이며 다가온 레피야는 군청색 눈동자를 반짝반짝 빛내며 존경의 눈빛을 보냈다.

"정말 이렇게 이른 아침부터 검을 휘두르시네요…….

그래서 아이즈 씨가 그렇게 강한 거구나……. 나도 본받아야지!"

오늘 목격한 단련의 축적이 아이즈를 【검희】라 불릴 정도까지 끌어올려준 요인 중 하나라고 확신한 레피야는 말꼬리에 힘을 주며 정진해야겠다고 각오를 다졌다.

그런 후배 소녀의 모습에 아이즈는 흐뭇하게 입가에 웃음을 지었다.

"아이즈 씨는 누군가에게 검술을 배우거나 하셨나요? 마도사인 제가 봐도 굉장히 절도가 있던데요……."

아이즈는 시선을 굴리며 조금 생각에 잠긴 기색을 보이고는 불쑥 대답했다.

"……아버지, 아닐까."

"아버님께서……. 그러고 보니 아이즈 씨의 부모님은 지금 무엇을……?"

레이야가 그렇게 물으려 했을 때 다른 방향에서 목소리가 들렸다.

"레피야. 서고에서 책을 가져오는 데 왜 이리 시간이 오래 걸리지?"

"리, 리베리아 님……."

새로 안뜰에 나타난 것은 레피야와 같은 아름다운 엘프 여성, 리베리아였다.

비취색 장발 사이로 가느다랗고 뾰족한 귀를 드러낸 그녀는 검을 든 아이즈의 모습을 보자 다 알겠다는 듯 한숨을 쉬었다.

"아이즈의 단련에 넣 놓고 있을 틈이 없을 텐데. 너도 수업 중이니. 아침식사 시간까지 계속하겠어. 아이즈, 나중에 보자."

"아, 아이즈 씨이~……."

리베리아에게 질질 끌려가는 레피야. 책을 끌어안은 채 아쉬운 표정을 짓는 그녀에게 힘내라며 아이즈는 살짝 손을 흔들어주었다.

보아하니 레피야는 레피야대로 리베리아에게 마법 수련을 받고 있었나보다. 분위기로 판단컨대 아마도 밤을 샌 모양이다. 겨우 몇 년 전까지는 비슷한 처지였던――모험자의 노하우를 철저하게 주입받았던――아이즈는 리베리아의 지도가 스파르타식이라는 것을 잘 알고 있다.

어딘가 절절하게 과거를 회상하며, 다시 한 번 힘내라고 마음속으로 격려를 보내고.

아이즈도 검을 들고 안뜰에서 탑 안으로 돌아갔다.

샤워를 해 몸을 씻어낸 아이즈는 좁은 홈 복도를 이동해 훌쩍 대식당으로 향했다.

이미 식당에는 몇몇 단원들이 아침식사와 접시를 테이블에 놓고 있었다. 살짝 엿보니 오늘은 야채를 듬뿍 넣은 수프와 샐러드, 야채와 소금절임 고기를 넣은 샌드위치, 그리고 야채가 든 오믈렛인 것 같았다. 어제【데메테르 파밀리아)에서 도착한 대량의 야채가 맹위를 떨치고 있다. 그들이 재배하는 야채는 단맛이 풍부해 아이즈는 좋아했지만.

다 먹을 수 있을까 생각하며 아이즈는 다른 사람들 사이에 끼어 은근슬쩍 식사 준비를 거들었다. 직사각형 식탁에 식기를 늘어놓고 있으려니.

"헉, 아이즈 씨가 어느새?!"

"고맙습니다! 하지만 괜찮아요!"

감사와 함께 당치도 않다며 단원들에게 거절을 당하고 말았다. 마치 왕궁의 공주님을 대하듯 부드럽게 밀어낸다.

파벌 간부에게 잡일을 시키면 면목이 없다는 뜻이겠지만……. 티오나 자매와는 또 다른 그들과의 거리감에 일말의 서운함을 느끼지 않을 수 없었다.

아이즈는 어깨를 살짝 늘어뜨리며 풀이 죽었다.

"티, 티오네 씨, 아침은 저희가……."

"단장님 아침은 내·가·지·을·거·야! 손대지 말고 꺼져!"

언뜻 엿보이는, 주방에 틀어박혀 단원들을 밀쳐내며 아침을 만드느라 분주한 티오네의 모습. 다른 사람들과 시끌벅적하게 교류하는——아이즈에게는 그렇게 보이는——그녀를 대단하다고 생각하며, 아이즈는 조용히 대식당에서 쫓겨나고 말았다.

할 일이 없어진 아이즈가 정처 없이 복도를 걷고 있으려니, 모퉁이에서 나타난 웨어울프 베이트와 딱 맞닥뜨렸다.

"윽…….."

"?"

얼굴을 마주하자마자 깜짝 놀란 그는 입가를 실룩거리더니 억지웃음을 지었다.

"……여, 여어."

어딘가 뻣뻣한 베이트의 태도에 고개를 갸웃하려다가 이내 원인을 깨달았다.

주점 '풍요의 여주인'에서 있었던 흰토끼 소년 사건. 베이트의 폭언에 당시 아이즈는 분명 화를 냈으며, 그리고 그 후에는 은근히 풀이 죽기도 해서 그와는 거의 말을 나누지 않았던 것 같다.

베이트도 술에 취해서 그랬다는 것을 알기에——호감도는 약간 떨어졌지만——아이즈는 이미 그렇게까지 깊이 생각하고 있지 않았다.

따라서 아침 인사를 하려 했으나.

"안녕 아이즈!"

"크억?!"

베이트를 퍽 밀쳐내며 티오나가 정면으로 아이즈에게 안겨들었다.

가볍게 몸을 젖히며 놀라는 아이즈를 웃으며 끌어안은 티오나는 뒤를 돌아보더니 메롱 혀를 내밀었다. 뿌드드득 이를 악무는 베이트를 내버려둔 채 그녀는 아이즈의 손을 끌고 그 자리를 떠났다.

"아이즈～ 저 늑대인간하고 얘기해봤자 좋을 거 없으니까 저쪽으로 가자～?"

"야, 인마! 다 들리거든 초납작이?!"

"납작이라고하지마아아아아아아아아앗!!"

"저, 저기……."

"──아침 댓바람부터 시끄럽구먼! 복도에서 소란 떨지들 말게!"

그 후 세 사람은 식사 시간이 될 때까지 드워프 가레스에게 한바탕 주의를 들어야 했다.

"자, 단장님. 제가 손수 만든 음식이랍니다. 많～이 드세요."

대식당에서 아침식사가 시작되었다.

김이 피어나는 수프며 몽실몽실한 오믈렛에 저마다 손을 뻗는 가운데, 상석에 앉은【로키 파밀리아】단장인 파룸 소년 핀 앞에는 거대 물고기 통구이가 놓여 있었다. 야생미가 넘치는, 아마조네스들의 전통요리다.

커다란 몸집과 괴이하면서도 단단한 비늘 탓에 이따금 몬스터로 오해를 사는 어류, 거흑어(巨黑魚) 도도배스. 오라리오 남서쪽에 있는 담해수호에서 잡히며, 도시에도 널리 공급된다. 새끼일 때도 1M이 넘는 물고기의 통구이를 파룸 소년은 초점 없는 눈으로 조용히 바라보고 있었다.

희희낙락하는 티오네가 억지로 단장의 입에 음식을 집어넣는 모습에, 동정 어린 시선의 집중포화가 날아들었다.

50명도 넘는 단원이 일제히 식사를 하는 대식당은 말소리가 끊이질 않는다.

소란 속에 에워싸여, 아이즈에게 받은 샌드위치를 덥석 먹으며 티오나가 물었다.

"아이즈, 오늘은 뭔가 예정 있어?"

"음, 어…… 그저께 검을 망가뜨리는 바람에 변상을 해야 해서……."

"그거, 필리아 축제 때 쓰셨던 레이피어 말씀인가요?"

곁에 있던 레피야의 물음에 고개를 끄덕이는 아이즈.

어제 고브뉴와 나눈 이야기를——한동안 던전에 내려가 자금을 벌려 한다는 뜻을, 약간 부끄러워하며 티오나와 레피야에게 설명했다.

"그럼 나도 갈래! 아이즈 너, 한 일주일 정도는 던전에 틀어박힐 생각이었지?"

"하지만 티오나……."

"괜찮아 괜찮아! 나도 우르가를 새로 맞춰서 돈을 마련해야 하거든."

"저, 저도 방해가 안 된다면 돕고 싶어요!"

함께 자금확보에 동참해주겠다고 티오나가 제안하고, 지지 않겠노라 레피야도 협력을 청했다. 자신의 실수 때문에 두 사람을 끌어들인다니 아이즈는 미안한 심정이었지만, 이렇게 자청하고 나서면 거절하려야 거절할 수가 없다.

무엇보다도 두 사람의 선의는 순수하게 기뻤다.

"……응. 그럼 부탁할게."

눈썹을 늘어뜨리며 미소 짓는 아이즈에게 티오나와 레피야도 웃음을 보였다.

"홈을 꽤 오래 비울 것 같으니까, 핀이랑 다른 사람들한테도 얘기해야겠지?"

티오나의 말에 레피야가 대답했다.

"그렇겠네요. 다음 번 '원정'은 아직 멀었지만, 한동안 던전에 머물 거라면 로키나 단장님께 신청을 해두는 게 좋겠어요. 무단으로 나가면 공연히 걱정을 끼칠 수도 있으니까요."

셋이서 대체적인 체류 기간과 탐색 일정을 상의하는 동안 주위에서는 자리를 뜨는 사람들이 나오기 시작했다. 식사를 마친 단원들이 식당에서 나갔다.

문득 아이즈는, 그러고 보니 로키가 없다는 사실을 새삼 깨달았다. 있기만 해도 소란스러운 주신이 아침식사 자리에 얼굴을 내비치지 않았던 것이 의아했다. 또 숙취에 빠질 만큼 술을 마셨다는 이야기는 듣지 못했다.

핀과 식사를 마친 티오네가 세 사람에게 돌아왔다.

"너희들 아까부터 무슨 얘기를 그렇게 재미나게 해?"

"아, 티오네 씨."

"셋이서 일주일쯤 던전에 내려가 용돈을 벌어올까 하고, 티오네도 갈래?"

다는 못 먹겠다고 핀이 두 손을 든 도도배스 통구이를——사랑하는 이가 먹다 남긴 음식을——처리하고 온 그녀는 제법 만족스러운 눈치였지만, 티오나에게서 무기 자금 확보 이야기를 듣자 노골적으로 얼굴을 찡그렸다.

"일주일? 싫어. 그렇게 오래 단장님이랑 떨어져 있어야 한다니."

흔들림 없는 친언니에게 티오나가 천연덕스럽게 말했다.

"기왕 가는 거 핀도 불러볼까~."

"아~ 할 수 없지. 나도 같이 가줄게. 고마워하라고."

티오네가 느닷없이 의욕을 보이자, 아이즈는 쓴웃음을 짓는 레피야와 얼굴을 마주 보았다.

【로키 파밀리아】의 홈 '황혼관'은 길쭉이 저택이라는 별명이 나타내듯 고층 탑이 모여 이루어진 건물이다. 가장 굵고 거대한 중앙탑을 합계 일곱 개의 첨탑이 에워싸고 있다.

높이나 형태가 각각 다른 첨탑은 아래쪽이 붙어 있고——고리 형태의 안뜰에 에워싸인 중앙탑만은 독립되어 있다——위쪽은 석조 구름다리가 다른 탑과 연결되어 서로 오갈 수 있다. 각 탑은 남성용 3기, 여성용 4기로 나뉘어졌으며, 서고나 대식당 같은 공동시설은 한 곳이 아니라 여기저기 배치되어 있다. 말하자면 상당히 무질서하고 혼돈스럽기 그지없다.

그런 가운데 핀의 개인실 및 집무실은 북쪽 탑에 있었다.

"핀, 들어갈게~."

두 번 정도 노크를 한 다음 티오나가 쌍여닫이문을 열었다. 그녀에 이어 아이즈와 레피야, 티오네도 입실했다.

핀의 개인실과도 이어진 집무실——【파밀리아】 두령의 방은 직위에 어울리는 면적이 있었다. 인테리어는 한쪽 벽 전체를 가득 메운 책장, 화관을 방불케 하는 색조의 융단, 길쭉한 대형 시계 정도. 주로 갈색을 기조로 한 차분한 취향의 실내에서 하얀 석조 난로가 눈에 뜨였다.

핀은 실내 안쪽의, 조그만 몸에는 어울리지 않을 만큼 커다란 집무용 책상에 앉아 서류더미를 보는 중이었다. 곁에는 리베리아의 모습도 있었다.

아침식사를 마친 후 파벌 내부의 총무를 보기 위해 둘이서 방에 온 모양이었다. 단장 소년을 보좌하는 【파밀리아】 부단장은 양피지를 한 손에 들고 아이즈 일행에게 눈을 돌렸다.

"너희들 무슨 일이지? 다 같이 몰려오다니."

"아, 리베리아 님…… 계셨군요."

"의논이랄까, 잠깐 핀에게 하고 싶은 말이 있는데."

티오나의 말에 핀은 서류에서 고개를 들지 않고 대답했다.

"음—, 잠깐만 기다려줄 수 있을까? 지금 하는 부분만 마치고.”

깃털 펜을 멈추지 않고, 서명으로 보이는 문자를 흐트러짐 없이 써넣더니 바로 옆에 선 리베리아에게서 새로운 양피지를 받아든다.

잠시 기다리는 동안 아이즈는 집무실을 둘러보았다. 마석인 듯한 결정이 담긴 대형 시계는 시계추 소리와 함께 9시 반을 가리키고 있었다. 그녀는 그곳에서 책장 맞은편, 난로 위의 벽에 걸린 태피스트리에 눈을 돌렸다.

금사와 은사를 많이 쓴 그 벽걸이에 그려진 것은 어떤 여성이었다.

창을 비롯한 수많은 무기에 에워싸인, 갑옷을 입은 여신. 파룸들이 널리 신앙하는 **가공의 여신** ‘피아나’였다. 그녀는 ‘고대’까지 거슬러 올라가는 역사를 가진 어떤 기사단이 의신화(擬神化)된 존재였다.

그들 기사단이 파룸의 처음이자 마지막 영광——임은 아이즈도 잘 안다. 동시에 진짜 ‘신들’의 강림을 계기로 피아나 신앙은 단숨에 쇠퇴해 파룸들은 마음 둘 곳을 잃고 급격히 몰락했다.

오늘에 이르기까지 ‘팔나’를 받은 다른 종족의 대부분이 전 세계에서 잇달아 무용담을 떨치는 가운데 파룸의 명성은 압도적으로 적다. 핀은 일족 재건을 위해 오라리오에 왔다는 이야기를 아이즈도 들은 적이 있다.

그는 자신을 ‘속물’이라고 주저 없이 말한다. 단순히 명성을 위해 로키와 계약을 맺고자 세계의 중심이라고도 불리는 이 미궁도시에 온 것이라고.

태피스트리를 당당히 걸어놓은 것을 보면 핀은 피아나 신앙을 버리지 않았으리라. 파벌의 두령에게 자신 이외의 신앙을 인정해버리는 점에서 로키는 상당히 허심탄회하달까, 공경이라는 데에 집착하지 않는다는 사실을 엿볼 수 있다. 사실 숭배의 감정 따위 털끝만큼도 바라지 않는다는 것은 아이즈도 잘 안다.

어쩌면 로키도 핀이기에 허락해주는 것일지 모른다.

방의 정면 안쪽, 집무용 책상에 앉은 소년의 등 뒤 벽에 걸린 우스꽝스러운 웃음을 지은 트릭스터——길드 엠블럼 깃발을 바라보며 아이즈는 그런 생각을 했다.

"됐다. 오래 기다렸지? 그래서, 할 이야기란 게 뭐야?"

일을 마친 핀에게 티오네가 불쑥 앞으로 나가 설명했다.

"사실은 말이죠, 단장님. 티오나와 애들이 한동안 탐색을 나가고 싶다고 하는데, 혹시 단장님도 괜찮으시다면……."

미궁 체류 허가와 동반 의사를 묻자 그는 좋다면서 선선히 고개를 끄덕였다.

"나도 슬슬 던전에 내려갈까 하던 참이었으니까. 가끔은 내키는 대로 느긋하게 탐색을 해보고 싶기도 하고."

파벌의 두령으로서 '원정'에서는 항상 단원들을 통솔하는 몸이기에, 때로는 개인적인 미궁탐색도 즐기고 싶다며 핀은 웃었다.

"그럼 핀도 좋다는 걸로 알고."

피오나가 활달하게 말하고, 또한 자동으로 티오네도 참가가 결정되었다.

"기왕이니 리베리아도 가겠어? 요즘은 잡무에 쫓기기만 했잖아?"

"……그렇군. 그럼 나도 함께 가지. 뒷일은 미안하지만 가레스에게 맡기고."

리베리아도 핀의 말에 찬성해, 이로서 아이즈를 포함하면 여섯 명.

레피야를 제외한 다섯 명의 모험자가 제1급 모험자인 호화 파티가 결성되었다.

"아, 이거 베이트한테는 비밀! 들으면 분명 따라올 테고, 따라오면 시끄러우니까."

아까 복도에서 겪은 일을 아직까지 품고 있는지 티오나가 심술맞은 미소로 못을 박았다.

다른 사람들은 쓴웃음을 짓기는 했지만, 파벌의 주력이 한꺼번에 빠져나가는 것도 좋지 않으므로 딱히 이의는 두지 않았다.

"그러면 각자 준비를 마치고 정오에 바벨에 집합하지."

"네ㅡ!"

한 손을 번쩍 들며 힘차게 외치는 티오나와 티오네를 따라, 부끄러워하는 레피야와 함께 아이즈도 조심스레 오른손을 들었다. 리베리아는 다수의 뜻에 맡기겠다는 양 두 눈을 감고, 그렇게 일동은 핀의 제안에 찬성했다.

🔥

　수많은 모험자가 오가는 북서쪽 메인 스트리트, 일명 '모험자 거리'.

　푸른 아침 하늘에서 내리쪼이는 햇살이 형형색색의 갑옷 위에서 반사되어 빛나는 가운데 데미휴먼들은 미궁탐색 준비에 분주했다. 덧문과 무거운 문을 활짝 열어젖힌 대로의 상점들은 그런 이들에게 손짓을 하며 호객행위를 한다. 어스름한 골목길에 자리를 잡은 노점은 수상쩍은 약을 한 손에 들고 히죽거리며 신출내기 소녀 모험자를 부른다. 서두르는 자들의 어깨와 어깨가 부딪치고, 노성과 욕설 또한 끊이질 않는다.

　대로는 오늘도 던전에 내려가려는 모험자들로 붐볐다.

　"아미드, 하이포션 줘! 제일 효과 좋은 걸로, 잔뜩!"

　"나도 티오나랑 같은 걸로…… 다섯 개. 그리고 매직포션도."

　"알겠습니다."

　빛과 약초 엠블럼을 내건 청결한 흰색 건물 내부.

　여러 개의 카운터 중 한 곳에서 티오나와 아이즈의 주문을 받아준 사람은 은백색 장발을 찰랑거리는 소녀 아미드였다. 그녀는 등 뒤의 선반에 즐비하게 늘어선 형형색색의 병을 모아 카운터 위에 늘어놓았다. 군청색, 감귤색으로 물든 수많은 포션이 아이즈와 티오나의 얼굴을 반사했다.

"오늘부터 던전에 장기 탐색을 가실 예정이십니까?"

"응. 티오네랑 레피야랑……. 그리고 핀이랑 리베리아도 같이."

"아미드, 뭐 필요한 거 있어? 30계층까지는 갈 테니까, 가르쳐주면 우리가 가져올게!"

"그래주시겠습니까? 그러면…… 화이트 리프를 몇 장만 채집해주실 수 있으신지요."

티오나와 아이즈는 【디안 케흐트 파밀리아】의 치료원에서 아이템을 조달했다. 나머지 파티원들에게도 심부름을 부탁받았기 때문에 양피지 메모를 살펴가며 포션 외에도 많은 물건들을 주문했다.

보급이 어려운 던전에 장기간 체류하므로 무기나 아이템, 물자는 필요한 양보다도 많이 준비해야만 한다. 다소 짐이 무거워지더라도 예상치 못했던 사태를 미리 대비하는 것이 모험자들의 마음가짐이다.

평소의 단골인 아미드의 부탁도 흔쾌히 승낙하고, 아이즈와 티오나는 아이템을 잔뜩 사들였다.

"레노아, 실례하네."

"오오. 왔나, 리베리아? ……어라, 꼬마도 함께 있구먼?"

"그, 그간 격조했습니다."

북서쪽 메인 스트리트에서 깊이 들어간 뒷골목. 지하 계단을 내려가 흠집투성이 나무문을 열고 들어가면 바로 이 수상쩍은 가게가 나온다.

실내는 넓고 어둡다. 천장에 매달린, 마치 불덩어리 같은 마석등이 붙박이 선반에 놓인 뱀이며 도마뱀, 전갈 같은 기분 나쁜 생물들이 담긴 병을 비추었다. 가게 안쪽에서는 무언가가 끓고 있는지 커다랗고 새까만 솥에서 붉은 김이 피어났다. 레피야가 아직까지 적응하지 못한 것처럼 두리번두리번 불안한 눈으로 가게 안을 둘러보는 가운데, 카운터 안쪽에 있던 노파가 지팡이를 꺼내 리베리아에게 내밀었다. 리베리아가 물었다.

"마보석(魔寶石) 교환은 끝났나?"

"확실하게 해놨지. 요청대로 특제를 달아놨어. 나 원, '원정'인지 뭔지는 몰라도 마보석을 네 개나 못쓰게 만들다니……."

까만 로브에 긴 백발, 그리고 매부리코를 가진 주인은 잔소리를 늘어놓으면서도 주름투성이 입에 웃음을 지었다. 그녀에게 정비를 맡겼던 은백색 지팡이를 받은 리베리아는 두 손으로 들고 가만히 살폈다. 여신도 질투하는 하이엘프의 미모를 지팡이에 박힌 아홉 개의 보석이 빛을 발하며 올려다본다.

타격용이라면 모를까, 마도사 전용 지팡이는 일반적인 무기상에서는 다루지 않는다. '마력'을 높이고 '마법'의 위력을 변동시키는 마도사의 지팡이는 도검을 비롯한 백병전의 무장과는 용도가 달라, 제작하는 사람도 마법에 정통해야만 하므로 취급하는 이들이 매우 적다. 마법 관련 물품을 취급하는 자들은 '메이지'라 불리는데, 비유하자면 지팡이를 만드는 스미스인 셈이다.

메이지가 만든 지팡이는 엘프의 숲에 다수 자생하는 성목(聖木)이나 특수한 금속, 광석으로 만들어진 것이라 마도사의 능력을 끌어올려준다. 그중에서도 자연계에는 존재하지 않으며, 메이지만이 만들어낼 수 있다는 다양한 색채의 마보석은 마법효과를 대폭으로 향상시켜준다. 이 보석이 있는 지팡이와 없는 지팡이는 성능이 천양지차다. 레피야가 지금 들고 있는 지팡이도 끄트머리 중심부에 청백색으로 빛나는 마보석이 달려 있다.

기괴한 물건이 놓인 가게 안에는 마도사들의 심금을 울릴 만한 완드며 쿼터스태프가 다수 진열되어 있었다. 그 외에도 무언가 괜찮은 아이템은 없을까 둘러보던 도중, 레피야는 카운터 안쪽에 놓인 책을 발견했다.

"어…… 저, 저거, 혹시 그리므와르 아닌가요?!"

"옹야, 눈치챘구만. 그래, 맞다."

경악하는 레피야에게 주인은 고개를 끄덕였다. 표지에 복잡한 문양이 새겨진 두꺼운 책은 '마법'을 강제로 발현시키는 '기적'이 담긴 귀중한 책이다. 이 책을 만들어낼 수 있는 자는 이제 세상에 손으로 꼽을 정도밖에 없다.

"설마 레노아, 당신이 만들었나?"

리베리아의 물음에 주인은 수상쩍은 어조로 대답했다.

"이히히, 설마아. 나는 그렇게 대단한 메이지가 못 되는 걸. 마법대국 알테나에 지인이 있어서 말이야, 친분 덕에 한 권 나눠받았지."

위계가 높은 그리므와르라면 단순히 '마법'을 발현시키는 것만이 아니라, 일정 확률로 슬롯 개수를 확장시킬 수 있다. 마법 슬롯의 상한인 세 개를 넘어서지는 못하지만 슬롯이 하나인 사람은 두 개, 두 개인 사람은 세 개까지, 소질에 따라 개개인에게 규정된 사용마법의 수를 늘릴 수 있는 것이다. 그리므와르가 일급품 장비 이상의 가치로 거래되는 이유가 바로 이것이다.

지금은 경매 중인지 카운터 안의 그리므와르에는 가격표가 몇 겹으로 덧붙었으며 벌써부터 숫자가 어마어마했다.

"뭐, 마법을 네 개 이상 다뤄버리는 **너희**에게는 쓸모없는 물건이지만 말여."

자신의 출신도 소속 파벌도 절대 밝히지 않는, 마녀를 방불케 하는 주인은 레피야와 리베리아를 보며 커다란 주름과 함께 입술 양끝을 틀어 올렸다.

"너희, 알테나 놈들에게 찍혔어."

"저, 저까지요?! 리베리아 님만이 아니고?!"

"꼬마한텐 사우전드인지 뭔지 하는 거창한 별명이 붙었잖아? 이히히, 밤길 조심해."

"쓸데없이 겁주지 말게, 레노아. 레피야도 진지하게 받아들이지 말고. 그만 가자."

"안 낚이는구만, 리베리아……. 흐흐, 이용해주셔서 감사합니다~."

꼴깍 침을 삼키는 레피야를 데리고, 수상쩍은 주인에게 배웅을 받으며 리베리아는 가게를 나섰다.

백대리석으로 지어진 길드 본부 로비.

메인 스트리트에 인접한 대신전은 바깥쪽의 대로와 다를 바 없이 모험자로 넘쳐나는 가운데, 핀과 티오네는 거대 게시판 밑으로 이동했다.

"가끔은 평범한 퀘스트도 좀 받아볼까? 기왕이면 마음 내키는 대로 모험을 해보는 거지. 돈도 필요하잖아?"

"네. 아이즈와 티오나가 무기 대금을 갚아야 한다더군요. 아이즈도 상당했지만, 바보 동생은 생각 없이 아다만타이트 무기를 만들게 해선…… 빚이 엄청난 것 같았습니다."

"그렇다면 보수도 높고 많이 할 수 있는 단순한 의뢰……. 역시 몬스터 토벌 계열 퀘스트가 좋겠는걸."

던전 탐색을 겸해 맞춤한 퀘스트가 있으면 해치워버리자고 길드 게시판을 둘러보는 핀과 티오네. 양피지가 가득 붙은 게시판에는 특정한 몬스터의 '드롭 아이템' 수집이나 카라반 호위 등 던전에 관계가 없는 것들도 포함해 수많은 의뢰가 붙어 있었다.

"오? 이거 재미있겠는데."

"어떤 건가요?"

"미궁에 울려 퍼지는 노랫소리……. 하층영역에서 들려오는 노래의 정체를 밝혀내 주십시오……. 헤에, 몬스터의 울음소리하곤 달리 반해버릴 정도로 아름다운 노랫소리라. 노래를 부르는 것이 사람인지 몬스터인지, 아니면 던전 그 자체인지……. 의뢰인은 궁금해서 밤에 잠도 잘 수 없다는데."

"안 돼요, 단장님. 아무리 봐도 귀찮은 의뢰잖아요. 보수도 얼마 안 되니, 그런 짓을 할 틈은 없습니다."

"낭만이 없네."

티오네가 나무라는 바람에 핀은 어깨를 늘어뜨렸다. 가슴이 두근거리는 탐구심이야말로 모험자의 참맛이 아니냐고, 파룸 소년은 나이에 어울리는 웃음을 지었다.

그들은 여러 장의 의뢰서를 게시판에서 떼어내 길드 창구에 제출했다. 중복 수락을 막기 위한 수속을 마쳐, 제출한 퀘스트는 핀 일행의 것이 되었다. 이렇게 의뢰를 정식으로 수락한 후 이 창구에서 증거품——혹은 수집품——과 계약서를 제출하면 길드가 의뢰인에게서 맡아두었던 보수를 전해준다.

또한 길드를 통해 발주된 공식 의뢰는 달성하면 할수록 공적이 인정되어 【파밀리아】의 랭크 상승으로도 이어진다. 퀘스트에는 각각 난이도가 설정되어 있어서, 이를 완수하면 모험자를 보유한 파벌도 길드에 평가를 받는 것이다.

핀과 티오네는 수속을 해준 접수원 아가씨에게 인사를 하고 동료들이 모인 바벨로 향했다.

"아, 핀이랑 티오네가 왔다."

"우리가 마지막이었군. 기다리게 해서 미안해."

넓은 센트럴 파크 중심지에 우뚝 솟은 마천루 시설 바벨로부터 수십M 떨어진 활엽수.

그늘 밑에 있던 아이즈 일행은 장창을 어깨에 걸친 핀, 백팩을 한쪽 어깨에 진 티오네를 발견하고 손을 흔들었다. 티오나는 기대고 있던 활엽수를 박차며 자신의 거대한 무기를 들어보였다. 매우 신이 난 눈치였다.

레피야와 리베리아도 지팡이를 들었고, 아이즈는 허리에 찬 《데스퍼러트》의 감촉을 확인했다.

"준비는 다 된 모양이네. 그럼 슬슬 가볼까?"

"그래. 이 멤버로 던전에 내려가는 것도 오랜만인걸."

"에헤헤~ 난 출발하기 전부터 벌써 두근두근해."

"넌 좀 자중해라."

핀과 리베리아의 목소리에 이어 티오나가 태평한 어조로 말하고, 티오네가 어이없다는 듯 주의를 주었다. 그런 그녀들을 보고 쿡쿡 웃은 레피아가 아이즈 쪽을 돌아보았다.

"저도 도움이 되도록 열심히 할게요."

"응, 고마워, 레피야……. 열심히 하자."

살짝 웃으며 대답한 아이즈는 다른 사람들과 함께 고개를 들어 위를 보았다.

하늘을 찌를 듯 투명한 창공으로 뻗어나가는 마천루. 아름답고 장엄한 백색 거탑을 올려다보고 있으려니, 이윽고 동쪽 방향에서 정오를 알리는 종소리가 울려 퍼졌다.

맑은 도시의 종소리에 떠밀리듯 아이즈 일행은 거탑으로 다가갔다.

"……."

황혼관 중앙탑 최상층.

술병이며 진귀한 아이템으로 넘쳐나는 자신의 방에서 로키는 혼자 묵묵히 정보지를 읽고 있었다.

이 두루마리는 상인이나 일부 【파밀리아】가 판매하며, 코이네 공통어로 빼곡하게 적힌 기사가 여러 장의 양피지에 가득 실려 있다. 이러한 기사에는 치밀한 삽화, 대담하면서도 눈에 뜨이는 표제나 위트 넘치는 문면 등등 독자의 구매의욕을 자극할 만한 여러 가지 기교가 담겨 있다.

흥미 위주로 나열한 가십이 절반을 차지하는 정보지 속에서 로키는 몬스터가 시내에서 날뛰는 삽화가 붙은 내용——얼마 전의 몬스터 필리아에 관한 기사를 눈으로 따라갔다.

"음~…… 마, 역시 죄다 비슷한 얘기뿐이네."

의자에 앉은 로키는 정보지를 테이블에 홱 던졌다. 테이블 위에는 지금 막 읽은 것 말고도 여러 종류의 두루마리가 펼쳐져 있었다. 대부분이 삽화와 함께 대대적인 기사로 몬스터 필리아의 사고를 다루었다.

【가네샤 파밀리아】의 실수, 도시 외부의 밀정에 의한 습격, 혹은 변덕쟁이 신이 장난으로 저지른 짓……. 축제 도중에 탈주해 도시를 떠들썩하게 만든 몬스터의 사건에 지면에서는 수많은 억측이 난무했지만 로키가 추구하는 정보——식인꽃 몬스터에 대해——가 실린 기사는 하나도 없었다.

흐음.

머리 뒤에 깍지를 끼고 테이블을 내려다보던 로키는 무언가 생각에 잠긴 것처럼 시선을 천장에 고정하고 있다가 갑자기 일어났다.

방을 나와 나선계단을 내려간다. 구름다리를 거쳐 다른 탑으로 들어간다.

방문을 지나칠 때마다 누가 없나 둘러보며 어슬렁어슬렁 걸어, 이윽고 단원들이 잘 모이는 응접실에 도달했다.

"어, 베이트뿐이가? 아이쯔랑 다른 애들은?"

"……던전 갔어. 핀이랑 리베리아까지 끼고. 한동안 안 돌아온다던데."

담화실로도 자주 쓰이는, 복도에 인접한 응접실에는 베이트가 혼자 소파 위에 드러누워 있었다. 그는 로키를 흘끔 쳐다본 다음 누운 채 무뚝뚝하게 대답했다.

　"뭐고, 니는 따 당했나?"

　"아니거든?!"

　벌떡 몸을 일으키며 목소리를 높이는 베이트. 멍청한 소리 말라는 양 눈을 치뜨고 꼬리를 철썩! 소파에 내리친다. 어찌 보면 정곡을 찔린 것 같기도 하다. 로키는 진정하라며 달래주었다.

　그리고 오늘의 예정을 물으니,

　"……아무것도 없는데."

　약간의 침묵과 함께 대답하고는 고개를 홱 돌려버린다.

　"……바라, 베이트. 미안한데 니 오늘 내랑 하루 좀 같이 안 다닐래?"

　"아앙?"

　뭘 하려는 거냐고 수상쩍게 바라보는 베이트에게 로키가 대답했다.

　"내 쫌 **알아볼 기** 있다."

발생

Гэта казка іншага сям'і

ўваходжанне

아이즈 일행은 예정대로 정오 무렵 바벨을 출발했다.

던전에 들어가자마자 '고블린'과 '코볼트'가 나타났고, 금방 물리쳤다. 전열에 선 티오나와 아이즈가 걸어가면서 순식간에 숭덩숭덩 적을 쓰러뜨리는 모습에, 도저히 감당이 안 된다는 사실을 깨달았는지 일행의 앞을 가로막는 몬스터는 크게 줄었다.

아이즈 일행은 순식간에 '상층'을 돌파해 '중층'인 제17계층 중반까지 도달했다.

"야~ 역시 이게 있으니 든든해!"

"티오나 씨, 새로 주문했던 무기가 완성된 거예요?"

"응, 제2대 《우르가》! 막 나와서 따끈따끈합니다요~!"

레피야의 물음에 티오나는 한 손에 든 대쌍인(大雙刃)《우르가》를 가볍게 붕붕 돌리며 대답했다. 탐색 출발 전에 【고브뉴 파밀리아】에서 수령한 초대형 전용무기 덕에 그녀는 매우 기분이 좋았다.

예전의 것과 비교해 약간 검신이 두꺼워졌고, 한편으로는 더 예리해진 것 같았다. 아이즈의 《데스퍼러트》보다도 더 돈을 들여 만든 하이 스미스들의 역작을 들고, 티오나는 무모하게 앞을 가로막았던 호랑이 몬스터 '라이거 팽'을 일격에 베어버렸다.

"【고브뉴 파밀리아】가 얼마나 고생했을지 보이는 것 같다……."

티오네가 탄식하며 몬스터의 주검에서 '마석'을 적출했다.

서포터를 겸임한 레피야와 함께 그녀는 통 모양의 백팩을 짊어지고 전리품을 수집했다. 핀이나 리베리아가 느긋하게 방관하는 가운데, 아이즈가 물리친 라이거 팽에게서도 보라색 결정과 드롭 아이템 '라이거 팽의 모피'가 채집되었다.

빌렸다가 부숴버린 레이피어를 변상하기 위해서라도 전투는 적극적으로 해야겠지만, 진짜 전투는 이곳보다도 더 아래 계층인 '하층', 그리고 '심층'부터 시작된다.

던전은 보통 아래로 내려가면 내려갈수록 몬스터의 힘이 강해진다. 이에 따라 얻을 수 있는 '마석'의 질은 높아지고 '드롭 아이템'도 희귀한 물건이 되어 비싸게 환전할 수 있다. 아이즈 일행을 비롯한 제1급 모험자 정도 실력이라면 이곳 중층에 머무는 것보다는 하층, 심층에서 탐색을 하는 편이 돈벌이 효율은 훨씬 좋다.

목표 금액 4천만의 여정은 멀다. 아이즈는 남몰래 기합을 넣으면서, 우선은 하층영역에 도달하기 위해 파티의 선봉에 서 있었다.

"골라이아스는 없네. 누가 해치웠나?"

"음―리빌라 모험자들이 총출동해 해치웠다고 해. 교통 체증 생긴다고."

대형 파티로도 통행이 가능한 동굴형 거대 통로를 거쳐 아이즈 일행은 제17계층 심장부인 대형 홀에 도달했다.

대화를 나누는 티오나와 핀의 시선 너머에 모험자들의 앞길을 가로막는 '몬스터렉스'의 모습은 없었으며 대신 '미노타우로스'를 비롯한 모스터들이 광대한 공간에 설치고 있었다.

주인이 없는 홀을 아이즈 일행은 똑바로 횡단했다. 덤벼드는 몬스터들을 티오네와 핀까지 가세해 모조리 쓰러뜨리고, 백병전에 약한 레피야도 리베리아의 지도 아래 고전하면서도 지팡이 기술로 격퇴해나갔다.

잠시 후 대형 홀 안쪽의 벽에 뚫린 동굴——다음 층으로 가는 연결통로에 도달했다.

"우웅~ 겨우 휴식~."

경사를 이루는 동굴을 빠져나가, 티오나가 한숨을 돌리듯 기지개를 켰다. 제18계층에 도착한 아이즈 일행을 맞아준 것은 머리 위에서 내리쬐는 따뜻한 빛, 그리고 나무들이 드문드문 돋아난 숲의 입구였다.

몬스터가 넘쳐나는 지하미궁에 어울리지 않을 만큼 따뜻한 빛과 청정한 공기. 마치 지상에 돌아온 것 같은 착각을 불러일으키는 이 계층은 아이즈 일행이 예전 '원정' 때 이용했던 제50계층과 마찬가지로 던전에 여러 곳 존재하는 안전계층, 세이프티 포인트였다.

"언제 와도 아름답네요, 이 계층은."

"응, 그러게……."

숲을 비롯한 자연을 선호하는 엘프의 습성 때문인지 뺨

에서 긴장이 풀린 레피야에게 아이즈가 고개를 끄덕였다.

삼림 속을 나아가는 그녀들의 눈에는 이끼를 두른 멋들어진 거목이며 졸졸 소리를 내는 맑은 시냇물이 비쳤다.

"지금은…… 아무래도 '낮'인가보군."

손으로 눈가를 가리며 리베리아가 머리 위를 올려다보았다.

숲 속에 커다란 양지가 생겨날 만큼 가지가 듬성듬성해진 곳 너머로 엿보이는 계층 천장에는 무수한 수정이 빼곡하게 돋아나 있었다.

중심에는 태양처럼 빛나는 수많은 백수정 덩어리, 그리고 그 주위에는 부드럽게 빛나는 청수정의 무리. 활짝 핀 국화를 연상케 하는 수정이 각자 빛을 발해 제18계층에는 지하이면서도 '하늘'이 존재했다. 수많은 모험자들의 눈길을 빼앗는 던전의 신비였다.

이렇게 만들어진 이곳 지하의 '하늘'은 시간 경과에 따라 수정의 광량이 떨어져 '아침', '낮', '밤'의 시간대를 만들어냈다. 또한 시간대의 변화는 일정하지 않아 지상과는 조금씩 차이가 발생하고, 시차는 커지기도 하고 작아지기도 하는 등 변동했다.

빛을 내는 아름다운 수정은 제18계층의 명물이라고 해도 과언이 아니다. 천장만이 아니라 이 계층의 온갖 곳에 돋아났으며, 아이즈 일행이 지금 나아가는 숲도 지면의 틈새에서 돋아난 청수정 덕에 쪽빛으로 물들었다.

"저기저기, 어쩔까? 이대로 19계층까지 가버릴까?"

"먼저 리빌라에 들러야 해. 올 때까지 모았던 이 드롭 아이템을 팔아 치우지 않으면 금방 가방이 가득 찰 테니까."

아마조네스 자매가 대화를 나누는 가운데 일행은 현재 지역인 남쪽 숲에서 계층 서쪽——던전 내에 존재하는 '마을'로 진로를 잡았다.

제18계층은 던전 내에서도 모험자가 처음으로 찾아올 수 있는 세이프티 포인트이며, 특히 이 계층은 미궁 속의 낙원이란 뜻에서 '언더 리조트'라는 별명이 붙었을 정도로 아름다운 지형이 펼쳐져 있다.

남쪽 끝에 존재하는 연결통로 동굴에서 숲을 넘어가 북상하면, 우선 수정이 드문드문 돋아난 대초원이 나타난다.

계층 중앙지대에 펼쳐진 푸르른 들판은 맑게 갠 지하의 창공과 맞물려 장관을 이룬다. 초원 중심부에는 중앙수라 불리는 거대한 나무가 우뚝 솟아 있으며, 나무 뿌리부분에 뚫린 구멍을 통해 제19계층으로 갈 수 있다.

북쪽에는 웅대한 습지대, 남쪽에서 동쪽에 걸쳐 펼쳐진 녹색 삼림, 그리고 서쪽에는 군청색 호수와 그곳에 뜬 커다란 섬이 있다. 오라리오의 절반 정도가 들어갈 만큼 광대한 계층 내부에는 환성적인 수정과 신비한 하늘에 에워싸인 대자연이 숨을 쉬고 있다. 그런 수려한 경치——지상에서는 만날 수 없는 지하의 낙원을 한번 보고 싶어서, 어떤 부자는 모험자들에게 퀘스트를 의뢰해 일부러 관광을 온 적도 있다고 한다.

원형을 이루는 계층은 바위 낭떠러지에 에워싸여 마치 거대한 상자정원처럼 느껴지기도 한다. 거목을 가로놓아 만든 호반의 다리를 건너서 섬으로 들어간 아이즈 일행은 높은 곳에서 계층의 경관을 바라보며 목적지로 향했다.

"아~ 여기 오는 것도 오랜만인 것 같아."

티오나가 바라보는 전방 멀리, 대륙 한구석을 잘라다놓은 것처럼 높고 거대한 섬의 꼭대기 부근에 그 '마을'이 있다.

나무 기둥과 깃발로 만들어진 아치 문에 적힌 이름은 '리빌라 마을'.

중층영역에 도달할 수 있는 한정된 상급모험자들이 경영하는, 던전의 여관마을이다.

이 마을은 과거에 길드가 더욱 효율적으로 미답파계층을 개척하기 위해 던전에 대규모 중계거점을 세우고자 세웠던 계획에 기원을 두고 있다. 하지만 다른 계층에서 진출하는 끊임없는 몬스터의 침공, 수많은 인원이며 방어비용——고용한 제3급 이상 모험자들에 대한 보수——등등 막대한 비용 문제 때문에 계획은 중도에 취소되고 말았다. 하지만 한 번 무너졌던 이 계획을 모험자들이 제멋대로 이어받아 '리빌라 마을'을 세웠던 것이다.

"저기, 전부터 신경이 쓰였던 건데요……. 문에 적혀 있는 334라는 숫자는, 혹시……."

"그래, '리빌라 마을'이 재건된 횟수지. 지금이 334대……

다시 말해 과거에 333번 괴멸된 적이 있다는 소리다."

"사, 삼백서른세 번……."

리베리아의 대답에 아치 문을 올려다보며 레피야는 아연실색했다.

몬스터가 태어나지 않는 세이프티 포인트라고는 해도 이곳은 던전이다. 언제 느닷없는 이상사태가 발생할지 모른다. 실제로 '리빌라 마을'은 이상사태가 발생할 때마다 붕괴되었다.

하지만 모험자들은 위기를 알아차리면 이 마을을 재빨리 포기하고 지상으로 귀환했다.

그리고 모든 것이 박살난 후, 다시 이 계층으로 돌아와 마을을 세우는 것이다.

막대한 돈을 투입한 보급기지를 사수하고 유지해야만 했던 길드와의 차이가 여기에 있었다. 억척스러운 모험자들의 끈기를 상징하는 것 같은 이 마을을, 못 말리겠다는 모멸이 담긴 칭송을 담아 '세상에서 가장 아름다운 로그타운(Rogue Town)'이라 부르는 이도 있다.

"멍하니 서 있지만 말고 얼른 들어가자. 좀 쉬고 싶으니."

티오네의 말에 아이즈 일행은 마을로 발을 들였다.

섬 동쪽의 높이 200M은 되는 단애절벽 위에 존재하는 이 마을은 수정과 돌로 이루어진 지형까지도 이용해 만들어진 방벽에 에워싸여 있다. 아무렇게나 놓인 듯한 바위덩어리는 몬스터의 습격에도 견딜 수 있을 만한 두께와 높이를 가졌다.

아치 문을 지난 아이즈 일행의 눈에 들어온 것은 천막, 나무로 지은 오두막, 혹은 노점풍의 수많은 상점이었다. 건물이라 부를 만한 건축물은 거의 없었다.

부락을 연상케 하는 간소한 형태이기는 했지만, 그래도 주위에 돋아난 백수정이며 청수정의 광채에 물들어 화사해 보였다. 게다가 가까운 곳에 있는 푸른 호수를 비롯한 제18계층의 절경을 어디서도 내려다볼 수 있어 마을의 경치는 매우 아름다웠다.

천연 동굴을 활용한 주점 앞을 지났을 때, 레피야가 앞으로의 예정을 확인하기 위해 입을 열었다.

"우선 매매소에서 마석이랑 드롭 아이템을 팔아야죠? 그리고……."

"숙소는 어떻게 할까? 또 평소처럼 숲 쪽에서 캠프?"

"음— 이번만큼은 마을 숙소를 쓰지. 야영 장비도 가져오지 않았으니."

티오나의 물음에 핀이 대답하자, 티오네가 걱정스레 말했다.

"하지만 단장님……. 일주일이나 머물려면 금액이 꽤 커질 텐데요? 여긴 리빌라니까……."

마을에는 무기상이나 도구상 말고도 마석이나 아이템을 환전하는 곳도 있다. 말할 것도 없지만 손님이 모험자로 한정되는 이런 가게들은 물가가 무섭도록 비쌌다.

휴대식량 한 세트나 중고 한 손 검에 0이 네 개 이상 늘어서는 가격표는 사기라고 소리를 지르고 싶을 정도다. 지상의 몇 배가 넘는 가격은 던전 내에서 보급을 하기 힘든 모험자들의 사정을 잘 파악하고 있기에 붙이는 것이다. 모험자들이 경영하는 만큼, 아름다운 외견과는 달리 리빌라 마을의 실태는 절대 녹록치 않았다.

물론 여관도 예외는 아니다.

"티오네, 좀스럽게 왜 그래~. 뭐 어때, 가끔은."

"좀스럽다고 하지 마! 네가 너무 헤픈 거야!"

티오나와 티오네의 대화에 웃음을 지으며 핀이 제안했다.

"좋아. 숙박비는 내가 전부 내겠어. 아이즈와 티오나는 돈을 모아야 하니."

"⋯⋯미안해, 핀."

숙박비가 비싸기 때문에 많은 인원으로 오는 '원정' 때는 '리빌라 마을'을 그냥 지나치는데, 단장의 통 큰 한 마디에 숙소 이용이 결정되었다.

"이럴 때가 아니면 돈 쓸 기회도 없으니까 괜찮아."

황송해하며 사과하는 아이즈에게 핀은 웃음을 지었다.

핀에게 감사 인사를 하던 아이즈는 문득 혼자 입을 다물고 있는 리베리아를 보았다.

"리베리아⋯⋯?"

"⋯⋯."

그녀는 수정의 흰색과 푸른색이 언뜻 엿보이는 아름다

운 거리를 둘러보며 입술을 열었다.

"마을 분위기가 조금 이상한걸."

"그러고 보니, 여느 때보다 사람이 적은 것 같네요……."

리베리아의 말에 레피야도 주위를 둘러보았다.

아이즈 일행과 스쳐 지나가는 모험자는 한 손으로 셀 수 있을 만큼 적었다. 입구 부근에서는 인적이 뜸해도 별로 마음에 걸리지 않았지만, 마을 가운데쯤에 있는 광장으로 접어들자 역시 위화감이 느껴졌다.

몬스터가 태어나지 않는 세이프티 포인트, 게다가 지하 미궁에 존재하는 유일한 마을이기도 해서 제19계층 이하를 탐색하는 모험자들 중 리빌라를 거점으로 삼는 자들은 많다. 술을 비롯한 값비싼 기호품, 지상으로 일일이 돌아가지 않아도 전리품을 처리할 수 있는 매매소의 존재는 이러니저러니 해도 던전에서 오랜 기간 체류하는 자들에게는 귀중한 존재였다.

항상 붐비는 정도까지는 아니지만 잡다한 웅성거림이 끊이지 않던 던전 마을은 지금 한산하다 해도 좋을 정도로 조용했다.

녹슨 검과 창자루로 만든 난간에 에워싸인, 낭떠러지 끄트머리에 마련된 경치 좋은 광장에서 아이즈는 동료들과 얼굴을 마주 보았다.

"음…… 어쩌지?"

티오나의 말에 핀이 대답했다.

"일단 아무 가게나 들어가보자. 정보수집도 겸해서, 마을 사람들과 접촉해보는 거야."

장창을 든 핀이 앞장을 서 아이즈 일행은 광장에서 이동했다.

자세히 보니 상품을 내팽개쳐 놓은 채 비워놓은 가게도 적지 않은 가운데, 천막으로 이루어진 한 매매소에서 주인의 모습을 발견하고 그리로 향했다.

"잠깐 괜찮을까?"

"음? 오, 【로키 파밀리아】아냐? 손님인가?"

무료한 듯 서 있던 아마조네스 주인에게 핀이 그렇다고 대답했다. 조그만 천막은 카운터로 안과 밖을 구분했으며, 주인이 있는 안쪽 자리에는 상아 같은 몬스터의 이빨 다발이며 빛나는 보석으로 가득한 커다란 병 등, 모험자에게 사들인 물건으로 넘쳐났다.

티오네와 레피야가 그동안 모은 마석과 드롭 아이템을 건네주는 가운데, 핀은 세간 이야기라도 하듯 물었다.

"마을 분위기가 여느 때하고 다른데, 무슨 일 있었어?"

"……아, 당신들 지금 막 내려왔구나?"

마석을 감정하며 흘끔 아이즈 일행을 쳐다본 여주인은 진저리를 치며 대답했다.

살인이야. 마을 안에서 모험자 시체가 나왔대."

핀을 포함한 아이즈 일행은 눈을 크게 뜨고 놀라움을 드러냈다.

뒷말을 채근하기도 전에 주인은 얼굴을 찡그리며 말을 이었다.

"바로 조금 전에 발견했다네. 워낙 작은 마을이다 보니 눈 깜짝할 사이에 소문이 퍼져서 다들 구경하러 몰려갔어. 이 마을에서 살인 소동이라니, 술에 취한 바보 둘이 싸우다 죽은 후로는 한동안 없었던 일이거든."

땋은 머리를 손가락으로 퉁기며 아마조네스 주인이 한숨을 쉬었다.

무희 같은 의상을 입은 그녀에게 핀이 질문을 거듭했다.

"남의 손에 죽었다는 건 확실해?"

"글쎄? 나도 다른 놈들이 소란 떠는 걸 들은 게 전부라 자세히는 모르겠어."

이번에는 리베리아가 물었다.

"그 시체는 어디서 발견됐는지 아나?"

"요 위쪽에 있는 빌리 여관이야. 아마 사람들이 몰려 있을 테니 가면 금방 알아볼걸?"

그 대답을 끝으로 주인은 묵묵히 감정을 진행해 마석과 드롭 아이템의 가격을 제시했다. 정보료까지 감안했다는 것처럼 엄청나게 후려친 가격이었다.

아이즈 일행은 불만 없이 전리품을 모두 팔고 천막을 나왔다.

"……어떻게 할까요, 단장님?"

"여기서 숙소를 잡기로 했으니, 무관심할 수도 무관계할 수도 없잖아. 가보자."

티오네에게 대답한 핀은 걸음을 옮겼다. 정보대로, 많은 가게들이 모여 있는 절벽 끄트머리를 떠나 마을 위쪽으로 가보았다.

섬 정상 부근이 호수 쪽으로 기울어져 있기도 해서 '리빌라 마을'에는 경사나 단차가 많다. 무수한 수정과 초목 사이를 지나, 아이즈 일행은 마을 주민들이 만들어놓은 통나무 계단을 올라갔다.

이윽고 마을 중심지를 지났을 때, 그동안 보이지 않았던 모험자들을 발견했다.

별로 넓지도 않은 골목에 밀집한 인파는 어떤 동굴 입구 앞에 모여 있었다. 기울어진 벽에 걸린 간판은 코이네 공통어로 '빌리 여관'이라 적혀 있었다.

이야기로 들었던 여관은 이곳이 틀림없는 것 같았다.

"우와~ 이거 도저히 못 지나가겠네⋯⋯."

"여관 안으로 들어갈 수는 없을까요?"

수많은 데미휴먼으로 이루어진 인파는 도저히 헤치고 지나갈 수 있을 것 같지가 않았다. 곳곳에서 웅성거림이 들리는 가운데 티오나와 레피야가 고개를 내밀고 있으려니 핀이 움직였다.

"내가 좀 보고 올게. 리베리아랑 다른 사람들은 여기서 기다려줘."

조그만 파룸의 체격을 살려 그는 인파의 발밑을 누비고

술술 안으로 들어갔다. 오오, 하고 아이즈와 티오나가 감탄하는 한편 티오네는 혼자 발을 동동 굴렀다.

"단장님, 기다리세요! ──야, 너희들! 거기서 비켜!"

"히익, 【로키 파밀리아】?!"

티오네의 험악한 표정과 고함에 모험자들이 일제히 좌우로 갈라졌다.

겁을 먹으며 길을 터주는 그들에게 민망함을 느끼며, 일행은 안달복달하는 티오네를 선두로 인파 사이를 나아갔다. 여관 입구에는 보초임직한 모험자 몇 명이 서 있었지만, 핀이 잘 구슬려놨는지 아이즈 일행을 금방 안으로 들여보내주었다.

천연동굴을 여관으로 삼은 '빌리 여관'은 일행 다섯 사람이 나란히 서도 이동이 불편하지 않을 만큼 넓은 통로가 구불구불 이어져 있었다. 천장도 높아 동굴 특유의 폐쇄감은 별로 느껴지지 않았다.

입구 바로 앞의 카운터 주변 벽에는 조금 분발한 듯 촛대 형태의 마석등이 몇 개 배치되어 있었다. 감상용 그림처럼 세 자루의 단검이 같은 간격으로 장식되어 있다. 발밑에 깔린 모피 융단은 몬스터에게서 나온 드롭 아이템이 아닐까.

이 넓은 현관만 봐도 '빌리 여관'은 '리빌라 마을'에서도 고급에 속하는 숙소임을 알 수 있었다. 고스란히 드러난 석벽 틈새에서 돋아난 청수정에 에워싸여, 아이즈 일행은 앞서 나아간 핀과 합류해 여관 안쪽으로 향했다.

통로 좌우에는 수많은 수평굴이 있었으며 다홍색 무늬가 들어간 장막을 드리워 놓았다. 안을 들여다보니 침대가 놓여 있어, 아무래도 이 장막은 객실 문 대신인 듯했다. 아이즈 일행은 두세 명의 모험자가 입구에 대기한 방을 발견하고, 당황하는 그들에게 간청해 안으로 들어가 보았다.

"……윽!"

방에 들어선 아이즈는 한순간 말을 잃었다.

동굴 가장 깊은 곳에 있던 그 방은 온통 새빨갰다. 그리고 바닥에는 머리가 없어진 남자의 참담한 시체가 쓰러져 있었다.

하반신에만 옷을 걸친, 단련한 근육질의 갈색 몸. 아무렇게나 늘어뜨린 팔다리는 사내의 고통을 이야기해주는 것 같았다. 머리는 짓밟혔는지 목 위쪽은 터져나간 과일처럼 변해 생전의 용모는 알아볼 수도 없었다. 엄청난 피바다 속에는 연붉은색 살점과 뇌수가 떠 있었다.

"보지 마, 레피야."

가차 없는 어조로 아이즈는 레피야의 시선을 가로막았다. 당황하는 그녀를 등 뒤로 감싸며 새삼 방 전체를 둘러보았다.

원래부터 깔려 있었던 붉은 융단은 피웅덩이 때문에 검붉게 변색했으며 등나무 광주리, 작은 선반, 그리고 침대까지도 선혈을 뒤집어썼다. 외부에서 가져온 여러 개의 마석등이 구석구석을 밝게 비춰주는 직사각형 방의 내부는 무참한 색채로 덧칠되어 있었다.

방에 장식되어 있던 수많은 수정 장식품이 굳어가는 붉은 눈물을 뚝뚝 흘리고 있었다.

"끔찍해라……."

미간을 찡그리며 티오나가 중얼거리자, 실내에 있던 두 남자가 돌아보았다.

시체 옆에 무릎을 꿇고 앉아 현장검증을 하던 그들 중 한 사람이 아이즈 일행을 보자마자 굵은 눈썹을 치켜세웠다.

"아앙? 야, 너희는 뭐야! 여긴 출입금지라고! 보초 세워 놓은 놈들은 뭘 하고 자빠졌어?!"

"여어, 보르스. 미안하지만 잠깐 방해할게."

화를 내는 휴먼 사내에게 핀이 아는 척을 하며 말을 걸었다.

근육이 우락부락한 거한이었다. 흉악한 인상에 까만 안대를 쓴 여봐란듯한 풍모가 보는 이들을 위축시키는 박력을 뿜어냈다. 상반신에는 소매 없는 배틀 클로스를 걸쳐 부풀어 오른 어깨와 복근이 그대로 드러났다.

보르스 엘더.

이곳 '리빌라 마을'에서 매매소를 경영하는 상급모험자다. '내 것은 내 것, 네 것도 내 것'이라는 말을 서슴지 않는 그는, 사실상 이 마을의 두목이기도 했다.

각 【파밀리아】의 모험자들이 모여드는 이곳 '리빌라 마을'에는 길드의 입김이 닿은 자들이나 영주는 존재하지 않는다. 거추장스러운 규칙에 속박되기 싫어 자기 마음대로 장사를 하는 로그 타운에 필요한 것은——거들먹거리기 위해 필요한 것은——다른 이들의 입을 다물게 만들 수 있는 뚝심뿐이다. 이 마을에서는 순수한 강함만이 지위와 직결된다.

마을에서 가장 강한 모험자인 Lv.3의 보르스는 긴급시에는 마을 전체를 통솔하는 입장이었다. 따라서 그는 '리빌라 마을'을 이용하는 각 상위 파벌의 단장이나 단원들과도 잘 알고 지낸다.

그에 따라 이번 사건의 조사를 주도하게 된 보르스를 달래며 핀은 두 손을 들었다.

"우리도 한동안 이곳에서 묵어갈 생각이야. 차분하게 탐색에 집중하기 위해서라도 조기해결에 협조하고 싶거든. 어때, 보르스?"

"헹! 꿈보다 해몽이 좋구만. 네놈들도 그렇고 【프레이야 파밀리아】도 그렇고, 강한 놈들은 언제나 그것만으로도 뭐든지 할 수 있다고 거들먹거리지."

"사돈 남말 하고 앉았네, 저게."

"지, 진정하세요."

불손한 어조로 핀과 이야기를 하는 보르스를 티오네가 노려보았다. 레피야가 식은땀을 흘리며 필사적으로 그녀를 달랬다.

"그래, 상황은 좀 어때? 이 모험자의 신원이나, 해친 상대에 대해서는 뭔가 알아낸 게 있어?"

"뭐…… 뒈진 놈은 풀 플레이트 아머를 입고, 로브 차림의 여자를 데리고 들어왔다더군. 투구까지 써서 얼굴을 본 놈은 없지만, 같이 있던 여자가 사라졌으니 범인은 분명 그 여자겠지……. 그렇지, 빌리?"

"응, 보르스. 적어도 나는 이 방에 그 남자랑 여자 말고는 아무도 안 들여보냈으니까."

보르스와 함께 방에 있던 수인 청년 빌리가 고개를 끄덕이며 대답했다. 중키에 중간 체구이며 더벅머리, 좌우 뺨에는 붉은 선으로 워 페인트(war paint)를 해놓았다.

여관 주인인 그가 보르스의 말을 보충했다.

"어젯밤에 둘이서 왔더라고. 양쪽 모두 얼굴을 가렸고, 여관을 통째로 대절하겠다고 그랬어."

"겨우 둘이 와서 객실을 전부……? 아하, 그런 거군."

핀은 그의 말을 금방 이해했고, 이야기에 귀를 기울였던 레피야도 무언가를 알아차렸는지 온 얼굴을 새빨갛게 물들였다.

"그래, 그런 거였어. 우리 여관 객실에 문짝 같은 고상한 건 없으니까. 소리를 지르면 동굴 안에 그대로 다 울려 퍼지거든. 마음만 먹으면 언제든 엿볼 수 있고."

"뭐, 남자 놈의 신이 난 목소리를 들으면 뭘 하러 왔는지는 뻔했지. 나야 어이가 없었지만, 받을 돈은 받았으니까……. 확 뒈져버리라고 생각하면서 방을 빌려줬더니 이렇게 됐지 뭐야. 섬뜩하더라고."

빌리는 가벼운 어조로 말했지만, 얼굴에는 아직도 충격의 잔재가 생생히 남아 있었다. 한 손으로 목덜미를 문지르며 그는 난처한 듯 깊은 한숨을 토했다.

리베리아가 조문을 하듯 유체의 짓이겨진 머리 쪽에 가만히 천을 덮는 가운데, 핀은 계속 질문을 던졌다.

"그 로브 차림 여자의 얼굴은 못 봤고?"

"후드를 깊이 눌러썼거든. 남자랑 마찬가지로 얼굴은 전혀 못 봤어. ……아, 하지만 로브를 입어도 알아볼 수 있을 만큼 몸이 끝내주던데. 응, 나도 모르게 달려들 것 같은 여자였어."

"그래. 사실은 나도 그 여자를 마을 안에서 봤는데…… 정말 죽여줬지. 얼굴은 안 보였지만 틀림없어."

역설하는 빌리에 이어 보르스까지도 그 여자가 얼마나 군침 넘어가는 몸을 가졌는지 열변을 토했다. 콧김이 거칠어지기 시작하는 그들에게 티오나를 비롯한 여성들은 싸늘하기 그지없는 시선을 보냈다.

"……하지만 자기 가게인데도 방에서 무슨 일이 있었는지 몰랐던 거야? 저 입구 앞 카운터에 계속 있었을 거 아냐?"

티오나의 질문에 빌리는 어깨를 으쓱했다.

"뭘 모르네. 그렇게 죽여주는 여자를 데리고 들어갔는데

방에서 소리라도 들려봐. 샘나서 미쳐버리지. 만실이라는 팻말을 가게 앞에 걸어놓고 난 냉큼 술집으로 갔다고.”

술이라도 마시지 않고선 못 해먹을 일이라는 양 밤새 퍼마셨다는 그의 증언은 어젯밤 주점에 있던 자들도 증명해주었다고 한다.

사내는 빌리가 주점에 갔다가 돌아온 어젯밤부터 오늘 아침 사이에 살해당했다. 그리고 로브 차림의 여자가 모습을 감추었다는 사실만은 틀림없는 것 같았다.

바닥에 벗어놓은 의복과 반라인 사내의 차림으로 봤을 때, 죽기 직전까지 무엇을 하려 했는지는 상상하기 어렵지 않았다. 그는 아마도 정사에 정신이 팔려 방심한 틈에 살해당했을 것이다.

갚잖다는 표정으로 객실의 상황을 살피던 티오네는 보르스에게 물었다.

“보아하니 로브 차림의 여자를 목격한 사람은 전혀 없나봐?”

“그래, 전혀. 부하들에게도 탐문을 시켰는데, 아직까지는 단서가 하나도 안 나왔어.”

이번에는 리베리아가 물었다.

“숙박비 지불은 증서로 하지 않았나?”

“미안, 안 그랬어. 질 좋은 마석을 통 크게 턱 내놓고는 잔돈은 필요 없다고 하는 바람에 그걸로 퉁쳐버렸지 뭐야.”

빌리는 미안하다는 투로 대답했다.

보통 미궁을 탐색할 때 금화는 짐이 되기 때문에 가지고 오지 않는다. 던전에 존재하는 이 '리빌라 마을'에서는 무기 및 아이템 구매, 숙박 등의 거래는 증서로 이루어진다. 물건을 구입한 모험자는 상대가 제시한 증명서에 자신의 이름과【파밀리아】의 엠블럼을 각인하며, 가게 측은 훗날 지상에 돌아갔을 때 소속 파벌로 청구하러 가는 것이다.

따라서 증서 거래라면 상대의 이름과 파벌을 알 수 있었을 테지만, 물물교환으로 마쳐버렸다면 확인할 도리가 없다. 살해당한 풀 플레이트 아머 차림의 사내는 솔로였는지 동료도 없어서——적어도 아직까지 동료라고 나선 사람은 없어서——무참하게 얼굴이 짓이겨진 그의 정체를 아는 이는 존재하지 않았다.

"그래서 지금부터 이놈의 신원을 몸뚱이에 직접 물어보려던 참이지. ——이봐! '스테이터스 시프'는 아직 멀었어?!"

보르스가 복도를 향해 소리를 지르자 때마침 휴먼 모험자 하나가 황급히 달려왔다.

그는 방 앞에서 대기하던 조그만 수인 사내와 함께 들어오더니 손에 든 작은 병——내용물은 마석 파편과도 비슷한 결정과 투명감이 도는 진홍색 액체였다——을 건네주었다. 드러누운 유체를 보르스가 다짜고짜 벌렁 뒤집자 목도리를 한 조그만 수인 사내가 옆으로 다가왔다.

몸을 숙이고 작은 병의 마개를 뽑는다. 수인 사내는 그 붉은 액체를 등에 끼얹더니 무늬를 그리듯 피부 위에서 손가락을 움직이기 시작했다.

"'스테이터스 시프'라면, 분명……."

레피야가 중얼거리자, 리베리아는 시체를 욕보이는 행위를 벌이는 보르스 일행을 험악한 눈으로 바라보며 대답했다.

"우리 권속들의 스테이터스를 밝혀내기 위한 아이템이지. 정확한 순서를 지키지 않으면 저것 하나만으로는 신들의 록을 해제할 수 없지만."

발전 어빌리티 '신비'를 습득한 얼마 안 되는 자만이 신들의 피 '이코르'를 토대로 제작할 수 있는 '스테이터스 시프'는 원재료부터 불법인 아이템이다. 일반적으로는 구입할 수 없으며, 언더그라운드라 불리는 암시장에서만 나돈다. 이곳 '리빌라 마을'에 존재하는 이유는 짐작하고도 남았다.

쓰이는 상황이 매우 한정된 데다, 제작이 가능한 약사를 찾기가 지극히 어렵기 때문에 숫자 자체가 적다. 물론 값도 비싸다.

굳이 예를 들자면, 상대의 진명(眞名)과 주신의 이름이 반드시 새겨져 있는 【스테이터스】의 성질을 이용해 자객 같은 자들의 정체를 파악하기 위해 쓰이는 경우가 많다.

"저런 걸 어디서 배워왔담……."

"모험자가 돈에 억척스럽고 뭐든지 하는 '괴짜'인 건 어제오늘 이야기가 아니잖아?"

어이없어하는 티오나, 눈을 흘기는 티오네가 지켜보는 가운데 조그만 수인 사내는 【스테이터스】가 감추어진 등에 손가락을 흐트러짐 없는 동작으로 미끄러뜨렸다.

　용액을 흘려 복잡하면서도 정확한 동작을 새겨나가며 어떤 신들의 록도 피킹할 수 있는 아이템을 구사해, 그는 잠시 후 비문을 방불케 하는 문자열을 등에 나타나게 하는 데 성공했다.

　"보르스. 다 됐어."

　"그래, 수고했다."

　조그만 사내가 물러나고, 록을 뜯어낸 【스테이터스】를 내려다보던 보르스는 아차 하는 표정으로 머리를 철썩 두드렸다.

　"이런, 난 【히에로글리프】를 못 읽잖아……. 야, 너희들! 밖에 나가서 똑똑해 보이는 엘프 한두 놈만 끌고 와봐!"

　부하에게 소리를 지르는 보르스에게 리베리아와 아이즈가 나섰다.

　"잠깐. 【히에로글리프】라면 내가 읽을 수 있다."

　"나도."

　보르스는 안대를 하지 않은 오른쪽 눈을 휘둥그렇게 뜨더니, 이내 어깨를 젖혀 길을 열어주었다. 앞으로 나간 두 사람은 【스테이터스】를 살펴보며 【히에로글리프】의 해독에 들어갔다.

　리베리아는 시체의 곁에 한쪽 무릎을 꿇고, 아이즈는 선

채로. 방 안에 있던 자들이 모두 지켜보는 가운데, 비취색 눈동자와 황금색 눈동자가 복잡한 신의 필치를 따라갔다.

이윽고 천천히, 그녀들은 입술을 움직였다.

"이름은 하샤나 도를리아. 소속은……."

"……【가네샤 파밀리아】."

아이즈가 리베리아의 말을 이어받은 순간──그 자리는 냉수를 끼얹은 것처럼 조용해졌다.

한순간 실내에서 소리란 소리가 모조리 사라졌다.

그리고 다음에는 갑자기 시끌벅적해졌다.

"【가네샤 파밀리아】?!"

"이봐! 그거 틀림없어?!"

눈 깜짝할 사이에 터진 비명 같은 목소리들. 아이즈도 리베리아도 시체의 【스테이터스】에 시선이 못 박힌 채 움직이지 못했다. 표정에는 팽팽한 긴장감이 담겼다. 핀도 티오나도 눈을 크게 떴다.

주검의 정체는 도시에서도 손꼽히는 실력파 【파밀리아】──【로키 파밀리아】에도 필적하는 파벌의 단원이라는 정보에 빌리와 수인 사내가 낯빛을 창백하게 물들이는 가운데.

부들부들 떨던 보르스는 평정을 잃은 목소리로, 무엇보다도 간과할 수 없는 사실을 외쳤다.

"말도 안 돼──【강권투사】하샤나라면, Lv.4잖아?!"

아이즈 일행의 입을 통해 밝혀진 제2급 모험자의 죽음.

동시에 도출된 것은 로브 차림의 여자——범인은 적어도 Lv.4 이상의 실력자라는 사실.

　제1급 모험자 수준의 실력을 가진 살인귀가 아직 이 마을에 잠복했을지도 모른다는 가능성에, 얼어붙을 듯한 전율이 내달렸다.

3장

하
계
탐
정 로
키

중천에 걸린 태양이 찬란하게 빛나고 있었다.

투명할 정도로 푸른 하늘 아래, 오라리오는 오늘도 시끌 벅적하다. 번화가를 비롯해 원래 붐비던 곳은 사람으로 가득해, 포석으로 빈틈없이 메워진 대로를 수많은 인파가 오갔다. 광대한 도시를 이동하기 위해 택시 마차를 불러 타고 가는 사람도 많았다.

수많은 데미휴먼이 시내를 활보하는 가운데 로키와 베이트는 둘이서 동쪽 메인 스트리트를 나아가고 있었다.

"아, 감자돌이데이. 베이트, 니도 같이 묵을래?"

"안 먹어. 아까부터 자꾸 한눈만 팔고 있잖아."

대로 옆길에서 노점을 발견한 로키에게 베이트는 불만 스러운 목소리로 말했다. 결국 혼자 주문을 하러 가는 주신을 보며 가볍게 혀를 찼다.

아구아구 감자돌이를 먹는 로키와 나란히 걷는 베이트 에게는 길가에 늘어선 노점의 손님이며 스쳐 지나가는 사람들의 시선이 모여들었다. 모두 여성들의 것이었다.

다부진 긴 다리에 180C(셀티)에 이르는 큰 키. 다가오는 자는 물어뜯을 것 같은 야성적인 분위기와 이마에서 뺨에 걸쳐 새겨진 날카로운 문신 때문에 잘 드러나지 않지만, 그의 이목구비는 미형이라 해도 좋을 만큼 단아했다. 수인의 특징인 머리에서 돋아난 짐승 귀와 흔들리는 꼬리는 일부 사람들에게 애교가 있어 귀엽다는 평판을 들었다.

조금 전부터 추파를 던지며 바라보던 수인 여성 2인조에게 베이트는 호박색 눈을 부릅뜨고 노려보았다. 그녀들은 깜짝 놀라 황급히 도망갔다.

"아~ 이기 아깝게 무슨 짓이고. 엄청 귀여웠는데……. 베이트 니는 여자애들한테 쫌 부드럽게 대해라, 부드럽게."

"난 약해빠진 여자가 제일 싫어."

군것질을 마치고 손가락을 핥는 로키의 곁에서, 베이트는 도망친 여자들을 쳐다보려고도 하지 않고 그렇게 내뱉었다.

"뭐라꼬~? 그짓말 마라. 연약한 여자애가 이래이래, 밑에서 눈 글썽글썽 해가꼬 올려다보면 가슴이 찡하지 않나? 지켜주고 싶어지지 않나?"

"헹, 구역질만 난다. 자기 몸 하나 못 지킬 거면 구멍 파고 틀어박혀 평생 나오지 말라지."

"머 이래 노랑이고……. 진짜, 베이트는 츤데레라 안 카나."

"무슨 영문 모를 소릴 하고 앉았어."

"마, 그거다——베이트는 아이쭈한테 홀딱 반했다는 거 아이가!"

"누가 그딴 소릴 했다고 그래!!"

얼굴을 시뻘겋게 물들이며 소리치는 베이트에게 로키는 힛힛힛 하고 삿된 웃음을 지었다.

경박한 주신 앞에서는 웨어울프의 삐딱한 태도도 소용이 없었다.

"망할……. 야, 그보다 언제까지 똑같은 데만 싸돌아다 니고 있을 거야? 알아볼 게 있다고 그러지 않았어?"

위협하듯 이를 드러내며 베이트는 로키에게 캐물었다.

홈에서 부탁을 받은 베이트는 어쩔 수 없이 주신의 '조 사'에 동참했지만, 그녀는 동쪽 메인 스트리트에 도달한 후로는 오로지 이 근방을 맴돌 뿐이었다.

뒷골목이나 사람 눈이 들지 않는 곳을 불쑥 들여다보고 는, 가끔씩 가게 사람이나 지나가는 주민들에게 무언가를 물어보기만 하는 로키에게 베이트는 감질난다는 듯 회색 꼬리를 붕붕 휘저어댔다.

"음~."

손에 천으로 만든 자루를 든 그녀는 늘어지는 어조로 대 답하더니 시선을 주위로 돌렸다.

"실은 내 어제부터 나름 알아보면서 싸돌아다녔는데……. 지금은 놓친 게 없는지, 마 확인해보는 거다."

오늘까지 포함해 몬스터 필리아로부터 이틀 동안, 로키 는 독자적으로 동쪽 메인 스트리트를 조사하고 있었다.

미의 신 프레이야와의 밀담 후, 그녀 이외에도 몬스터를 탈주시킨 자──어쩌면 무언가 꿍꿍이를 품고 식인꽃 몬 스터를 풀어놓은 제3자가 있으리라고, 그녀는 그렇게 추 측했다.

레피야처럼 중상을 입은 사람도 있었다. 책임소재를 확실 히 하겠다는 의미에서도 로키가 움직일 이유는 충분했다.

동쪽 메인 스트리트로 한정해 조사하고 돌아다녔지만 아직까지 뾰족한 성과는 얻지 못했다.

식인꽃 몬스터가 땅속을 뚫고 솟아나온 도로도 지금은 구멍을 메워 표면상으로는 평온을 되찾았다.

"다시 말해 로키 네가 조사한다는 게 아이즈가 붙었던 몬스터의 정보였어? 귀찮겠구만……. 길드나 가네샤네 쪽은 아무것도 모른대?"

"슬쩍 떠볼라 캤는데, 필리아 축제 뒤처리에다 주민들 불만이며 항의며 해서 그럴 상황이 아닌 거 같드라."

베이트와 대화를 나누며 로키는 시야 구석에서 자신의 존재를 주장하는 거대한 암피테아트룸(원형경기장)을 올려다 보았다.

동쪽 메인 스트리트 근처, 도시의 동쪽 지구는 암피테아트룸을 비롯한 길드가 관리하는 시설이 모인 구역이다. 도시에서 개최되는 대부분의 이벤트가 이 장소에서 이루어진다. 따라서 이벤트를 보고자 도시 외부에서 찾아온 관광객이 이용할 숙박시설이 많다.

메인 스트리트를 벗어나 다른 지역과는 다른 높은 건물, 3층 이상의 여관이 눈에 뜨이는 복잡한 골목으로 들어섰다. 나아감에 따라 붉은 벽돌로 지은 호화로운 호텔에서 추레한 목조 여인숙으로 건물의 풍경이 바뀐다. 이윽고 로키가 발을 멈추었다.

좁은 골목 너머, 주위가 건물에 에워싸인 소소한 공간이 나타났다.

지저분한 기재가 구석에 난잡하게 놓인 그곳에는 석조 오두막 한 채가 오도카니 서 있었다.

"시내는 대충 조사했으니…… 남은 건 여기뿐이네."

그렇게 말하고 로키는 두꺼운 나무문에 손을 댔다. 잠겼는가 싶었지만 의외로 저항감이 없어, 녹슨 철제 문고리를 잡아당기자……. 끼이익, 나직한 소리를 내며 문이 천천히 열렸다.

오두막 안에는 아무것도 없었으며, 바닥 한복판에는 아래로 이어지는 나선계단만이 존재했다. 망설이지도 않고 발을 들여 뚜벅, 뚜벅 소리를 내며 계단을 내려간다.

나선을 따라 돌아가기를 몇 차례, 로키와 베이트는 어두운 지하——하수도에 도착했다.

당장이라도 수명이 다할 것 같은 마석등의 불빛, 귓전에 들려오는 물소리, 그리고 안쪽으로 이어지는 어둠이 도사린 하수도.

완전히 성가신 일을 떠맡았다는 양, 베이트는 진저리나는 목소리로 투덜거렸다.

"역시 라울이나 다른 놈들한테 떠넘길걸 그랬어……."

"참아라 마. 내 나중에 좋은 거 줄게."

로키는 손에 든 자루에서 휴대용 마석등을 꺼내선 불을 켰다. 칸델라 비슷한 조명기구는 금세 어스름한 주위 공간을 비추었다.

"그래 봤자 술이겠지."

이미 결과를 짐작한 베이트의 지적에 웃음을 흘리며 로키는 그와 나란히 하수도를 나아가기 시작했다.

"티오나랑 티오네가 필리아 축제 당일에 조사해주긴 했는데, 혹시 몰라서 말이제. 몬스터들만 쫓아냈으니께 뭐 놓친 기 있을지도 모르고."

"머리 딸리는 아마조네스들이라면 이것저것 다 놓쳤겠지 뭐."

약간 좁은 길을 한동안 나아가자 소리를 내며 물이 흐르는 넓은 대수로가 나타났다.

석재로 지은 튜브 형태의 터널이었으며 직경은 6M 정도. 한복판에는 물이 흐르고 길 양쪽 가장자리에는 사람이 나아가기 위한 발판, 다시 말해 통로가 있다. 로키와 베이트는 흐르는 하수를 왼쪽으로 끼고 좁은 통로를 따라 나아갔다.

콸콸 흐르는 물소리는 대화에 방해가 될 정도로 거셌다. 곳곳에서 흘러들어온 작은 수로가 합류하는 곳이라 물소리는 하수도 속에서 몇 겹으로 메아리치는 것 같았다.

반면, 하수도의 공기는 지상의 공기에 비해 분명 탁했지만 코가 비뚤어질 것 같은 악취…… 오수 특유의 냄새는 나지 않았다.

로키가 마석등을 비춘 곳, 가늘고 긴 지류 수로 고랑에는 군청색 광채를 뿜어내는 수많은 결정의 기둥이 존재했다. 철책 같은 형태여서 수류를 막지 않고 흘려보내는 이 기둥은 오라리오가 자랑하는 마석제품 중 하나였다.

철책처럼 같은 간격으로 늘어선 정화기둥이 더러운 물을 정화해 맑은 물로 바꾸는 것이다. 말하자면 정화장치다. 도랑 속을 나아가는 물줄기는 오수라고는 여겨지지 않을 만큼 투명하고 맑았다.

수로 곳곳에 설치된 이 정화 울타리의 작용 덕에 냄새가 나는 일도 없었으며, 또한 하수가 배출되는 곳인 남서쪽의 담해수호를 오염시키지도 않았다.

정말로 편리한 걸 만든다며 로키는 하계 사람들에게 감탄했다.

"그런데 꼬불꼬불하니 길도 엄청 많고, 이 분위기 하며……. 어째 살짝 던전 같다."

"헹, 웃기고 앉았어."

매일같이 진짜 미궁을 드나드는 베이트가 로키의 발언에 코웃음을 쳤다. 이 정도로 던전이라니 주제넘은 소리라고 인공 미로를 비웃었다.

벽에 뚫린 수많은 옆길, 혹은 계단, 그리고 맞은편 기슭에 걸린 다리. 어스름한 하수도를 베이트는 별 어려움 없이 탐색하다가 로키에게 위험이 닥치면 즉시 제거해주었다. 바다를 통해 담해수호에서 거슬러 올라왔는지 한 번은 물고기 몬스터 '레이더 피쉬'가 물줄기 속에서 튀어나와 달려들었지만 발차기 한 방에 죽여버렸다. 눈으로도 따라갈 수 없었던 일련의 광경에 로키는 입을 동그랗게 뜨며 오오하고 감탄했다.

로키가 든 마석등이 타원형 빛으로 주위를 비추어 벽에 2인분 그림자를 그렸다.

귀와 꼬리가 달린 베이트의 그림자는 후방으로 길게 늘어져, 그야말로 흉포한 늑대 같은 실루엣을 자아냈다.

"오?"

아무렇게나 하수도를 돌아다니기를 한동안.

로키 일행 앞에, 이제까지 본 적이 없었던 철문이 나타났다.

세월이 느껴지는 낡은 쌍여닫이문이었다. 중량감이 넘쳐나는 거대한 자물쇠가 달려 있었으며, 좌우 문을 굳게 닫아놓았다.

"뭐야, 이게."

"구식…… 지하수로 같데이."

벽에 달라붙은 금속 플레이트 위에서 춤추는 흐릿한 문자를 로키가 간신히 읽어냈다. 보아하니 새로 만든 수로 때문에 아주 오래 전에 폐기된 곳인 모양이었다.

그런 것치고는 거창한 문을 만들어놨다고, 공사한 사람의 정신머리를 의심하며 조명을 문에 가까이 가져갔다.

뿌옇게 빛을 반사하는 곳, 문을 봉한 칠흑색 자물쇠에는 사용된 흔적——인간의 손에 의해 몇 번인가 여닫힌 흔적이 있었다.

"어째 수상하구마……."

실눈을 가늘게 뜨고 로키가 중얼거렸다.

도시를 관리하는 길드가 업무 관계로 드나든다고 하면 일견 수긍이 가지만, 적어도 이 너머에 무엇이 있을지는 흥미가 동했다.

베이트에게 눈짓을 하자 그는 귀찮다는 듯 자물쇠를 두 손으로 붙들었다. 뿌드득 소리를 낸다 싶었더니 금세 시원한 소리와 함께 뜯어내버린다.

둘로 갈라진 커다란 쇳덩어리를 내팽개치고 그대로 문을 연다.

오랫동안 쓰이지 않았을 옛 수로에는 벽 위쪽에 붙은 마석등이 띄엄띄엄 인광을 밝히고 있었다.

"야, 완전히 물바다잖아."

문 앞에는 짧은 내리막 계단이 있었고, 그 너머는 통로와 수로의 구분이 없이 완전히 침수된 상태였다. 한밤의 하천처럼 시커멓게 출렁거리는 수면에 베이트는 입가를 일그러뜨렸다.

마석등으로 비추며 얕은 여울 정도로 수심이 낮은 곳을 확인한 로키는 귀여운 권속을 휙 돌아보았다.

"베이트, 어부바 해도."

"아앙?"

"신발 젖는 게 싫데이! 그러니까 어부바!"

"장난할래?! 별로 깊지도 않으니까 걸어가!"

"싫다!! 어부바 어부바 어부바 어부바! 안 해주면 내 안

갈기다—!"

"이 망할 여자……."

고집쟁이 애보다도 더 성가시게 고함을 질러대는 주신을 보며 베이트는 꼬리를 거칠게 휘둘러댔다.

"시끄러워! 알았어!"

집요한 생떼에 짐승귀를 푹 숙였던 그는 결국 포기하고 고함을 지른 다음 그 자리에 쪼그리고 앉았다. 로키는 눈앞으로 내려온 넓은 등에 씨익 웃더니 으랏차 기합성과 함께 희희낙락 뛰어올랐다.

"댔다. 출발하자, 베이트! 내는 승차감에는 까다롭데이!"

"그거 진심으로 하는 소리면 확 물에 빠뜨려버린다."

무시무시한 불만을 몸 전체로 발산하며 로키를 등에 업은 베이트는 가볍게 일어났다.

"우화아~!"

단숨에 높아진 시점에 기뻐하는 여신의 목소리는 초월존재 데우스데아라고는 여겨지지 않을 정도로 천진난만했다. 신이 난 그녀는 물줄기 속을 나아가는 베이트의 등에서 떠들어댔다.

"므홋홋. 귀여운 여자애가 업힐 거라 생각했나? 유감이네요, 나였습니다!"

"시꺼."

"바라바라, 지금 기분 어떻노?! 아이쯔가 아니고 내를 업어서 지금 기분이 어떻노?!"

"확 떨어뜨려버린다?!"

로키가 불쑥불쑥 좌우 어깨로 번갈아 얼굴을 내밀며 묻자 베이트는 입가에 실룩실룩 경련을 일으켰다. 뻣뻣한 웃음과 함께 퍼런 힘줄을 불룩거리는 웨어울프 청년은 심술맞은 웃음을 짓는 짐짝을 내팽개치고 싶다는 충동에 사로잡혔다.

로키의 시끄러운 목소리가 끊어지지 않는 가운데, 베이트는 절벅절벅 수면을 가르며 나아갔다. 물의 높이는 정강이 근처까지 와서, 그가 장착한 메탈 부츠를 절반 정도 덮고 있었다. 크고 작은 다양한 수로가 교차하는 구식 지하수로는 조금 전까지 있던 현역 하수도보다도 훨씬 복잡해 더욱 미궁의 색채를 띠었다.

"필리아 축제 끝나고, 길드는 여그도 조사했을까~?"

"사람 냄새가 있긴 해. 물 때문에 흐려져서 분간은 잘 안 되지만⋯⋯."

등에 업힌 상태로도 주의 깊게 주위를 살피는 로키의 말에 베이트는 킁킁 코를 울리며 대답했다.

웨어울프의 뛰어난 후각을 발휘해 바로 최근까지 이 구 지하수로에 사람이 드나든 적이 있음을 간파했다. 사라져 가는 잔향도 있어 정확한 숫자는 확실하지 않다고 덧붙이면서 베이트는 코를 여기저기로 돌렸다.

"흐음."

중얼거린 로키는 왼손을 그의 목에 감은 채 오른손의 마석등을 내밀며 어둠을 비춰주었다.

강 상류를 거슬러 올라가는 듯 물의 흐름을 따라가는 가운데, 로키가 대롱대롱 가느다란 두 다리를 흔들고 있으려니……. 이윽고 그 '구멍'이 나타났다.

"……아주 요란하게 설쳤구마."

석재를 후둑후둑 떨어뜨리며, 커다랗게 무너진 수로 벽면. 물은 이곳에서 흘러나와 방황하듯 구 지하수로를 돌고 있는 것 같았다.

마치 무언가가 벽을 안에서 뚫고 나온 것 같은 커다란 구멍의 흔적에 로키는 고개를 꼬았다.

"이거 혹시 당첨 아이가……?"

색이 짙어져가는 '조사'의 기척에 로키가 중얼거렸던 그 직후.

고개를 든 짐승처럼 꿈틀, 베이트의 귀가 날카롭게 일어났다.

"내려."

가차 없는 한마디에 그의 옆얼굴을 바라보던 로키는 고분고분 따랐다.

수면에 내려서는 로키의 옆에서 베이트는 눈을 날카롭게 빛내며 어둠에 뚫린 구멍 안쪽을 노려보았다.

"그 아마조네스들…… 뭘 알아보고 다닌 거야?"

불평을 하면서 커다란 구멍으로 나아갔다.

로키가 바로 뒤를 따르는 가운데, 험악한 공기를 풍기며 내뱉는다.

"아주 제대로 **남아 있잖아.**"

베이트에게 이끌린 채 쑥쑥 안으로 나아간다. 구멍 속에 난 길——거대한 무언가가 지나간 듯한 흔적은 수로 벽을 몇 번에 걸쳐 관통했으며, 교차로를 여러 차례 넘어섰다. 희미한 광원밖에 존재하지 않는 어두운 지하수로를 베이트는 두려워하지도 망설이지도 않고 나아가, 이윽고 나타난 폭 넓은 계단을 올라갔다.

차가운 물의 감촉이 사라지고 단단한 바닥을 밟으며 나아가자, 이내 외길이었던 수로가 탁 트였다.

"여긴…… 저수조 아이가?"

로키는 마석등을 비추며 넓은 공간을 둘러보았다.

장방형 공간에는 마치 콜로네이드처럼 굵은 기둥이 잔뜩 서 있었다. 크게 같은 간격을 두고 늘어선 무수한 돌기둥은 머리 위의 천장을 지탱하고 있다. 높이는 10M도 넘지 않을까. 어둠이 지배하는 광대한 공간은 대형 저수조라 불리기에 손색이 없었다.

던전이 존재하는 도시의 구조를 보건대, 또한 담해수호로 이어지는 배수 관계상 아마도 센트럴 파크에서 멀리 떨어진 도시 남서쪽의 지하일 것이다. 물은 오랫동안 없었는지 바짝 마른 상태였으며, 벽이나 기둥에는 수위의 흔적이 남아 있었다. 이 대형 저수조도 간신히 마석등이 살아 있었다.

이윽고 주위를 살피던 로키의 귀에 주르륵, 주르륵, 무언가가 끌리는 듯한 소리가 들렸다.

흠칫 앞으로 돌린 시선 너머에는 이쪽에 등을 돌리고 선 베이트, 그리고 어스름한 안쪽에서 꿈틀거리는 거대한 무언가가 있었다.

금세 어둠을 가르고 황록색 표피가 드러났다.

길고 거대한 체구를 꿈틀거리며, 서로 얽힌 듯한 모습으로 출현한 여러 마리의 식인꽃 몬스터.

로키와 베이트의 기척을 포착했는지, 홀 안쪽에서 거대한 뱀처럼 기어나와 한 번 부르륵 몸을 떠는가 싶더니 점액을 끌며 끄트머리를 활짝 꽃피웠다.

독살스러운 극채색 꽃잎을 펼쳐 송곳니가 늘어선 추악한 입을 드러낸 몬스터는 몸을 들어 머리 위 높은 곳에서 두 사람을 내려다보았다.

"로키, 쑥 물러나."

이미 임전태세에 들어간 베이트가 돌아보지도 않고 말했다.

날카롭게 치켜뜬 호박색 두 눈을 몬스터들에게만 고정한 그는, 살짝 앞으로 몸을 숙이고 적에게 포효를 터뜨린 동시에 달려나갔다.

『오오오오오오오오오오오오오오오오오오오오오오오오오오!』

깨진 종을 두드리는 것 같은 절규와 함께 식인꽃 몬스터가 쇄도했다.

합계 세 마리. 정면에서 밀려드는 황록색 탁류를 향해 마찬가지로 돌진한 베이트는 석조 바닥에 왼발을 꽂았다.

가장 빠르게 접촉한 정면의 개체를 조준하고 파고들어, 긴 오른쪽 다리를 번뜩인다.

"냄새 난다고, 이 자식들아!"

『?!』

마치 공이라도 되는 것처럼 몬스터의 안면을 차올렸다. 식인꽃은 격렬하고도 둔중한 소리를 뿌리며 거대한 몸을 크게 뒤로 젖혔다.

바로 정면에서 날린 잔재주 없는 발차기. 몬스터의 거구와는 비교도 되지 않는 다리 하나로 베이트는 적의 육탄공격을 호쾌하게 되받아쳤다. 오른발에 장비한 메탈 부츠의 위력에, 후방으로 넘어간 몬스터의 이빨 하나가 쩌적 부서져나갔다.

좌우에서 밀려들던 몬스터의 돌격도 별 어려움 없이 회피하고, 엇갈려 지나가며 반격해 등 뒤의 로키에게 다가가지 못하도록 옆으로 날려버렸다.

힘은 물론 회색 털결을 출렁이는 몸놀림은 빠르고 예리하다. 【로키 파밀리아】 내에서 최고라 해도 과언이 아닌 준족은 적에게서 항상 선제공격을 빼앗았다. 몬스터의 행동은 항상 두세 수가 늦어 베이트에게 농락당하기만 했다.

속도와 날카로운 공격으로 적을 갈기갈기 찢어 눈 깜짝할 사이에 이리저리 흩뿌려놓는 흉포한 스타일 때문에 붙은 그의 별명은――'바나르간드(Vanargand. 북구신화에 등장하는 거대 늑대 펜리르의 별명 중 하나.)'.

베이트는 결정타를 날리고자, 오른쪽으로 쓰러진 한 마리에게 달려들어 무방비하게 드러난 줄기에 단두대의 날과도 같은 혼신의 족도를 꽂았다.

"아앙?"

하지만 공중에서 내리꽂은 일격필살이 통하질 않았다.

머리를 절단했어야 할 외쪽 족도는 몬스터의 표피를 가르지 못하고, 충격으로 꽃잎을 한 장 떨어뜨리는 데서 그쳤다.

자신도 모르게 소리를 낸 베이트는 부츠 너머로 발에 전해진 진동과 적의 단단한 껍질 감촉에 혀를 찼다. 공격을 당한 식인꽃 몬스터는 붕붕 고개를 가로젓더니 격앙한 것처럼 고함소리를 내며 공격을 가했다.

"쓸데없이 단단하고 난리야……!"

짜증을 내는 베이트에게 나머지 두 마리도 합류해 동시에 공격을 펼쳤다.

우연히도 티오나, 티오네와 똑같은 감상을 품으며 베이트는 세 마리나 되는 몬스터를 동시에 상대했다. 적의 몸에서 뻗어나온 무수한 촉수가 사방팔방에서 짓쳐드는 가운데 넓은 홀을 한껏 활용하며 회피하고, 또한 기둥을 장벽으로 이용해 막아냈다.

순수한 주력으로만 따지면 아이즈조차 능가하는 뛰어난 다리를 살린 베이트와 몬스터들의 격렬한 교전은 고착상태로 들어갔다.

한편, 대형 저수조 입구 앞 돌기둥 뒤에 숨은 로키는 전투의 행방을 지켜보았다.

"으음, 너무 빨라서 내는 하나도 몰것다."

베이트인 것 같은 회색 사선이 휙 움직이나 싶으면 몬스터가 날아가는 광경은 지금 그녀에게는 이해의 범주를 벗어난 것이었다. 알아볼 수도 없는 전투의 양상은 이참에 옆으로 미뤄두기로 하고, 주황색 눈동자는 식인꽃의 기다란 몸을 가만히 관찰했다.

얼마 전 몬스터 필리아에서는 땅속에 묻혀 있어서 전모를 파악하지 못했지만, 식인꽃 몬스터의 꼬리에 해당하는 부분은 둥글게 부푼 구근 형태를 이루고 있었다. 나무뿌리 같은 수많은 뿌리털과 함께 촉수도 그곳에서 돋아난 것이었다.

저 구근은 던전에 묻으면 양분이라도 빨아들이는 걸까 로키가 억측하고 있으려니……. 그녀의 머리 위로 다가오는 그림자 하나가 있었다.

천장을 타고 긴 돌기둥에 스르르 감겨 내려오더니 촉수 하나를 뻗쳤다.

흠칫, 로키의 등줄기가 미동했다. 그녀의 감을 긍정하듯 점액 한 방울이 어깨로 떨어졌다.

아, 이거 망했네.

로키는 그 자리에서 뛰어나간 것과 동시에 머리 위를 보았다.

예상대로 그곳에 있던 것은 추악한 입을 쩍 벌린 식인꽃 몬스터였다.

『아아아아아아아아아아아아아아아아아아아아!!』

"뜨하―!"

머리 위에서 쩌렁쩌렁 울려 퍼지는 포효. 채찍처럼 단숨에 뻗어난 촉수는 한 발 먼저 떨어진 로키를 붙잡지 못하고 허공을 후려치는 데서 그쳤다.

어딘가 긴장감이 없는 비명을 지르며 주황색 머리칼의 여신은 쏜살같이 도망쳤다.

"우와아아아―! 안 되겠다, 내 따라잡힌데이?!"

좀도둑을 방불케 하는 잽싼 몸놀림으로 기둥과 기둥 사이를 누볐지만, 그래 봤자 '아르카넘'을 봉인한 일반인의 다리로 흉악한 몬스터의 맹추격을 벗어날 수는 없었다.

후방에서 날아드는 공격을 예견한 것처럼 절묘한 타이밍에 기둥 뒤로 숨어 이따금 위기를 모면했지만, 구불구불 달려드는 식인꽃의 턱은 당장이라도 로키의 몸을 붙잡을 것만 같았다.

"한 마리 더 있었어?!"

이제는 처음의 여유를 잃은 베이트가 몬스터들과의 전

투를 중지하고 로키에게 달려가려 했다. 그러나——때가 늦었다.

이미 주신의 바로 뒤에 있던 식인꽃은 그녀를 삼키려 했다.

얼굴에서 모든 감정을 지운 베이트의 몸이 다음의 최고 가속을 위해 확 숙인 그 찰나.

로키는 손에 들고 있던 자루에 손을 집어넣더니, 결정 몇 개를 꺼내 바로 옆으로 던졌다.

"엣다!"

그녀가 바닥에 뿌린 것은 보라색 광채를 뿜는 '마석'이 었다.

눈썰미가 있는 사람이라면 고순도임을 알 수 있는 무수한 결정체에 식인꽃 몬스터는 눈빛을 바꾼 것처럼 몸을 돌렸다.

로키의 등 뒤에서 갑자기 직각으로 몸을 꺾어 자기 쪽으로 다가온 몬스터 때문에 베이트는 급제동을 가하며 황망한 표정을 지었다.

스스로 멀어진 몬스터에게 로키는 가느다란 눈을 살짝 떴다.

"순수한 마력, 마석, 인간…… 정도 되나 보다. 저 몬스터의 우선순위는."

몬스터 필리아에서 습격을 당했던 레피야의 증언을 듣고 이 몬스터가 '마력'에 반응한다는 사실을 안 그녀는, 조사를 하면서 만에 하나의 사태를 대비해 자루 안에 미끼용 '마석'을 넣어두었던 것이다. 마력에 반응한다면 마석에도 달려들 거라는 참으로 안이한 발상이었지만, 무사히 몬스터의 주의를 돌릴 수 있었다.

"베이트, 그짝으로 갔데이!"

"나 원…… 진짜 못 말리겠구만!!"

소리를 지르는 자신의 주신에게 모양뿐인 한숨을 쉬며 베이트는 정면으로 마주보게 된 몬스터를 향해 오른발 올려차기를 날렸다.

그리고는 재빨리 돌아가, 바로 위로 올라간 적의 머리에 왼발로 돌려차기를 꽂는다. 허공에 호를 그리며 튕겨 날아간 몬스터는 베이트를 쫓아오던 다른 식인꽃을 넘어뜨리며 바닥에 나뒹굴었다.

"멋진 콤비네이션이었데이, 베이트! 호흡이 짝짝 맞는구마!"

"몰라. 사람 숨넘어가게 하지 마, 이 바보 같은 여자야."

앞에서 다가오는 로키에게 투덜거린 베이트. 걱정 끼치지 말라고 솔직하게 말하지 못하는 권속의 무뚝뚝한 태도에 그녀는 자기도 모르게 싱글싱글 웃었다.

그 웃음이 불쾌해 베이트는 즉시 시선을 돌렸다.

"귀찮구만, 저놈의 몬스터……. 공격이 제대로 먹히질 않네."

"티오나랑 티오네가 맨손으로 공격해도 팅겨냈다 안하

나, 그러고 보니. 타격에 엄청 강한 놈 아이가?"

생각났다는 듯 충고하는 주신에게 베이트는 눈살을 찡그렸다.

"그런 건 미리미리 말해."

그들의 시선 너머, 켜켜이 쌓여 쓰러져 있던 식인꽃 몬스터들이 일어나기 시작했다.

베이트는 도합 네 마리의 몬스터를 빈틈없이 노려보며, '아이즈의 참격와 레피야의 마법은 효과가 아주 좋았다'는 로키의 말에 귀를 기울였다.

"……아니꼽지만, 써야겠네."

중얼거리고 베이트는 오른손을 허리에 돌렸다.

소리를 내며 칼집에서 뽑아낸 것은 타오르는 듯한 심홍색 나이프──'마검'이었다.

그는 칼날을 오른발, 은백색 메탈 부츠에 가져다댔다.

마법효과를 흡수하는 수페리오르즈(특수무장)《프로스빌트》에 '마검'의 칼날에서 심홍색 파도가 흘러 들어갔다.

"참고로 그 '마검' 얼마나 하노?"

"100만."

"으하~. 100만 발리스짜리 공격이가? 통도 크네~."

부츠의 중심에 박힌 황옥이 검신에서 대강 힘을 흡수하자 '마검'은 터져나가 베이트의 손에서 떨어졌다. 그 대신 황옥은 붉은색으로 물들고, 이에 따라 마치 불을 붙인 것처럼 부츠 전체에서 화염을 뿜어냈다.

화르르륵. 격렬한 연소음을 내며 베이트의 오른발이 붉은 화염에 휩싸였다.

"——하늘까지 걷어차주마."

야수를 연상케 하는 흉포한 웃음.

전방에서 태세를 갖춘 몬스터들에게 베이트는 한 걸음, 또 한 걸음 천천히 다가갔다. 오른발은 흉포하게 출렁거리는 붉을 불꽃을 바닥에 발자국처럼 찍으면서 서서히, 그리고 단숨에 가속했다.

깨진 종을 두드리는 것 같은 포효와 함께 밀려드는 몬스터의 무리에 베이트는 웃음을 지은 채 얼굴의 문신을 크게 일그러뜨리며 도약했다.

하늘 높이 몸을 날려 눈 아래, 자신의 위치를 놓친 몬스터들에게 코웃음을 치며, 돌기둥을 오른발로 박찼다. 반동을 살려 돌기둥 사이를 이리저리 뛰고 방향전환하기를 세 차례, 몬스터 한 마리의 사각을 잡은 베이트는 거대한 불덩어리가 깃든 오른발을 옆으로 뻗고——힘차게 내리질렀다.

『————————————————————!!』

몬스터의 머리에서 폭염이 흐드러지게 피어났다.

눈이 찔해지는 거대한 화염의 꽃은 '마검'의 불꽃과 《프로스빌트》의 임팩트가 합쳐진 부가효과다. 폭발성을 절규로 지우며 머리가 흔적도 없이 날아간 식인꽃은 발버둥치지도 않고 재가 되어 스러졌다.

지체하지 않고, 바닥에 착지한 베이트를 제일 먼저 발견한 몬스터가 역습이라는 양 머리 위에서 덮쳐들었다.

"불타버려!!"

서머솔트 킥.

붉은색의 선명한 불줄기가 공기를 그을리며 원호를 그리고, 몬스터의 기다란 몸을 굉음과 함께 터뜨렸다.

공중에서 몸을 회전시킨 베이트는 뒤집힌 시야 속에서 주검을 재와 함께 불태우는 맹렬한 불길을 보며 입이 귀밑까지 찢어질 정도로 웃었다.

"베이트, 마석 하나만 남겨도!"

"아앙? 귀찮게시리……."

몬스터를 해치운 베이트는 로키의 지시를 듣고 대각선 전방에 있는 한 마리를 목표로 삼았다.

교전을 통해 마석이 구강 안쪽에 있음은 알아냈다. 재빠르게 접근해, 힘을 조절한 폭격을 퍼부었다.

공격각도를 조절해 꽃잎과 추한 입 주변을 날려버리지 않고 타격을 주었다. 어중간한 비명과 함께 바닥에 쿵 떨어져 경련하는 몬스터에게, 베이트는 연기를 내는 아래턱을 짓밟고 위턱을 왼손으로 붙잡아 가차 없이 벌려――입을 위아래로 뜯어버렸다.

비릿한 숨을 그대로 뒤집어쓰며 남은 오른손으로 구강 안쪽의 마석을 뽑아냈다.

"냄새 지독하구만."

자신도 모르게 미간에 주름을 잡으며, 지체 없이 달려드는 나머지 몬스터의 몸받기를 회피했다.

마석을 주머니에 넣은 베이트는 상대와 마주서서 질주했다.

"네놈이 마지막이다!"

눈 한 번 깜빡할 사이에 최고속도까지 치달은 웨어울프에게 식인꽃 몬스터는 반격하고자 여러 개의 촉수를 일제히 사출했다.

쇄도하는 황록색 채찍을 간파해 피하고 뚫고, 눈 깜짝할 사이에 돌파한다. 촉수의 창이 모두 빗나가자 몬스터는 긴 몸을 떨며 전율한 것처럼 굳어버렸다.

오른발을 불태우며 굶주린 늑대와도 같은 속도로 육박한 베이트는 땅을 박차고 뛰었다.

공중에서 자세를 바꾸어, 불화살과도 같이 타오르는 메탈 부츠를 내지른다.

"꺼져버려어어어어어어어어어어어어어어어!!"

그 직후 머리에 꽂힌 일격은 대폭발을 일으켜 몬스터를 무시무시한 기세로 날려버렸다.

돌기둥에 격돌하고도 기세는 멈추지 않아 두 개, 세 개, 네 개째 기둥을 파괴했을 때에야 겨우 정지했다.

꽃으로 된 머리를 잃은 몬스터의 기다란 몸은 기둥의 파편에 묻혔다가, 이윽고 재로 변해 형체도 없이 사라져버렸다.

"요란하네……."

© Kiyotaka Haimura

그 모습을 다 지켜본 로키의 중얼거림이 조용해진 대저수조에 울려 퍼졌다.

잠시 후 부츠의 황옥이 빛을 잃기 시작했다. 가만히 선 베이트의 오른발에서 붉은 불꽃이 흐려지더니 그대로 완전히 사라졌다.

전투가 끝난 어둠 속에서 통상 상태로 돌아간 메탈 부츠가 아름다운 은백색 광채를 주위에 뿌렸다.

"수확은 있었는데, 마, 범인을 찾는 단서가 될 것 같지는 않네."

"'마검' 한 자루 쓰게 해놓고는 전혀 수지가 안 맞잖아."

손에 든 마석을 툭툭 위로 던졌다 받으며 로키는 베이트와 함께 지하수로를 걷고 있었다.

식인꽃 몬스터와의 전투를 마치고, 두 사람은 현재 왔던 길을 되돌아가는 중이었다. 저수조를 대충 둘러보았지만 얻은 것은 없었으며, 베이트의 '마검'도 남지 않았으므로 이번에는 조사를 중단했던 것이다. 장비도 갖추지 못한 채로 너무 깊이 파고들면 위험하다는 판단이었다.

이미 구 지하수로를 벗어나 대수로도 얼마 남지 않았다. 로키는 자신의 손을 내려다보았다.

식인꽃 몬스터에서 적출한 마석은 중심부가 극채색으로

물든 것이었다. 군청색만을 띤 보통 마석과는 명백히 다른 것이었다.

"응—."

어딘가 독살스러운 광택을 띤 결정을 보며, 로키는 생각에 잠긴 듯 늘어지는 목소리를 냈다. 그때 문득 베이트가 생각났다는 듯 말했다.

"그러고 보니 티오네가 50계층에서 나왔던 몬스터한테 똑같은 마석을 얻었는데."

"50계층이면……. 그거 혹시, 저번 '원정'에서 만났다는 신종 몬스터 말이가?"

"맞아. 역겨운 애벌레 같은 몬스터였어."

조금 전의 식인꽃과도 어딘가 닮았다고 덧붙이는 베이트. 로키는 다시 손 안의 마석을 가만히 바라보았다.

잠시 후 눈에 익은 나선계단 아래까지 도달했다. 원을 그리며 계단을 올라가 오두막의 나무문을 열자 몇 시간만의 지상 공기가 로키와 베이트를 감싸주었다.

푸른 상공에서 내리쬐는 태양의 빛을 향해 우오오 한껏 기지개를 켠다. 피로의 빛을 보이지 않던 베이트도 긴장이 풀렸는지 목에 한 손을 대고 뚜둑뚜둑 소리를 냈다.

"그럼 일단 돌아갈까."

로키는 그렇게 말하고 오두막 앞을 떠났다.

좁은 골목을 뒤로 하고, 많은 숙박시설이 늘어선 대로로 나갔다. 길 폭이 넓어짐에 따라 사람들의 모습도 많아지고 북적거리는 소리도 들리기 시작했다.

그리고 가로 한쪽을 따라 한동안 걷고 있을 때였다.

옆길로 꺾어지는 시내의 한 모퉁이에서 어떤 신과 마주친 것은.

"음? 디오니소스 아이가?"

"……로키?"

눈에 익은 얼굴에 로키가 발을 멈추었다.

목까지 늘어지는 부드러운 금발, 웃음을 지으면 여성들은 저도 모르게 녹아들 것 같은 달콤한 미모. 유리를 연상케 하는 투명한 눈동자를 크게 뜬 것은 얼마 전 '신의 연회'에서 만났던 남신이었다.

물론 오늘은 예복 차림이 아니었지만, 그래도 몸에 두른 분위기와 맞물려 값비싼 옷을 맵시 있게 걸친 그 차림은 역시 귀족적이었다. 곁에는 【파밀리아】의 단원인지 아름다운 흑발의 엘프 소녀를 대동하고 있었다.

"여어, 우연……."

로키는 그에게 말을 걸려 했지만.

"잠깐."

다가가려 하는 그녀의 발을 그 목소리가 가로막았다.

"응?"

등 뒤를 돌아보니 베이트가 험악한 눈빛으로 디오니소스와 엘프 소녀를 노려보고 있었다.

"저놈들이다."

"······머가?"

턱짓을 하는 권속에게 묻자, 그는 날카로운 시선을 고정한 채 말했다.

"그 지하수로에서 맡았던 냄새. **저놈들 냄새라고.**"

로키가 실눈을 가늘게 뜨는 가운데, 디오니소스와 엘프 소녀는 눈앞에서 긴장 어린 표정을 지었다.

수그러들지 않는 목소리가 돌벽으로, 푸른 수정 기둥으로 빨려 들어갔다.

그 자리에 있던 수많은 모험자들이 당황해 갈팡질팡하는 가운데, 소란스러워진 동굴 여관은 혼란으로 빠져들기만 했다.

던전 제18계층 '리빌라 마을'의 빌리 여관.

아이즈와 리베리아는 머리를 잃은 시체가 드러낸 【스테이터스】를 저마다 심각한 표정을 지은 채 내려다보고 있었다.

"······저, 정말로 이 사람은 힘으로 살해당한 걸까요? 저기, 독이라든가······."

"꼼짝도 못하게 됐을 때 숨통을 끊었다는 거야?"

티오네가 되묻자 레피야는 뻣뻣하게 고개를 끄덕였다.

아이즈와 티오나의 몸 뒤에 숨어 무참한 주검의 손발을

엿보는 푸른 눈동자는 동요로 흔들리고 있었다.

"어빌리티 슬롯에 '내성'도 있으니, 아마, 아닐 거야……."

"하샤나 정도 되는 실력자라면 극독을 먹었다 해도 효과는 별로 없었을 테지."

아이즈와 리베리아가 【히에로글리프】 해독을 계속하며 말했다.

하샤나의 스테이터스에는 발전 어빌티리 '내성'——독을 비롯한 온갖 이상효과를 막아내는 능력 항목이 발현되어 있었다. 게다가 능력평가는 G.

G 평가의 '내성'이라면 거의 대부분의 이상효과는 듣지 않는다고 할 수 있다. 설령 전문 약사가 만들어낸 맹독이라 해도 행동의 자유를 빼앗을 정도까지는 가지 못한다.

"거사를 치르느라 방심했다고는 해도, 제2급 모험자를 죽일 수 있는 여자, 라……."

핀의 말에 티오나가 자신의 생각을 입에 담았다.

"……【이슈타르 파밀리아】 같은 곳의 전투창부 아닐까?"

냄새마저 풍길 듯한 매력과 요염한 몸을 가진 무시무시한 매음(賣淫)의 여인들을 언급하자 핀은 시체에서 시선을 떼지 않고 입을 열었다.

"으음— 정말 그렇다면야 알기 쉬워서 좋겠지만, 뭐, 의심해달라고 말하는 거나 마찬가지 아닐까."

"맞아. 너무 노골적이잖아."

핀의 대답에 티오네가 말을 이은——그 직후였다.

실내에 있던 구경꾼 중 하나가 반쯤 광란해 아이즈 일행을 손가락질했다.

"그, 그럴듯하게 떠들어대고는 있지만!! 지금 막 마을에 들어온 척해놓고 사실은 너희 중 누군가가 저지른 짓 아냐?!"

그 발언에 보르스를 비롯한 마을 사람들의 눈이 일제히 움직였다. 우는 아이도 그친다는 제1급 모험자들에게 의혹의 시선을 보낸다. 제2급 모험자를 실력으로 살해할 수 있는 유력한 용의자는, 분명 이 자리에는 아이즈 일행 말고는 없을 것이다.

"뭐어~?"

티오나가 서운하다는 표정을 짓고 티오네는 반감이 깃든 눈빛을 뿜어냈다. 리베리아도 한쪽 눈을 감고 레피야는 어쩔 줄을 몰라 당황하기 시작했다. 핀은 쓴웃음을 지으며 뺨을 손가락으로 긁었다. 아이즈도 난감한 듯 몸을 움찔거렸다.

"이놈들 짓이라고 친다면……."

"음, 우선 핀은 말이 안 되고……."

아이즈 일행을 에워싼 모험자들의 무리. 겁을 먹은 듯 슬금슬금 거리를 벌리는 빌리의 말에, 긴장해 목을 꼴깍 울리며 보르스가 고개를 끄덕였다. 몸집이 조그만 파룸, 무엇보다 남자인 핀을 제일 먼저 용의자에서 제외하고 모험자들은 아이즈 일행의 몸을 하나하나 살펴보았다. 목격 담에 따르면 수수께끼의 로브 차림 여자는 외투 너머로도 알아볼 수 있을 만한 가슴과 풍만한 몸을 가졌다.

아이즈, 레피야 순서대로 시선이 돌아가다 리베리아와 티오나에게 그들의 눈이 머물렀다.

얇은 가슴가리개……. 특히 노출도가 높은 티오나의 가슴둘레를 응시하던 그들은 음음 일제히 고개를 끄덕였다.

"얘는 절대 아니네."

"응, 절대로."

"으기익—?!"

두 주먹을 휘두르며 날뛰려는 티오나를 뒤에서 붙드는 아이즈.

바둥바둥 실내 한쪽이 소란스러워진 가운데, 모험자들 의 의심 어린 눈초리는 마지막으로 티오네에게 쏠렸다.

"……그 몸을 이용하면 남자 정도는 얼마든지 홀릴 수 있겠지?"

"——아앙?"

깊은 계곡을 이루는 풍만한 두 언덕, 잘록한 허리에 커 다랗고 부드러워 보이는 둔부. 나긋나긋한 허벅지는 딱 알 맞은 살집을 가졌다. 보르스의 말과 함께, 모험자들의 핥 는 듯한 시선이 여동생보다도 노출도가 높은 그녀의 몸에 달라붙었다.

그런 그들에게, 티오네는.

눈을 크게 뜨고 무시무시한 표정으로 분노의 불꽃을 터뜨렸다.

"내 정조는 단장님 거라고 그랬지!!"

"우리가 어떻게 알아!!"

그러자 가공할 욕설이 작렬했다.

"헛소리 지껄이면 가랑이에 달린 지저분한 걸 갈가리 찢어버릴 테다!!"

용처럼 무시무시한 표정을 지은 티오네는 고래고래 고함을 지르며 발을 내리찍었다. 그 충격에 바닥이 으스러졌다. 당장이라도 사내들에게 달려들 것 같은 친언니를 이번에는 티오나가 워워 뜯어말려야 했다. 역린을 건드린 모험자들은 예외 없이 창백한 낯빛으로 안짱다리를 했다.

"······어― 보르스? 보다시피, 그녀에게는 이성을 유혹할 만한 적성이 없어."

"으, 으응······. 의심해서 미안하네. 자, 잘못했어."

다리 사이에 두 손을 가져다댄 처량한 포즈로 *끄덕끄덕* 고개를 끄덕이는 보르스.

핀도 지친 듯 눈을 내리깔았으나, 마음을 다잡고 새삼 실내를 둘러보았다.

"한번 이곳을 검증하고 싶어. 물건을 좀 건드려야 하는데, 괜찮을까?"

"그래. 뭐, 마음대로 해봐."

자신이 감당할 수 없는 사건임을 깨달았는지, 보르스는

자포자기한 듯 현장의 권리를 핀에게 양도했다. 고맙다고 대답한 핀은 리베리아의 손도 빌려가며 유체 주위를 정리했다.

아이즈 일행과 다른 모험자들을 방 한쪽으로 물러나게 한 후, 핀은 우선 하샤나의 주검에 손을 뻗었다.

"사인은 두부 파괴……. 아니, 보아하니 처음에 목뼈가 부러졌던 것 같아."

"목을 부러뜨려 살해한 다음 머리를 없앴다는 말인가?"

"아마도."

리베리아의 물음에, 원형이 남은 아래턱과 목 언저리를 조사하며 핀이 고개를 끄덕였다.

위를 향해 되돌려놓은 얼굴의 위치에 천을 다시 덮은 유체에는 다른 상처나 격렬하게 다툰 흔적은 찾아볼 수 없다. 역시 하샤나는 매우 짧은 시간 동안, 제일 먼저 목뼈가 부러져 살해당했다는 뜻이다.

"뭔가 목적이 있었던 걸까…… 아니면."

시체에게서 고개를 든 핀은 실내 구석에 놓인 백팩을 쳐다보았다.

피를 뒤집어쓴 풀 플레이트 아머의 바츠 앞을 가로질러, 남은 짐도 가볍게 확인해보았다. 백팩은 누군가가 뒤진 다음인지 요란하게 어질러져 있었다.

"로브 차림의 여자는 하샤나의 특정한 짐을 노리고 접근했던 것인지도 모르겠어."

핀의 말에 보르스가 대꾸했다.

"오, 그거 알기 쉬워서 좋군. 그래서 하샤나 자식은 미인계에 호락호락 넘어가서 살해당했다 이거지?"

리베리아도 말했다.

"짐의 상태를 보면…… 조바심을 냈다기보다는 상당히 화를 냈던 것 같은데."

그 목소리를 들은 아이즈도 짐이 있는 곳까지 다가와 살펴보았다.

억지로 뜯어버린 백팩은 내용물이 모두 쏟아져 나와, 주위에는 몇 가지 아이템이 흩어져 있었다. 분명 조바심을 내 내용물을 쏟아버렸다기보다는, 어딘가 난폭하게 화풀이를 했다는 감정이 드러났다.

"그 특정한 물건이 발견되지 않아서, 짜증을 내 시체에 화풀이를 했다……. 일리는 있군요."

"꼭 티오네 같다."

"나도 이런 짓은 안 하거든?! 똑같이 취급할래?!"

티오네가 티오나에게 고함을 질렀다.

소란을 떠는 그녀들을 내버려둔 채 핀은 무언가 단서가 없을까 짐을 뒤져보았다.

"음~?"

짐은 대부분 파손된 드롭 아이템이나 포션 같은 아이템이었지만, 그중에서 핀이 꺼낸 것은 피에 젖은 한 장의 양피지였다.

이를 지켜보던 아이즈의 옆에서 티오나, 레피야가 고개를 들었다.

"뭐야 그거?"

"퀘스트…… 의뢰서인가요?"

양피지를 펼쳐봤지만, 대부분의 문자는 피에 젖어 제대로 읽을 수가 없었다.

그래도 새빨갛게 물든 종이에서 몇몇 문자들을 판독했다.

"30계층…… 단독으로, 채집…… 비밀리에……."

핀의 입술에서 흘러나오는 정보를 듣고 아이즈 일행의 생각이 부풀어 올랐다.

이윽고 일동의 추리를 대표하듯.

핀이 혼잣말처럼 말했다.

"하샤나는 의뢰를 받아, 범인이 표적으로 삼은 '무언가'를 가지러 30계층까지 갔다……?"

주위를 물들이듯 실내에 침묵이 자리잡았다.

무릎을 꿇고 있던 핀은 양피지를 접고 일어났다. 곁에 있던 보르스의 얼굴을 올려다보며 물었다.

"하샤나가 평소에 착용하던 장비품 중에 기억나는 것 있어?"

"음~ 잠깐 기다려봐. 그 녀석은 유명하긴 해도 리빌라에선 별로 본 적이 없던 것 같은데……. 빌리, 뭐 아는 거 없어?"

"분명, 전에는…… 투구를 썼지. 자기네 주신이랑 비슷하게, 얼굴이 잘 안 보이는 걸로. 하지만 풀 플레이트 아머는 착용하지 않았어. 이건 분명해."

"흐음."

보르스와 빌리의 말을 듣고 턱을 손에 가져가며 생각에 잠기는 핀.

바닥에 드러누운 갈색 유체를 바라보는 그의 옆에서 리베리아가 입을 열었다.

"하샤나는 자신이 받은 의뢰 때문에 정체를 감추었던 모양이군. 아마 【파밀리아】 사람들에게도 말하지 않았을 테지."

리베리아의 비취색 눈동자가 피에 젖은 풀 플레이트 아머로 향했다.

아마도 오로지 이번 의뢰를 수행하기 위해 마련한 것으로 보이는 갑옷에는 【가네샤 파밀리아】의 엠블럼도 존재하지 않았다.

마을 안에서 이만큼 소란이 벌어졌는데도 같은 파벌 사람은 아무런 움직임이 없는 것을 보면, 역시 하샤나는 혼자서——개인적으로 의뢰인에게 의뢰를 받았던 것이다.

핀이 보르스를 쳐다보며 말했다.

"……보르스, 일단 마을을 봉쇄해줘. 리빌라에 남은 모험자들을 밖으로 내보내지 않았으면 해."

그 요청에 실내에 있던 자들의 시선이 모두 핀에게 모여들었다. 바위 같은 턱을 문지르던 보르스는 안대를 한 얼굴을 떨떠름하게 구겼다.

"범인이 아직 태평하게 마을 안을 돌아다니고 있다고? 나 같으면 벌써 내뺐을 것 같은데."

"하샤나 정도 되는 인물이 극비리에 수행하던 의뢰라면……. 범인이 찾는 물건은 보통이 아닐 거야. 살인까지 저질렀잖아. 만약 아직 확보하지 못했다면 맨손으로는 돌아갈 수 없었을걸. 게다가……."

핀은 잠시 말을 끊더니 오른손 엄지를 낼름 핥았다.

"분명 아직 있을 거야……. 감이지만."

발밑에서 자신을 조용히 올려다보는 푸른 눈에, 보르스는 순순히 알았다며 고개를 끄덕였다.

그는 굵은 팔을 휘둘러 실내에 있던 자들에게 지시를 내렸다.

"북문하고 남문 닫아. 그리고 마을 안에 있는 모험자들은 한곳에 모아. 시키는 대로 안 하는 놈들은 범인이라 단정하고 붙잡아도 상관없어. 빌리, 마을에 새로 오는 모험자들한테는 사정을 설명하고 다른 곳에다 모아놔."

"아, 알았어."

보르스의 부하들이 바쁘게 움직이는 가운데 티오나, 티오네, 레피야, 그리고 아이즈는 그 모습을 한 발 떨어져서 바라보았다.

"어쩐지 엄청난 일이 벌어졌는걸."

"응……."

"이렇게 되면 하샤나의 넋을 달래주기 위해서라도, 반드시 범인을 잡아야겠어."

"그, 그래요."

아이즈는 다른 사람들과 이야기를 나누며, 이제는 아무 말도 하지 못하는 유체를 바라보았다.

가만히 눈을 감고 묵념을 올리다 이윽고 고개를 들고, 동료들과 함께 자신도 행동을 시작했다.

리빌라 마을은 크게 흔들리려 하고 있었다.

그 공간은 긴박한 양상을 띠고 있었다.

화창한 오후 햇살을 받는 따뜻한 대로의 분위기와는 달리 로키의 주위에 있는 자들의 공기는 냉랭했다. 저마다 다른 표정을 지으며, 그 자리에 있던 넷은 서로를 바라보았다.

베이트의 경고로부터 몇 초가 지나서야 움직임이 있었다.

디오니소스 일행을 날카롭게 노려보던 베이트에게 엘프 단원이 주신을 지키고자 홱 몸을 돌렸다.

"관둬라, 피르비스. 너는 그를 당해내지 못해."

"하오나…… 디오니소스 님."

주신의 말에 피르비스라 불린 소녀는 그를 등 뒤로 감싼 채 물러나려 하질 않았다.

순혈 엘프 소녀였다. 얼굴 생김새는 말할 것도 없고, 하얀 피부에 보석 같은 붉은색 눈동자가 도드라져 보였다. 어깨에 걸친 짧은 케이프를 비롯한 옷도 순백색을 기조로 한 것이며 노출이 매우 적었다. 긴 목깃 또한 목을 완전히 감싸, 피부를 함부로 드러내지 않는 엘프 족의 결벽성을 짙게 반영하고 있었다.

허리까지 오는 젖은 까마귀 깃털색 장발은 똑바로 흘러내려, 하얀 의상과 맞물려 '무녀'라는 단어가 금방 떠올랐다.

로키가 이 자리의 냉랭한 분위기에 어울리지 않게 '그 아가씨 참말 예쁘네' 하는 감상을 마음 한구석으로 떠올리고 있을 때, 소녀의 어깨에 손을 얹으며 디오니소스가 앞으로 나섰다.

"로키. 도망치지도 숨지도 않을 테니 사정을 좀 들어주겠어?"

"……마, 좋다. 어디 암데나 가게에 들어가자."

당당한 태도와 똑바로 자신을 바라보는 유리색 눈동자에 로키는 일단 그 청을 받아들이기로 했다.

대로 옆 벽돌 호텔의 1층에 있는, 바깥에서도 창문으로 내다볼 수 있는 라운지를 이용했다. 숙박객들에게는 많은 돈을 쥐어주고 자리를 비우도록 했다.

외부인은 물론 아이들에게도 들려주고 싶지 않았는지,

디오니소스는 가능하다면 신들끼리만 이야기를 나누고 싶다고 말했다. 로키는 그 요망도 받아들였다.

"이봐, 괜찮은 거야?"

베이트가 귓속말로 물었다.

"마, 갠찮겠지. 무슨 일 있으면 신호할 테니 베이트, 니가 구해주러 온나. 응?"

로키가 짐짓 교태를 부리며 대답하자 그는 기겁하면서 호텔 밖, 라운지 정면에서 얌전히 대기했다.

로키는 다른 자리와 떨어진 부스로 이동해 털썩 앉았다.

"댔다. 얘기해 바라."

테이블에 한쪽 팔꿈치를 짚으며 몸을 내미는 로키.

몬스터 필리아 사건과 식인꽃 몬스터에 대해 모조리 들어야겠다는 그 태세를 앞에 두고, 디오니소스는 고개를 끄덕였다.

"좋아. 우선은 오해를 풀고 싶어. 나는 로키가 생각하고 있는 것처럼, 사건의 주모자가 아니야."

그를 범인 취급했던 로키는 눈썹을 의심스럽게 일그러뜨렸지만, 일단은 아무 말 하지 않고 턱짓으로 뒷말을 채근했다.

"확인을 하고 싶은데, 로키가 추적하고 있는 건······ 식인꽃 몬스터에 얽힌 일이라 봐도 틀림없겠지?"

"맞다. 추적했더니 니가 나타나더라."

"그랬군······."

눈앞의 신물은 가볍게 한숨을 내쉬었다.

"어디부터 이야기를 해야 하나……."

생각에 잠긴 듯 눈을 내리깔고 테이블 위로 시선을 돌리는 디오니소스.

창문 한 겹 너머 밖에서는 베이트와 피르비스가 나란히 서서 등을 돌리고 있는 가운데, 시간을 두고 그의 입이 천천히 열렸다.

"나는 그 식인꽃 몬스터들을 찾고 있어. 아니, 찾고 있었어."

다시 로키와 눈을 마주하고 그가 입을 열었다.

"한 달 전, 우리 단원이 살해당했다."

"!"

놀라는 로키에게, 길드에 물어보면 증언해줄 거라면서 디오니소스가 말을 이었다.

"살해 수법은 단순했지. 정면으로 다가와서, 목을 붙들고, 꺾었다. 사망한 단원 셋은 모두 즉사했다더군."

"갸들 Lv.은 얼마였노?"

"둘은 Lv.1, 그리고 하나는 Lv.2였지."

디오니소스의 말이 사실이라면, 흉수는 상급모험자를 쉽게 살해할 만한 실력자라는 뜻이다.

로키는 머리를 굴리면서 이어지는 말에 귀를 기울였다.

"아이들을 잃고 잠자코 있을 수 없었던 나는 독자적으로 이 사건을 조사하기 시작했어. 그러던 중, 우리 단원들은 무언가를 발견하는 바람에 제거된 게 아닐까, 그렇게 생각할 만한 재료를 찾아낸 거야."

"먼데, 그게."

"이거다."

그가 품에서 꺼내 테이블에 놓은 것은 극채색 마석이었다.

테이블 위에서 빛나는 독살스러운 결정을 로키는 묵묵히 응시했다.

"한 달 전에 발견한 건 이것보다도 더 작고, 부서진 것처럼 정말로 파편 정도밖에 안 되는 물건이었어. 이건 몬스터 필리아 당일에 너희네 아이들이 쓰러뜨린 몬스터에게서 뽑아낸 거야. 길드에 회수되기 전에 먼저."

"그렇게 된 거였나……. 그렇다 쳐도 니 진짜 위험한 짓했다."

만일 이 사실이 들통 난다면 디오니소스는 쓸데없는 의심을 사, 자칫하면 그야말로 사건의 범인으로 간주될지도 모른다.

감탄과 어이없음을 반씩 얼굴에 드러낸 로키에게 그는 쓴웃음을 짓듯 입술을 틀어 올렸다.

"아이들의 유체와 이 마석이 발견된 곳은 도시 동쪽의 쇠퇴한 골목이었어. 지금 우리가 있는 이 근처지. 그리고 그 주변에서는 가까운 시일 내로 큰 이벤트가 열릴 예정이었고."

"몬스터 필리아 말이제……."

"그래. 우연일지는 몰라도 인과관계가 있지 않을까 생각했어. 축제 당일에 무언가가 일어나지 않을까 싶어서 그물을 펼쳐놨던 거야."

그리고 그것이 실제로 일어났다.

미의 신 프레이야 같은 쓸데없는 인자가 섞여 일어난 사건이기는 했지만, 극채색 마석을 내포한 식인꽃 몬스터는 디오니소스의 예감대로 모습을 드러냈다.

"오늘 로키네와 맞닥뜨린 것도, 하수도에 냄새가 남아 있었던 것도 우리가 그 식인꽃 몬스터를 추적하고 조사했기 때문이지. ……애석하게도 몬스터가 우리 아이들보다 더 강해서 모두 어정쩡하게 끝나고 말았지만."

마지막에는 자조하듯 어깨를 으쓱하고 디오니소스는 일단 말을 마쳤다.

로키가 몇 가지 질문을 하니 그는 모두 대답해주었다. 구 지하수로의 출입은 어떻게 했느냐고 묻자, 피르비스에게 원래 있던 자물쇠를 부수고 비슷한 것을 새로 마련케했다는 대답이 돌아왔다.

길드에서 마석을 가로챈 것도 그렇고, 얼굴에 어울리지 않게 망설임이 없는 놈이라고 로키는 생각했다. 무슨 생각을 하는지 눈치를 챘는지, 맞은편 자리의 남신은 달콤한 얼굴에 미소를 지었다.

"치아라 마. 징그럽다."

로키는 진저리를 치며 손사래를 쳤다.

"……암튼 마, 니 얘기는 믿어볼게. 나중에 검증해보면 마 진짠가 가짠가 알 수 있겠제."

"고맙다, 로키."

의심이 풀려 일단 안심했는지 디오니소스는 후우 조그만 한숨을 쉬었다.

"사실은 가네샤의 '연회' 때도 우리 아이를 죽인 자가 속한 【파밀리아】를 찾고 있었거든. 다른 신들을 떠보며 다녔어."

"그러고 보니……."

이제 와서 그렇게 고백하는 디오니소스. 로키도 지난번 연회 때 있었던 일을 떠올렸다.

『이번에야말로 뭔가 **나쁜 꿍꿍이**를 꾸미는 건 아니겠지?』── 이 남신은 그때 분명 그렇게 물었다.

로키도 떠보면서 반응을 살폈던 것이다.

──이런 문디자슥을 봤나.

로키는 내심 이를 갈았다.

"……하지만 Lv.2 모험자를 정면에서, 아무 잔재주도 없이 냉큼 죽였단 말이제. 그 범인은 Lv.3, 아니, Lv.4 정도 되는 상급모험자란 소리가?"

"그래. 그렇게 되겠지."

"Lv.3 이상 모험자가 있는 【파밀리아】쯤 되면 후보가 얼마 안 남는데."

그렇기에 디오니소스도 로키를 떠봤던 것이리라.

아이즈를 비롯한 제1급 모험자를 보유한 【로키 파밀리아】를 의심하지 않을 이유는 없다.

"아니야. 헤르메스처럼 권속 애들의 【랭크 업】을 일부러 신청하지 않고 숨기는 놈들도 있으니 방심할 순 없지."

"그 비리비리한 자슥이 그런 짓을 하노……?"

"응. 아이들의 거짓말은 다 알 수 있어도 신이 생각하는 건 신도 모르는 법이잖아."

신들 중에는 수상한 놈들이 많다고, 디오니소스는 어조에 힘을 주어 말했다.

그러더니 이 밀담 자리에서 처음으로 눈썹을 곤두세우며 확실하게 선언했다.

"나에게 이 도시의 신들은 전부 용의자, 아이들의 원수다."

시선을 치우지 않고 강한 의지를 드러내는 금발의 남신.

그의 유리색 시선을 받은 로키는 흐응 소리와 함께 슬쩍 눈을 떴다.

그리고 웃음을 지으며 재미나다는 듯 물었다.

"그래서, 내는?"

"……하염없이 결백에 가깝다고나 할까."

"그럴 때는 완벽하게 결백하다꼬 해라."

미소를 짓는 디오니소스에게 로키는 투덜거렸다.

"적어도 도시에 있는 신들 중에서는 제일 신용해."

디오니소스는 웃으며 말했지만 로키는 속으로 중얼거렸

다. 글쎄, 과연.

"그 범인이 노리는 기 먼지는 몰라도 마, 이걸로 끝나지는 않을기라. 하수도에 몬스터도 있었고."

"그래, 분명 그렇겠지."

"니는 전부터 이것저것 조사하고 다녔제? 누구 점찍어놓은 놈 없노?"

로키의 물음에 디오니소스는 표정을 지우고 눈을 가늘게 떴다.

슬쩍 몸을 내밀며, 누구의 귀에도 들어가지 않도록 목소리를 낮춘다.

"로키는 그 식인꽃 몬스터가 어떻게 지상으로 옮겨졌을 거라 생각해?"

"……평범하게 생각하믄 마, 필리아 축제 할라꼬 몬스터를 잡아온 가네샤네가 가져온 거 아이겠나."

투기장에는 몬스터 필리아 당일 전부터 수많은 몬스터가 실려오고 있었다.

의심을 받지 않고 당당하게, 그것도 길드에게 단속을 받지 않고 던전에서 몬스터를 지상으로 가져올 수 있는 자들은 그들의 파벌밖에 없다.

"하지만 가네샤는 얼라들을 막 사랑하지 않나? 지 손으로 얼라들 위험에 빠뜨릴 짓은 안 할기다."

뇌리에 떠오른 것은 코끼리 가면을 쓰고 항상 괴이한 언동을 보이는 칠흑색 피부의 남신이었다.

그 '사랑스러운 바보'만은 속내를 숨기거나 하진 않을 거라고 로키는 단언했다. 오히려 의심하는 것이 어리석다고.

"그럼 마, 어느 문디가 몬스터를 가로챘거나, 아님 가네샤네 얼라가 지네들끼리 작당하고 나쁜 짓을 꾸몄거나⋯⋯."

그때 디오니소스가 로키의 말을 가로막더니 고개를 가로저었다.

"아니야, 로키. 전제를 잘못 잡았어."

그리고 그는 눈앞까지 얼굴을 가까이 하며 시선을 맞추고 말했다.

"가네샤네에게 몬스터 포획을 명령한 것이 누구지? 그 이전에, 몬스터 필리아라는 이벤트를 기획한 것이 누구지?"

이번에야말로 로키는 눈을 크게 떴다.

"전부 길드가 시킨 짓이라 그 말이가?"

되묻는 로키에게 디오니소스는 말없는 긍정을 보였다.

그의 얼굴을 빤히 들여다본 로키는 말도 안 된다며 고개를 가로저었다.

"이제까지 도시의 평화를 지킨 기 길드 아이가? 우라노스 아이가? 이제 와서 도시를 위협하는 짓을 해서 멀 우얄라 카는데?"

"하지만 내가 제일 의심하는 것은 길드야. 적어도 의심할 만한 이유가 있어."

분명 몬스터 필리아 개최는 길드에 발단을 두고 있다. 로키를 비롯한 신들의 유별난 취향에서 시작된 이벤트가 아니다.

몬스터 필리아의 역사는 사실 얼마 되지 않아, 비교적 최근에 들어서 갑자기 제안되었다. 길드 측은 축제에 대해 별로 설명도 하지 않았고, 신회에서도 그저 '재미있을 것 같으니까' 기획을 받아들인 배경도 있다.

로키는 이때, 디오니소스가 왜 위험을 무릅써가면서까지 식인꽃 몬스터의 마석을 가로챘는지를 깨달았다. 그는 처음부터 길드를 의심했으며, 그들이 선수를 치기 전에 행동했던 것이다.

침묵에 잠기는 로키.

입을 다문 그녀를 빤히 바라보던 디오니소스는 천천히 말을 꺼냈다.

"그래서 제안인데."

"……?"

"로키가 길드를 한번 떠봐주지 않겠어?"

어이가 없어 멍해진 로키가 움직이기까지는 한동안 시간이 걸렸다.

"머라꼬?"

"길드가 만약 Lv.3 이상의 병력…… 우라노스의 사병을 가지고 있다면, 우리 【파밀리아】가 함부로 다가가서는 위험해. 그 점에서 도시 최강으로 이름 높은 【파밀리아】를 이끄는 로키라면 걱정은 없을 거 아냐?"

"아나, 얀마! 니 지금 장난하나?! 어데 그런 귀찮은 짓을 하라고?!"

노기를 머금은 목소리로 받아쳤지만 디오니소스에게는 마이동풍이었다.

그리고 태연자약한 표정으로 유리색 눈을 가늘게 떴다.

"로키도 이대로, 아무 일도 없었던 것처럼 물러날 순 없겠지?"

——이 문디자슥.

로키는 그의 멱살을 잡아다 뺨에 따귀를 올려붙이고 싶은 충동에 사로잡혔다.

디오니소스 말대로 귀여운 아이즈나 다른 아이들이 말려들었는데도 얌전히 있다니, 로키는 그럴 수 없었다. 눈앞에 단서가 매달려 있다면 달려들지 않을 이유가 없다.

얄미울 정도로 만면의 미소를 지은 디오니소스는 반짝하얀 이를 빛냈다.

"……다 알겠다. 니는 늦든 이르든 내를 끌어들일 생각이었제?"

한 방 먹었다는 기분을 맛보며 자신도 모르게 혀를 찼다.

"설마아. 우연이야."

로키의 지적을 한번 부정한 디오니소스는 다시 말을 이었다.

"다만 누군가에게 도움을 청할 마음은 있었지."

뻔뻔스럽게 말하는 눈앞의 남신에게 로키는 더 이상 험악한 시선을 감추려고도 하지 않았다. 바늘 같은 그 눈빛에 웃음을 한 번 지은 디오니소스는 물러날 때를 잘 아는 것처럼 천천히 자리에서 일어났다.

"우리도 우리 나름대로 조사를 하겠어. 만약 괜찮다면 내 제안을 한번 생각해봐."

무언가 진전이 있으면 알려달라는 말을 남기고 그는 라운지를 나갔다.

떠나가는 뒷모습을 구멍이 뚫릴 정도로 노려보던 로키는 자세를 고쳐 앉고는 이를 북북 갈며 끙끙거렸다. 빌어먹을. 머리 뒤에 깍지를 끼고 한동안 생각에 잠긴 듯 허공을 노려보았다.

시간을 잊고, 창문 밖에 있던 피르비스가 사라졌다는 것도 알아차리지 못한 채 있으려니.

"야, 이제 다 된 거야?"

그렇게 물어도 같은 자세로 있던 로키는 손을 풀었다.

"미안. 쫌만 더 같이 있어도, 베이트."

불성실한 태도가 자취를 감춘 주신의 모습에, 베이트는 한숨을 쉬면서도 아무 말 없이 잠자코 따랐다. 호텔을 나온 두 사람은 동쪽 메인 스트리트를 벗어나 센트럴 파크를 경유해 북서쪽 메인 스트리트로 향했다.

'모험자 거리'라는 이름으로 불리며 많은 이들이 애용하는 번화가에 들어가면 장엄한 판테온——하얀 기둥으로 만들어진 길드 본부의 일부는 어디에서도 시야에 들어왔다.

"베이트는 여기서 기다려."

"또 기다려……?"

"만약 한 시간 지나도 안 돌아오면 내한테 무슨 일 생겼다고 보고 움직여도 상관없다. 부탁한데이."

베이트를 다시 대기시키고, 로키는 길드 본부의 앞뜰 한복판까지 나아갔다.

여기서부터는 상대에게 쓸데없는 경계심을 주지 않기 위해서라도 자기 혼자 가는 편이 낫다. 적어도 이야기를 듣기 전에 문전박대를 당하지는 않을 것이다.

용무가 있는 곳은 길드 중추, 어떤 한 **신**이 앉아 있는 '본성' 단 한 군데였다.

"자, 머가 어떻게 되려나……."

아름다운 순백의 신전을 한번 바라본 후 다시 걸어 나갔다.

푸른 하늘 아래에서, 모험자들과 잇달아 스쳐 지나가며 로키는 길드 본부로 발을 들였다.

보르스가 봉쇄명령을 내린 '리빌라 마을'에는 전에 없던 소란과 동요가 퍼져나갔다. 술렁거리는 소리가 수그러들 줄을 몰랐다.

힘을 자랑하는 드워프들이 아치 문 앞에 놓여 있던 커다란 바위를 밀어내 북문과 남문, 두 곳의 출입구를 닫았다.

흰색과 푸른색 수정으로 이루어진 거리는 이제 싸늘한 감옥으로 변했다.

"빨리들 모였는걸."

"소집에 따르지 않으면 마을의 요주의인물 블랙리스트에 실을 거라고 위협했거든. 그렇게 되면 어느 가게에서고 내쫓아버리니까, 이 마을을 앞으로도 이용하고 싶은 놈들은 싫어도 따라야지."

"게다가 혼자 있으면 위험하기도 하고."

핀이 받아치자 보르스는 맞는 말이라며 고개를 끄덕였다. 그들의 시선 너머에서 이리저리 움직이는 사람들은 정도의 차이는 있을지언정 얼굴에는 하나같이 불안과 공포를 담고 있었다.

이미 보르스의 입으로 하샤나가 살해당했다는 사실은 전해졌다. 제1급 모험자에 필적하는 살인귀가 마을 어딘가에 숨어 있다면 개인행동에 걱정을 품는 것도 당연한 결과였다.

장소는 수정광장. 마을 중심지이며 경관이 좋은 탁 트인 이 공간은 마을 내에서도 가장 넓은 곳이다. 광장 중앙에는 커다란 백수정과 청수정 기둥이 쌍둥이처럼 나란히 있었으며, 그 옆에는 피에 물든 풀 플레이트 아머를 비롯한 하샤나의 물품들도 옮겨져 있었다.

주위에는 수정이나 노점이 늘어선 이 광장에 모험자들이 모였다.

"너희 말고 다른 제1급 모험자가 있으면 금방 알아봤겠지만……."

"처음부터 소동을 일으킬 생각이었을거야. 변장을 했거나, 아니면 공식 Lv.을 속였거나……. 쉽게 의심받지 않도록 대책 한두 가지쯤은 세워놨을걸."

"상대도 바보가 아니란 말이구만."

쌍둥이 수정 밑에서 모험자들을 둘러보는 핀과 보르스.

얼추 헤아려도 마을 주민을 포함해 500명은 되었다. 미궁의 거점으로서 늘 붐비던 '리빌라 마을'의 평균 인구와 비교하면 적지도 많지도 않은 숫자다.

"이 인원을 다 조사하려면 힘들겠다……."

핀과 보르스 옆에서, 모험자들의 숫자에 압도된 티오나가 중얼거렸다. 이에 아이즈가 맞장구를 쳤다.

"응. 하지만…… 여기서 확 좁힐 수 있을 테니까."

그 말을 들은 티오나는 눈을 동그랗게 떴다.

"어? 왜?"

"하샤나 씨를 습격한 사람은 여자잖아……."

"아, 그렇구나! 여자 모험자만 알아보면 되겠네!"

아이즈의 대답에 이해했다는 양 웃는 친동생에게 티오네가 어이없다는 투로 말했다.

"너도 그 정도는 좀 알아차려라……."

그 옆에서 리베리아가 첨언했다.

"덧붙이자면 남자의 욕정을 자극할 만한 몸의 소유자

라지."

"그럼 금방 찾겠네!"

의기양양하게 말하는 티오나를 보며 레피야는 자신도 모르게 쓴웃음을 지었다. 리베리아가 말을 이었다.

"【스테이터스】…… Lv.을 확인하고 다니면 가장 빠르겠지만, 역시 그 부분은 정보은닉 규칙에 어긋나니."

"당당하게 조사했다간 온 시내의 【파밀리아】에게 반감을 사고 말 거예요."

레피야도 고개를 끄덕였다.

이윽고 아이즈 일행이 지켜보는 가운데 모험자들은 남성과 여성으로 분류되었다. 200명 정도 되는 여성 모험자들 중에는 아마조네스 종족이 많았다. 마치 '고대'에 치러졌다는 마녀사냥처럼, 한곳에 모인 채 수많은 남자들에게 에워싸였다.

어떤 아마조네스는 꿀릴 거 없다는 양 가슴을 폈고, 어떤 캣 피플 소녀는 안절부절못하는 표정으로 어깨를 움츠리며 꼬리를 불안하게 이리저리 움직였다.

현재 제18계층은 '낮'.

광장에 설치된 거대한 모래시계──'낮'과 '밤'의 계층시간대를 대충 알 수 있게 해주는 수동 기계──에서 떨어질 모래알도 얼마 남지 않았을 때, 준비는 갖추어졌다.

지하의 푸른 하늘이 내려다보는 가운데 범인 색출에 들어갔다.

"우선은 무난하게, 신체검사와 소지품 검사부터 가지."

"으히히, 그렇다면……."

핀의 조언에 음흉한 웃음을 지은 보르스는 고개를 들고 여성 모험자들에게 외쳤다.

"좋아, 그러면 여자들!! 몸을 구석구석 조사해줄 테니 옷 벗어!!"

『우오오오!!』

보르스의 요구에 모든 남성 모험자들이 열렬한 환성을 질렀다.

두 손을 치켜들며 별안간 의욕을 불태우는 얄팍한 남자들에게 여성 모험자들은 "웃기지 마!" "나가 죽어!" 등등 요란한 빈축을 터뜨렸다.

"멍청한 소리들을 하고 있군. 이봐, 우리가 검사해주지."

포효를 지르는 남자들은 내버려두고 리베리아가 검사를 맡기 위해 나섰다.

"그래~." "응." "이 인간들 왜 이렇게 단합이 잘 돼?" "아, 알겠습니다."

그녀의 부름을 받고 티오나, 아이즈, 티오네, 레피야가 각각 뒤를 따랐다. 남성 모험자들이 우우 하고 야유를 하거나 말거나, 아이즈 일행은 한 줄로 늘어서서 저마다 여성모험자들을 상대했다.

"그러면 이쪽에 줄을, 서서……."

자신의 앞에 열을 짓도록 지시를 하려던 레피야의 목소리가 부자연스럽게 끊어졌다.

그녀의 시선 너머, 여성 모험자들은 아이즈 일행을 쳐다보려고도 하지 않고 우르르 핀 앞에 장사진을 치고 있었다.

"핀! 빨리 알아봐줘!!" "부탁이야!" "몸 구석구석까지!!"

"…………."

수많은 소년 취향 여성들이 초점 잃은 눈을 한 핀에게 몰려들었다.

【브레이버】핀 디무나.

오라리오 여성 모험자들의 인기 1, 2위를 자랑하는 제1급 모험자였다.

"망 · 할 · 놈 · 의 · 말괄량이들이……!!"

"저기저기, 티오네?!"

"이거 놔아!! 변태들이 단장님을 노리고 있다고오!!"

"거울이나 보고 말해—!"

핀에게 쇄도하는 여성진을 보고 이성을 잃은 티오네. 티오나는 폭주하려는 언니를 필사적으로 뒤에서 붙들어 만류했다. 그때 남성 모험자들의 비명이 터졌다.

"여자들이 핀을 덮쳤다—!"

"아니, 납치한다—!"

정말로 파룸 소년이 어디론가 끌려가고 있었다.

"——우워어어어어어어어어어어어어어어어어어어어어어어어어어어어어어어어어어!!"

분노에 미쳐버린 티오네가 동생의 구속을 뿌리치고, 마을 광장은 대혼란에 빠졌다.

"으, 음⋯⋯."

"아아, 이젠 뭐가 뭔지⋯⋯."

눈앞의 광경을 보면 이제는 범인 색출을 할 상황이 아니었다. 아이즈와 레피야는 두통을 느꼈다.

난투를 저지하고자 리베리아와 티오나가 황급히 개입하는 가운데, 수습되지 않는 분위기가 주위에 충만했다.

그때 문득.

"⋯⋯?"

난감해져 시선을 이리저리 돌리던 아이즈의 눈이 인파 속에서 어떤 인물을 포착했다.

중형 파우치를 손에 든, 시앙스로프 소녀.

갈색 피부를 가진 얼굴은, 병에 걸린 것이 아닌가 하고 착각할 만큼 창백하게 물들어 있었다.

"아이즈 씨?"

움직임을 멈추고 가만히 바라보는 아이즈의 시선 방향을 레피야도 알아차렸다.

소란을 떠는 사람들 속에서 혼자 동떨어진 시앙스로프 소녀는 쌍둥이 수정이 있는 광장의 중심지를 아연실색 바라본 채 떨고, 겁을 냈다.

그녀는 뒷걸음질을 치더니, 집단의 혼란을 이용하듯 재빠르게 광장에서 도망쳤다.

"──가자."

"아, 네!"

그 수상쩍은 소녀를 방치해둘 수는 없었다.

아이즈의 말에 레피야는 고개를 끄덕이고, 황급히 소녀의 뒤를 쫓았다.

🔥

'귀찮게 됐어…….'

그 인물은 속으로 중얼거렸다.

지금은 파룸 소년을 둘러싸고 항쟁이 벌어진 광장의 중심지를 바라보며, 넘쳐나려는 짜증 섞인 한숨을 꾹 참고 있었다.

'역시 죽이는 건 성급한 짓이었나……? 하지만 보였으니 입을 막아야 해……. 에뉘오에게도 그렇게 지시를 받았어.'

사내의 목을 짓이기고 목뼈를 부러뜨린 감촉은 아직도 손 안에 남아 있었다.

손가락을 꿈틀거려 오른손을 살짝 쥐었다 폈다 하면서, 갈 곳이 없는 감정을 주체하지 못했다.

'자, 그러면 어떻게 할까……. 움직이기 어려워졌는데.

······아니, 애초에 그 물건은 이미 이 마을에 없는 걸까······. 아직 남아 있는 것 같기는 한데······.'

속으로 연신 중얼거렸다.

군중 속에 숨어든 채, 광장 중심에서 이 자리를 지휘하는 자들을 방심하지 않고 바라보며 생각을 굴렸다.

'이것 말고 '아리아' 건도 있으니······. 아아, 귀찮아······.'

짜증을 부풀리며, 숫제 여기 있는 자들을 모두 죽여버릴까 하는 자포자기에 가까운 생각이 떠오른 순간——그 광경이 시야를 스쳤다.

인파 속을 달려가는 수인 모험자, 이를 뒤쫓는 금발 검사와 엘프 마도사.

쫓기고 쫓는 그녀들은 심상찮은 분위기로 곁눈질조차 하지 않고 광장을 떠나갔다.

"······."

또각 소리를 내며 그 인물은 발 방향을 바꾸었다.

침묵을 두르며 군중 사이를 누비고, 의아해하는 시선을 받으며 소녀들을 따라갔다.

계층 상공, 천장에 흐드러지게 피어난 수정의 꽃.

수정의 빛은 천천히 흐려져 가고, 마을에는 '밤'이 찾아오려 했다.

보옥

4장

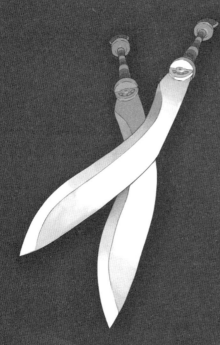

길드 본부 입구를 지나 로키는 넓은 로비를 가로질렀다.

저녁을 앞둔 오후 시간대. 미궁탐색에 나간 탓인지, 모험자의 수는 최고조 때에 비하면 상당히 적다. 미목수려한 접수원 아가씨에게 열렬히 추파를 던지는 사람의 모습에 오오 감탄하며 주위를 대충 둘러보았다.

퀘스트가 나붙은 거대 게시판이며 담화용 부스 주위에 서 있던 모험자들을 지나, 이윽고 로비 곳곳에 대기하고 있던 길드 직원의 모습이 눈에 들어왔다. 까만 슈트와 바지를 깔끔하게 차려 입은 그들 중에는 이미 로키를 알아본 자도 있었다. 이쪽이 먼저 웃으며 손을 흔들자 그들도 미소를 지으며 단정하게 인사했다.

마치 시간을 때우러 훌쩍 들른 것처럼, 로키는 아름다운 백대리석으로 만든 로비 내를 걸어다녔다.

"오, 미샤. 일 열심히 하네."

"아, 로키 님."

낯익은 얼굴을 발견하고 로키는 창구 한쪽으로 다가갔다.

활달하게 손을 들자 휴먼 접수원 아가씨는 헤실헤실 웃으며 맞아주었다.

길드 접수원 중 하나인 이 미샤 플로트와는 얼마 전 몬스터 필리아에서 막 알게 된 사이였다. 사태 수습을 위해 협조해준 로키와 연계해 쫄랑쫄랑 돌아다니며 도시의 정보를 제공해주었다.

신장은 150C 정도로 작았으며, 복숭아색 머리카락은 앳

된 용모에 잘 어울려 귀여웠다. 굳이 비교하자면 용모 단
정한 미인이 많은 접수원 중에서 동안인 그녀의 존재는 진
귀했다.

"무슨 일로 오셨나요?"

"말이다, 내 좀 묻고 싶은 기 있어서."

이따금 혀 짧은 소리를 내는 그녀의 앞에서 창구에 다가
가 팔꿈치를 기댔다.

방글방글 웃으며 로키가 물었다.

"우라노스 있나?"

그 이름이 나온 순간 미샤의 움직임이 굳어버렸다.

부드러운 공기가 흐르던 로비에서 그녀와 로키의 주변
만이 도려져나간 것처럼 조용해졌다.

이윽고 눈을 동그랗게 뜬 미샤는 눈에 뜨이게 당황했다.

"우, 우, 우라노스 님 말씀이신가요? 어, 저기,
그……?!"

주위에 도움을 청하려는 듯 고개를 이리저리 돌리는 그
녀의 손을 로키는 부드럽게 잡고 속삭였다.

"미샤, 못쓴데이. 다들 바쁘니께 일 하그라."

다른 접수원들은 모두 자리를 비웠는지 창구에는 미샤
를 제외하면 아무도 없었다. 멀리 떨어진 곳에서 당황하는
그녀의 모습을 본 직원들은 또 여자를 밝히는 로키가 추파
를 던지고 있겠거니 생각하는 모양이었다. 미샤는 혼자 고
립되었다. 그녀는 마치 뱀에게 붙들린 것 같은 표정을 지

었다.

"……위, 위에 연락을 해볼테니 자, 잠시만 기다리시면……."

"귀찮다 마. 그런 거 안 해도 된다. 그럼 미샤, 니 질문에 하나만 대답해줄래?"

어떻게든 자리를 피하려는 미샤의 손을 꽉 붙든 채 놓지 않고 손가락으로 살짝 훑었다.

"뭐, 뭔데요……?"

조그만 동물처럼 흠칫거리며 조심스레 올려다보는 그녀에게 로키는 변함없는 미소로 물었다.

"우라노스는 늘 있던 데 있나?"

"……."

예라고도 아니오라고도 대답하지 못하는 동안의 접수원은 시선을 살짝 옆으로 피했다.

얼굴에 드러나기 쉬운 그녀의 분위기에 로키는 활짝 웃었다.

"미샤, 고맙데이. 담번에 내 술 한 잔 쏠게."

"로, 로키 님?!"

손을 흔들며 인사를 하고 창구를 떠나간다.

그리고 로키의 움직임은 전광석화 같았다.

창구 옆을 스치고 지나가 로비에서 안쪽으로 이어지는 관계자 외 출입금지 복도로 들어갔다. 바람을 가르는 듯한 속도로 가볍게 걸으며 쑥쑥 앞으로 나아가, 서류 다발을 끌어안은 길드 직원들과 몇 번이나 스쳐 지나갔다.

너무나 당당하고 선드러지게 걸어가는 그녀에게 기습을 당한 듯한 것처럼 반응할 수 없었던 직원들은 입을 반쯤 벌린 채 말을 붙이지도 못했다.

"분명 이쪽 길이었던 것 같은데……."

작업용 책상이 빼곡하게 늘어선 제2사무실, 도서관 같은 분위기를 풍기는 자료실, 본부 1층의 각 방 앞을 지나가며 로키는 고개를 가로저었다.

전에 찾아왔던 기억에 의존해 직원 전용 복도를 몇 번이나 돌자, 이윽고 금사가 들어간 현란한 붉은 융단이 시야에 들어왔다.

"오."

걸음을 더욱 빠르게 하자 넓고 긴 한 줄기 통로가 나타났다.

기둥이 늘어선 대통로에 깔린 붉은 융단은 길 끝, 지하로 뻗어가는 계단까지 이어져 있었다.

"──기다리십시오, 신 로키!!"

"음…… 왔나?"

지하계단으로 향하려던 로키를 수많은 발소리가 불러 세웠다.

여러 명의 길드 직원들을 이끌고 중년 엘프 남성이 나타났다.

보통 직원보다도 훨씬 품질이 좋은 슈트를 입고 있는데,

당장이라도 소리를 낼 것 같은 뱃살이 의상을 불룩하니 밀어내고 있었다. 늘어진 턱에서 떨어지는 땀을 몇 번이나 손등으로 닦으며, 벗겨지기 시작한 이마에서는 짧은 백발이 요란하게 출렁거렸다. 뾰족한 귀도 어쩐지 늘어진 것 같았다.

신장이 작지는 않지만 옆으로 넓적한 몸이라 키를 꾹 눌러놓은 것처럼 보였다. 살집이 좋은 다리도 마찬가지로 굵고 짧다.

일반인이 떠올리는 미목수려한 엘프의 이미지와는 크게 다른 모습이었다.

"여어. 간만이데이, 로이만. 잘 지냈나?"

로키가 가볍게 말을 걸자 엘프 남성은 부하들과 함께 정면에서 멈추었다.

"시, 신 로키, 이곳은 우라노스의 제단으로 이어지는 신성한 길입니다. 물러나 주십시오!"

혼자 헥헥 숨을 몰아쉬는 그가 바로 사실상 길드의 최고 권력자인 로이만 말디르였다.

장수종족 엘프인 로이만은 이미 1세기도 넘게 길드에서 일했으며, 10년 이상 전부터 조직의 장을 맡고 있었다. 나이 150살이 넘는 그는 도시 운영의 최종결정권을 가졌으며, 동시에 그 지위에 눌러앉아 매일 호사스러운 생활을 보냈다.

엘프임을 잊어버릴 만큼 비대한 몸은 마치 당대에 부를

쌓아올린 호상 같았다.

"지금 당장 돌아가 주십시오!"

그 말만을 연호하는 그의 목소리를 흘려들으며 로키는 우호적으로 다가갔다.

"음~ 또~ 살쪘네? 바라, 이리 투실투실하게~."

"어딜 만지는 겁니까……!"

상대의 어깨에 오른팔을 감으며 왼손으로 뱃살을 주물럭거리는 로키. 잡아당겼다가는 늘리고, 혹은 출렁출렁 흔들어대는 그녀에게 로이만은 눈가를 실룩거렸다. 몇 번이고 떨쳐내려 했지만 로키는 싱글싱글 웃기만 하며 달라붙은 채 떨어지지 않았다.

로이만 말디르라는 인물은 오라리오 전체의 엘프에게 미움을 사고 있었다.

종족의 자존심과 긍지를 잊은 철면피. 돈에 빠져 타락했으며, 심지어 있는 대로 살이 쪄 추악해진 그를 '길드의 돼지'라 경멸하는 자도 많다. 리베리아조차 '일족의 수치'라고 통렬하게 평가할 정도였다.

시뻘겋게 얼굴을 붉히며 끽끽 고함을 질러대는 그런 로이만을 두고,

'아이들은 귀엽구나.'

곁에서 어깨를 끌어안으며, 로키는 리베리아를 비롯한 엘프들과는 반대로 그런 생각을 했다.

총명한 엘프조차 이렇게까지 타락한다. 아이들은 왜 이

렇게 어리석고 사랑스러운 걸까──로이만을 볼 때마다, 광대를 각별히 사랑하는 여신은 그렇게 느끼는 것이다.

이러니 하계는 재미있는 법이라고.

"신 로키. 거듭 말씀드리지만, 이곳은 원래 들어오셔서는 안 되는 곳입니다. 애초에 절대중립인 길드에는 아무리 신이라 해도 침범할 수 없는……!"

"딱딱한 소리 말고오. 내 우라노스한테 쬐~끔 물어보고 싶은 기 있어서 그런다. 괜찮제?"

"안 됩니다, 불허합니다!"

호화로운 융단 위에서 대드는 로이만을 구슬리며 로키는 흘끔 시선을 돌렸다. 주위 사람들은 길드장과 신의 언쟁에 간섭하지 않고 난처한 태도로 서 있을 뿐이었다.

길드를 의심할 경우, 로이만은 분명 깊이 파고들어야만 하는 인물 중 하나지만…… 결백하리라고 로키는 확신했다. 방탕한 나날을 보내기만 하는 그가 도시를 위협하는 짓을 저질러 호락호락 지금의 생활을 포기할 리가 없기 때문이다. 그를 교묘하게 유도하는 진언자, 예를 들면 지금 여기에 있는 직원들이 그나마 의심해볼 가치가 있다.

하지만 어디까지나 로키의 목표는 길드의 중추──저 지하계단 너머에서 기다리는 자뿐이다.

'어떻게 할까~.'

로이만과 길드 직원들이 지켜보는 앞에서 저 계단을 내려가야만 한다.

아무리 로키가 신이라 해도 저 너머로 가려 하면 이 자리에 있는 그들은 완력으로 저지할 테고, 그 결과 건물 밖으로 쫓겨날 것이다. 그만큼 저 지하의 존재는 길드에 중요하며, 또한 그들은 쓸데없이 외부인이 접촉하는 것을 두려워했다.

조물조물, 여전히 로이만의 배를 장난감 삼아 주무르며 로키는 생각에 잠겼다.

그때였다.

『——상관없다, 로이만. 들여보내라.』

붉은 융단과 기둥이 이어지는 저편, 지하계단 안쪽에서 위엄이 깃든 목소리가 들려온 것은.

"하오나, 우라노스……"

『상관없다 하였다. 너희는 물러가라.』

끙끙거리며 반박하는 로이만을, 나지한 목소리가 가로막았다.

로이만은 로키와 지하계단을 몇 번이나 교대로 바라본 후, 추욱 어깨를 늘어뜨리고 다른 자들과 함께 우르르 통로를 나갔다.

로이만의 둥그스름한 등이 사라질 때까지 지켜본 로키는 계단 쪽으로 돌아섰다.

목소리의 주인은 이제 침묵한 채 말없이 통행 허가를 내렸다. 로키는 조용해진 광대한 통로 안에서 혼자 융단을 밟으며 지하로 이어지는 어둠 속으로 나아갔다.

"……."

또각, 또각. 구두 소리만이 울려 퍼졌다.

마석등 불빛이 미덥지 못한 긴 계단. 로키는 벽에 손을 짚으며 아래로 내려갔다.

——길드의 기원은 지금으로부터 약 천 년 전까지 거슬러 올라간다.

'고대'라 불리던 시대, 이 땅에서는 지하에 뚫린 큰 구멍으로부터 기어나온 몬스터와 인류가 경합을 벌이고 있었다.

구멍을 막은 '뚜껑'——탑과 요새가 요구되는 가운데 길드의 전신기관이 주도하여 몬스터의 지상진출 저지 계획을 세웠으나, 이는 몇 번이나 좌절되었다.

완성하기 일보 직전에 늘 몬스터들에게 파괴당했고, 그때마다 헤아릴 수 없는 희생자를 냈다. 위대한 수많은 영웅 또한 스러져갔다.

겨우 탑을 한 번 세우기는 했지만, 벌써 몇 번인지 모를 계획의 붕괴에 인류가 절망에 사로잡혔던 그때——하늘에서 빛이 내려왔다.

신들의 강림이었다.

몬스터에게 유린당했던 하계 각지에 신들이 나타났고, 이 땅에도 수많은 신들이 왔다. 그리고 당황하는 인류에게 '오락으로 찾아왔다'고 서슴없이 말하던 자들 가운데에 그 남신이 있었다.

정력적으로 탑과 요새 착공에 착수했던 한 명의 신.

이 땅에 첫 '팔나'를 가져다준 것은 다름 아닌 그였다.

다른 신들의 협조도 물론 있었지만 그의 진력 덕에 몬스터의 침공을 막아내는 데 성공했고, 오라리오의 원형이 된 요새도시는 완성에 이르렀다.

남신을 '오라리오의 창설신'이라 숭배하는 전신기관은 그의 밑에서 조직을 재편성했고, 그를 주신으로 모시는 일대 파벌, 도시의 관리기관 길드가 발족되었다.

현재도 여전히 수많은 자들에게 숭배를 받는 그 신의 이름은——우라노스.

"……여어, 오랜만이데이."

계단을 내려가 나타난 곳은 오랜 세월이 느껴지는 석조홀, 제단이었다.

커다란 석판이 바닥을 메워 숨겨진 신전의 지하를 방불케 했다. 어둠에 휩싸인 주위를 비추는 것은 마석등이 아니라 붉은빛이 일렁이는 네 개의 횃불이었다.

그리고 사각을 이루는 그러한 횃불에 에워싸인 제단의 중심.

커다란 석제 옥좌——신좌(神座)에 앉은 거구의 늙은 신은 후드 안에서 시선을 보내며 푸른 하늘색 눈동자를 로키에게 향했다.

"무슨 일이냐, 로키."

무거운 목소리가 공기를 흔들었다.

2M이 넘는 다부진 몸은 로브에 싸여 있었다. 주름이 깊

이 새겨진 단아한 얼굴은 턱에 허연 수염을 길렀으며 후드에서는 같은 색의 머리카락이 언뜻 엿보였다. 조용한 표정은 마치 조각상처럼 움직일 줄을 몰랐다.

굵은 두 팔을 신좌의 팔걸이에 얹고 의연히 앉은 그 모습은, 아직 신을 모르던 '고대' 사람들이 떠올리던 천공의 지배자 그 자체였다.

신들 중에서도 특히 거구를 자랑하는 늙은 신은 박력으로 가득했으며 하계 사람들이 무조건 머리를 조아릴 것 같은, 그런 높은 신격을 띠고 있었다.

"마, 그냥 잠깐 들렀다…… 그냥 잠깐."

제단 중심에 올라간 로키는 신좌 앞까지 다가갔다.

"필리아 축제 땐 욕 봤제? 여기서기서 막 두들겨 맞는 것 같던데, 니는 괜찮나?"

"도시 운영은 로이만과 다른 아이들에게 일임해두었다. 내가 관여할 바는 아니다."

오라리오의 초석을 세운 후로 우라노스는 '군림하되 통치하지 않는' 자세를 유지했다.

도시의 관리는 로이만과 같은 직원들에게 맡기고 그는 이 제단에 틀어박혀 있을 뿐이었다. 쓸데없는 다툼을 막기 위해 직원들에게 '팔나'를 내려주지도 않고, 길드는 어디까지나 도시의 관리자라는 입장만을 관철했다.

【우라노스 파밀리아】라는 이름을 쓰지 않는 이유는 무력 포기를 부르짖기 위해서다.

Kiyotaka Haimura

주신인 그가 사병을 감추고 있지 않는 한 길드에는 싸울 힘이 없다.

"로이만 걔들도 손해막심이제. 이딴 영감탱이한테 귀찮은 일 막 떠맡아서."

로이만이 우라노스와 외부인의 접촉을 꺼려하는 이유도 그러한 길드의 구조 때문이다.

그가 아무리 최고책임자로 임명받았다 해도 주신의 말에는 거역할 수 없다. 우라노스의 마음이 바뀌면 길드의 조직체계가 송두리째 바뀔 수도 있다. 지금의 지위를 잃고 싶지 않은 상층부 사람들은 주신이 쓸데없는 말에 넘어가지 않도록 이 제단을 신성한 장소로 취급하며 물리적으로도 정신적으로 멀리하려 했다.

"무슨 말을 하려는 겐가."

한편으로는, 이 제단이 침범해서는 안 될 성역임에는 틀림이 없다.

우라노스가 이곳에서 떠나려 하지 않는 이유는, 길드가 애원하듯 주신을 이 제단에 가두어놓은 이유는, 그가 던전에 '기도'를 바치고 있기 때문이다.

우라노스가 '기도'를 바침으로서──그의 강대한 신위가 던전을 억누름으로서 몬스터의 대침공이 발생하지 않는다. 수많은 몬스터를 지하에 머무르게 해, '고대'에는 빈번히 일어났던 지상진출을 막아내고 있다.

적어도 길드는 그렇게 믿고 있다.

로이만 같은 직원들은 무엇보다도 현재 던전의 균형이 무너질까 두려워한다.

　물론 로키야 신에게 기도를 시키지 말라고 투덜거리고 싶은 심정이었지만.

　"올해 필리아 축제 때 별별 일이 다 있었다 안하나. 엄청 징그러운, 추저분한 몬스터도 나왔데이. 그걸 어데서 델꼬 왔는지, 누가 명령했는지…… 내사 마 신경이 쓰여서 몬살 겠다."

　"……."

　심문하듯 말을 잇는 로키에게 우라노스는 침묵을 지킬 뿐이었다.

　꼼짝도 하지 않고, 신좌에 깊이 몸을 묻은 채 앉아만 있다.

　도시를 다스리는 숨은 지배자, 길드의 고삐를 근본적으로 쥔 신물에게 로키는 사건의 핵심을 던졌다.

　"식인꽃 몬스터 조종한 게, 길드가?"

　파직. 횃불에서 불꽃이 튀었다.

　불똥이 피어나고, 거구를 그 불꽃에 비추면서 우라노스가 입을 열었다.

　"그것은 아니다."

　푸른 눈동자를 로키의 붉은 눈과 마주치며 그렇게 말했다.

　"그것은, 말이지."

　중얼거린 로키는 거리를 두고 앉은 신의 얼굴을 바라보았다.

후드 안쪽에 감추어진 지엄한 얼굴은 처음부터 변함없이 조용했다. 그 푸르고 투명한 눈 안쪽을 한동안 들여다보던 로키는 그러냐고 목소리를 낮추었다.

"방해해서 미안하데이. 욕봐라."

로키는 우라노스에게 등을 돌리고, 횃불이 타오르는 소리만이 울려 퍼지는 제단에 발소리를 녹이며 출구 계단으로 향했다.

이것저것 생각하는 바는 있지만 우라노스는 사건의 주모자는 아닌 것 같다.

해답은 아직 보류해두면서, 로키는 그렇게 판단했다. 무언가 꿍꿍이가 있을지는 모르겠지만 일부러 조금 전과 같은 표현을 쓴 주신의 뜻을 행간으로 드러냈으며, 또한 그의 눈빛은 믿을 만한 가치가 있다고 느껴졌다.

'그보다 아까부터 계속 내를 치다보는 놈이 있는 것 같은데⋯⋯. 마, 댔다.'

디오니소스의 감은 빗나간 걸까, 아니면 우라노스의 뜻과는 멀리 떨어진 곳에서 길드 내부에 무언가가 일어나는 걸까.

아무튼 수확은 있었다는 데 로키는 일단 만족했다.

지상으로 가는 계단에 발을 얹었을 때 등 뒤로 눈을 돌렸다.

침묵을 깨뜨리는 일이 없는 신은 거대한 신좌에 가만히 앉아만 있었다.

제18계층의 수정 하늘은 '낮'에서 '밤'으로 바뀌려 했다.

천장의 중앙에 돋아난 무수한 백수정이 발광을 멈추고, 주위의 청수정도 광량이 떨어져갔다. 삼림이나 대초원에 내리쪼이던 따뜻한 흰빛은 점점 사라져가고 계층 전체가 어두워지기 시작했다.

계층 서쪽, 호수의 섬에 세워진 '리빌라 마을' 또한 푸르스름한 어둠에 뒤덮이려 했다.

"헉, 헉······!"

주위가 어두워지는 한편, 발밑에서 돋아난 청수정이 어렴풋한 빛을 내는 가운데 수인 소녀는 복잡하게 꼬인 바위 골목을 달리고 있었다.

숨을 헐떡이며 뒤를 돌아보니 긴 금발을 반짝이는 검사와 선황색 머리카락을 찰랑이는 마도사가 뒤를 따라오고 있었다. 2인조 추적자를 떨리는 눈으로 응시하다, 반쯤 공황에 빠진 듯 그녀는 앞을 보고 계속 도망쳤다.

중심지인 수정광장에서 북서쪽으로 떨어진 방벽 부근의 마을 한구석.

널빤지며 계단을 단숨에 뛰어올라 수인의 타고난 민첩함으로 바위 지면을 박찼다. 오른쪽 어깨에 걸친 파우치를 흔들면서 다시 돌아보니 추적자의 모습은 아직도 있었다.

다만 필사적으로 쫓아오는 것은 지팡이를 가진 엘프 마

도사 뿐. 어느샌가 한 사람이 사라졌다.

수인 소녀는 의아한 표정을 지었지만 모퉁이를 돌아 좁은 골목으로 도망쳤다.

거대한 청수정과 암벽에 에워싸인, 마치 계곡처럼 좁은 외길이었다. 길고 평평한 길을 하염없이 달려가고 있으려니——금발 검사, 아이즈가 그녀의 전방에 나타났다.

"어?!"

앞길을 가로막듯 길 한복판에 선 아이즈를 보고 수인 소녀는 놀랐다.

후방 추적은 엘프 마도사, 레피야에게 맡긴 그녀는 놀라운 속도로 길을 앞질러 수인 소녀가 오기를 기다렸던 것이다.

앞에서 천천히 걸어오는 아이즈, 그리고 뒤에서 달려오는 레피야. 협공을 당한 수인 소녀는 도망칠 방법도 없는 좁은 골목 한복판에서 다리가 풀린 것처럼 비실비실 주저앉았다.

"허억, 허억…… 잡았네요. 역시 아이즈 씨야."

"아니. 레피야 덕인걸."

숨을 헐떡거리는 레피야와 함께, 지면에 주저앉은 소녀를 앞뒤에서 내려다보는 아이즈.

시앙스로프인 그녀는 까만 머리 사이에서 늘어뜨린 짐승 귀를 가졌다. 건강해 보이는 갈색 피부에, 가녀린 팔다리는 수인답게 나긋나긋했다. 짜서 만든 롱부츠에 얇은 배

틀 클로스를 걸쳤고 그 외의 방어구 같은 것은 장비하지
않았다.

"사정청취는…… 우리가 하는 것보다는 단장님이나 다
른 사람들에게 맡기는 게 좋겠어요."

"응. 광장으로 돌아가자."

거동이 수상했던 그녀를 수상한 인물이라 간주하고 아
이즈와 레피야는 일행에게 데려가려 했으나──.

"안 돼!!"

늘어뜨린 귀를 꿈틀 움직인 소녀는 갑자기 눈물을 짓더
니 고개를 들며 애원했다.

"부탁이야, 안 돼, 거기로 데려가지 마!! 거기로 돌아가
면 다음엔 내가, 분명히 내가……!"

아이즈에게 매달리듯 두 팔을 감고 시앙스로프 소녀가
밑에서 올려다보았다.

"저, 저기……."

"자, 잠깐, 뭐 하는 거예요?!"

아이즈가 당황하고 레피야가 황급히 떼어내려 했지만,
소녀는 시선을 내리깔고 고개를 가로저을 뿐 좀처럼 놓으
려 하질 않았다.

"제발, 제발……!"

너무나 필사적인 그 모습에 아이즈와 레피야는 난감한
듯 얼굴을 마주 보았다.

"어떻게 할까요?"

"……사람이 없는 곳으로 데려가자."

겁을 먹은 소녀를 바라보며 아이즈가 제안했다.

"그래도 되겠어요?"

"응. 굉장히 무서워하는 것 같으니까……. 진정이 되면 얘기를 들어보자."

하기야 이대로는 이야기를 할 수 없겠다고 생각했는지, 레피야도 결국 고개를 끄덕이고 소녀의 손을 잡아 일으켜 셋이서 이동했다.

세 사람이 향한 곳은 북서쪽 마을벽 부근에 있는, 마을 공용 물자 저장소 같은 곳이었다.

주위에는 물자운반용 카고가 무수히 방치되어 있었으며, 그 외에도 곡괭이며 삽, 목재가 한구석에 놓여 있었다. 아마도 마을을 짓기 위한 도구를 이 자리에 정리해놓은 모양이었다. 온 마을 사람이 광장에 모인 탓인지 인기척은 전혀 없었다.

아이즈의 키보다도 큰 조립식 카고가 늘어선, 혹은 겹겹이 쌓인 광경은 마치 나무 블록으로 쌓은 성 같았다.

소녀를 데리고 저장소 안쪽으로 들어가, 카고에 에워싸인 공터 같은 공간에서 세 사람은 마주 보았다.

레피야가 휴대용 마석등을 발견하고 점등시켰다.

"이젠 괜찮아?"

"……응."

카고 구석에 걸린 불빛이 어스름한 주위를 비추는 가운데,

시앙스로프 소녀는 아이즈의 목소리에 고개를 끄덕였다.

"네 이름은?"

"루루네……. 루루네 루이."

"Lv.하고, 소속도 가르쳐줄 수 있어요?"

"제3급, Lv.2. 소속은 【헤르메스 파밀리아】……."

아이즈와 레피야의 질문에 고개를 살짝 숙이면서 대답하는 소녀 루루네는 침착함을 되찾은 것 같았다. 원래는 쾌활할 것 같은 얼굴은 여전히 어두웠지만, 그래도 질문에는 꼬박꼬박 대답해주었다.

그녀의 눈동자를 바라보며 아이즈는 사정을 물었다.

"왜 광장에서 도망쳤어?"

"……죽을 것 같아서."

"왜 그렇게 생각했어요?"

입을 다문 소녀에게 아이즈는 날카롭게 파고들었다.

"네가, 하샤나 씨의 물건을 가지고 있어서?"

레피야도, 그리고 루루네도 눈을 크게 떴다. 아이즈의 금색 눈은 그녀의 파우치에 향했다.

지금도 오른쪽 어깨에 걸고 떼어놓지 않는 중형 파우치에 반사적으로 손을 가져간 루루네는, 이윽고 고백하듯 뻣뻣하게 고개를 끄덕였다.

"왜 당신이 하샤나 씨의 짐을……. 호, 혹시, 훔쳤어요?"

"아, 아니야. 난…… 의뢰를, 받았어."

의뢰란 말을 듣고 레피야는 흠칫하고 아이즈를 쳐다보

았다. 아이즈의 뇌리에도 하샤나의 짐에서 나왔던 피에 젖은 양피지가 떠올랐다

채근하듯 아이즈가 물었다.

"의뢰 내용은?"

"이 마을에서 받은 짐을, 지상에…… 의뢰인에게 가져다주는 거."

"그러니까 운반책이었군요?"

"응."

루루네가 긍정했다.

"지정받은 주점에서, 짐을 가져올 사람하고 만나기로 약속이 돼 있었어. 상대가 누군지는 몰랐지만 장비의 특징은 미리 들었으니까, 풀 플레이트 아머 입은 모험자가 찾아왔을 때는 금방 그 사람이란 걸 알았어."

그 뒤는 남남인 척 슬쩍 접근해, 미리 정해놓은 암구호만을 댔다고 한다.

풀 플레이트 아머 모험자——하샤나도 루루네가 의뢰 내용의 인물임을 금방 알아차리고 재빨리 그녀가 내민 짐을 받았다. 물건을 노렸던 로브 차림의 여자도 알아차리지 못할 만큼, 그야말로 한순간의 접점이었을 것이다.

그리고 의뢰를 마쳐 긴장을 풀어버린 하샤나는 여자의 유혹에 넘어가 살해당하고 말았다.

"역할은 분담시키고, 심지어 서로 다른 파벌 사람들을 고용하다니……."

의뢰품을 채집할 사람과 운반책을 따로 준비한 점에서 그 의뢰인은 상당히 용의주도하다 할 수 있다. 만약 채집한 사람이 뒤를 밟혔다 해도, 수많은 상급모험자가 빈번히 드나드는 이 '리빌라 마을'에서 짐을 여러 사람 사이에 돌린다면 행방을 추적하기란 한없이 어려워질 것이다.

철저히 비밀리에 행동하는 점도 그렇고, 수많은 예방책을 강구한 수수께끼의 의뢰인이 궁금해진 레피야는 자신도 모르게 중얼거렸다.

"의뢰인은, 누구예요?"

"몰라……. 저, 정말이야. 얼마 전에, 아무도 없는 밤길을 걷고 있을 때 느닷없이 이상한 놈이 나타나선……."

당시의 상황을 떠올리듯 루루네는 아이즈의 질문에 대답했다.

"시커먼 로브를 뒤집어썼고, 남자인지 여자인지도 알 수 없었어. 처음에 의뢰를 부탁받았을 때는 그야 수상하다고 생각했지만…… 보수가 너무 좋아서……. 그러니까, 선금도 꽤 괜찮았고."

손으로 목덜미를 문지르며 어딘가 멋쩍은 것처럼 눈을 돌리는 루루네.

아이즈는 금화를 내미는 수수께끼의 시커먼 로브 앞에서 꼬리를 붕붕 휘두르는 그녀의 모습을 상상하고 말았다.

"어? 하지만…… 루루네 씨는 Lv.2라면서요? 이야기를 들어보면 혼자서 의뢰를 받은 것 같은데……. '리빌라 마을'까지 솔로로 오다니, 위험하지 않았나요?"

'리빌라 마을'이 존재하는 제18계층——중층 중간구역인 Lv.2 어빌리티 도달 기준은 G에서 D. 따라서 Lv.2인 사람이 파티도 짜지 않고 솔로로 왕복하려면 제3급 모험자 중에서도 상위의 실력이 요구된다는 뜻이다——뒤집어 말하자면 Lv.2로는 안전성을 확실히 보장받을 수 있는 선에 도달하지 못한다.

애초에, 이야기만 들어봐도 매우 용의주도한 것 같은 그 의뢰인이 Lv.2 정도 모험자에게 운반책을 맡기려 했을까?

레피야가 의문을 드러내자 루루네는 눈에 띄게 낭패한 기색을 보이더니…… 말을 흐리며 고백했다.

"그, 그게…… 우리 주신님이, 랭크 업에 대해서는 감추라고 해서…… 미, 미안해. 나, 사실은 Lv.3이야."

"……."

뭐라 형언할 수 없는 표정을 지은 아이즈와 레피야는 어깨를 축 늘어뜨리는 루루네를 쳐다보았다. 아마 아이즈보다도 한두 살 나이가 많은 것 같은 그녀가 지금만큼은 야단맞은 어린아이처럼 보였다.

하지만 이로써 알게 된 사실도 있다. 그 수수께끼의 의뢰인은 루루네가 Lv.3임을 간파할 만한 정보망을 가졌다는 뜻이다.

"……꾸물대지 말고 냉큼 지상으로 올라가버릴걸 그랬어. 눈에 익은 갑옷이 광장에 실려나와서, 짐을 넘겨줬던 사람이 죽었다는 걸 알고……. 범인은 이 짐을 노리는 게 아닐까 해서, 난……."

그것이 마침 아이즈 일행이 광장에서 목격했던, 루루네의 그 기이한 두려움이었던 모양이었다.

목소리를 가늘게 쥐어짜내며 다시 고개를 숙인 시앙스로프 소녀를 앞에 두고, 이야기를 다 들은 아이즈와 레피야는 한동안 침묵하다가 시선을 나누었다.

"아이즈 씨, 역시 단장님께 알리는 편이……."

"——안 돼!!"

레피야는 자신들만으로는 감당이 안 되는 사항이라고 말하려던 것이었지만, 루루네의 격렬한 한마디에 가로막혔다.

"사람들 많은 데는 무서워! 분명 하샤나를 죽였던 놈이 아직 거기 있을 거야! 짐을 가지고 있다는 걸 들키면, 다음엔 내가……!!"

파우치를 가슴에 꽉 끌어안고 루루네는 주워섬겨대듯 말을 이었다.

레피야가 난처해하고 있으려니, 아이즈는 루루네의 옆얼굴과 그 파우치를 바라보고 입을 열었다.

"우리에게 그 짐을 넘겨줘."

그 요구에 루루네는 눈을 크게 떴다.

감정이 희박한 표정 속에서 아이즈의 금색 눈동자가 강한 호소를 뿜어냈다.

의연한 【검희】의 눈빛에 당황하던 루루네. 하지만 의뢰인이 치를 보수 때문에 마음이 흔들리는지 망설이는 시간이 약간 이어졌다.

거금과 생명의 위험을 저울질하던 그녀는, 이윽고 목숨을 부지하고 볼일이라는 사실을 깨달았는지 꾹 참듯 고개를 끄덕였다.

"내용은 묻지 말고, 절대 아무에게도 보여주지 말라고 다짐을 받아놨는데……."

짐이 든 중형 파우치를 지면에 내리며 뚜껑을 열었다.

2중 바닥으로 된 칸막이를 젖히자 나타난 것은 끈을 꽉 조인 자루였다.

루루네는 긴장한 낯빛으로, 커다랗게 부푼 자루의 내용물을 꺼냈다.

"……!"

"뭐, 뭔가요, 이게……?!"

루루네에게서 받은 물건은 아이즈의 두 손에 담길 만한 구체였다.

녹색 보옥(寶玉). 얇고 투명한 막 안쪽에 담긴 것은 액체와──기분 나쁜 태아였다.

동그랗게 웅크린 조그만 몸에 어울리지 않을 만큼 커다란 안구가 아이즈와 레피야를 올려다본다. 마치 여자임을 상징하는 것처럼 머리카락이 돋아나 머리 위치에서 곡선을 그리며 등줄기 끝부분까지 늘어졌다. 수수께끼의 태아

는 꼼짝도 않고 침묵을 지켰지만 두쿵, 두쿵 어렴풋이 맥동했다.

드롭 아이템?

혹은 던전의 신종 몬스터?

레피야가 신음하는 듯한 목소리를 내는 가운데 아이즈의 눈동자는 그 보옥에 못 박혀 있었다.

'이, 느낌은……'

기묘한 감각에 사로잡혔다.

손 안에서 맥동하는 보옥과 동조하듯 심장 소리가 빨라졌다.

태아의 안구를 바라보고 있으려니 몸속의 피가 무시무시한 기세로 술렁거렸다.

'뭐지, **이건**……?'

눈앞에 있는 보옥이 어째서 있는 것인지 알 수 없다.

고막 안에서 울려 퍼지는 찢어지는 귀울림. 마치 피부 밑에서 지렁이가 이리저리 기어다니는 듯한 감각이 온몸을 휩쓰는 가운데 맹렬한 구역질이 치밀었다.

현기증이 엄습한 다음 순간, 아이즈는 견디지 못하고 무릎을 꿇었다.

"아이즈 씨?!"

지면에 무릎을 꿇고, 손에 든 보옥이 땅에 떨어졌다. 레피야의 손에 부축을 받으며 아이즈는 크게 숨을 헐떡였다. 루루네는 반쯤 우는 듯한 표정으로 뻣뻣이 서 있었다.

"……아!"

아이즈의 이상을 환기시킨 근원을 알아차린 레피야는 달려들듯 녹색 보옥을 주워 그녀에게서 한 걸음 떨어졌다.

헉, 헉. 가슴과 어깨를 크게 들썩이던 아이즈의 몸은 서서히 가라앉고 회복되었다.

마석등 불빛이 비추는 저장소에 정적이 찾아왔다.

레피야와 루루네가 멍하니 지켜보는 가운데, 주저앉은 아이즈는 눈을 반쯤 감고 가슴받이 위를 손으로 억눌렀다.

❦

그 눈동자는 소녀들의 동향을 좇고 있었다.

어스름에 휩싸인 몸이 선 장소는 마을벽 위.

눈 아래, 시야 너머에서는 거대한 카고가 난잡하게 놓인 저장소 한구석에서 휴먼, 엘프, 수인 소녀들이 마주 앉아 이야기를 나누고 있었다.

숨을 죽이고 어둠과 동화된 시선이 소녀들의 얼굴을 훑어나가다, 마지막으로 휴먼 검사에게 머물렀다.

——강하군.

눈을 가늘게 뜬다.

——저건 애 좀 먹겠어.

세이버를 허리에 찬, 빈틈없는 몸놀림을 보이는 금발금안의 소녀를 보며 중얼거렸다.

그리고 한동안 관찰을 계속하고 있으려니 수인 소녀가 움직이고, 보옥이 나타났다.

노려보듯 눈을 치켜세웠다. 금발 소녀가 주저앉는 것을 시야 밖에 놓아둔 채, 그 녹색 태아를 눈 한복판에 담고 있었다.

수많은 이들이 들끓는 마을 중심부로 한순간 눈을 돌렸다가, 다시 금발 소녀를 내려다본다.

이윽고 품에 뻗은 손이 꺼낸 것은 풀피리였다.

"——나와라."

입술과 풀 사이에서 태어난 높은 피리소리.

흘러나온 호출음이 마을 상공에 울려 퍼졌다.

"괜찮으세요, 아이즈 씨……?"

"……응, 걱정하지 마."

어딘가 힘이 없는 목소리로 아이즈는 천천히 일어났다.

동경하는 대상에게서 이제까지 본 적이 없는 그 모습에 레피야는 동요할 뿐이었다. 간신히 당혹감을 감추는 한편, 손에 든 보옥을 내려다보았다.

녹색 막에 싸인 기분 나쁜 여자 태아. 수수께끼의 물체와 아이즈의 얼굴 사이에서 시선을 왔다 갔다 하며, 이 보옥은 대체 무엇일까 의문을 품었다.

"괘, 괜찮은 거야……? 역시 이거, 위험한 물건일까?"

쭈뼛쭈뼛하며 루루네가 물었다.

무어라 대답해야 좋을지 알 수 없었던 레피야는 다시 한 번 아이즈를 쳐다보고 결단했다.

"제가 들고, 단장님께 가져가겠어요."

이유는 모르겠지만 이 보옥은 아이즈에게 고통을 준다. 그녀에게 가까이 해서는 안 된다.

다행히 자신이 들고 있을 때는 몸에 이상이 생기거나 하진 않았다. 종족의 차이가 상관이 있는지 원인은 모르겠지만, 아무튼 자신이라면 아무 일 없이 옮길 수 있다.

솔직히 지금 당장이라도 이 징그러운 보옥을 손에서 내팽개치고 싶지만, 아이즈에게 고통을 주지 않기 위해서라도 자신이 해야만 한다.

그녀를 도와야만 한다.

"미안해, 레피야……."

"사과하지 마세요. 이럴 때라도 제가……. 아이즈 씨는, 좀 떨어지세요."

한껏 억지웃음을 지은 후 레피야는 루루네를 보았다.

그녀는 고개를 끄덕이며 자루를 넘겨주었다. 보옥을 안에 담고 끈을 꽉 조인 후 그대로 파우치를 받아 어깨에 걸머졌다.

카고 구석에 세워두었던 지팡이도 회수해 아이즈와 루루네를 돌아보았다.

"그러면 그만 출발――."

그 직후였다.

멀리서 무언가가 무너지는 소리와 비명, 그리고 **깨진 종을 두드리는 것 같은 포효**가 들려온 것은.

"?!"

아이즈와 함께 눈을 크게 뜨고, 다음에는 용수철처럼 튀어나갔다.

저장소를 떠나, 수정과 바위 틈새로 생겨난 어두운 골목으로. 끊어지지 않는 정도가 아니라 더욱 격렬해지는 비명에 빨려 들어가듯 달려가자 이윽고 좁은 길을 벗어났다.

시야가 단숨에 트이는 전망대.

난간이 설치된 경관 좋은 장소로 나간 순간, 세 사람의 눈에 들어온 것은 마을 한쪽에서 피어나는 연기, 그리고.

"저건……?!"

하늘 높이 고개를 뻗은, 무수한 식인꽃 몬스터였다.

"왜 몬스터가 침입하도록 내버려두고 앉았어?! 보초는 뭘 한 거야!"

보르스의 노성이 울려 퍼졌다.

높은 마을벽을 넘어, 마을 곳곳에서 포효를 지르는 식인꽃 몬스터들을 보며 마을 중앙광장은 소란에 빠졌다. 모험자들이 모인 이 수정광장을 향해, 그 기다란 몸을 구불거리며 꿈틀거리며 주위에서 몬스터의 무리가 쇄도했다.

일부 파괴된 마을벽 쪽에서는 보초로 보이는 자들의 절규가 울려 퍼지는 가운데 천막이며 가게를 짓이기는 소리도 밀려들었다.

『――――――――――――――――――――아아아아!!』

수정 기둥을 파괴해 빛나는 파편의 비를 뿌리며 식인꽃 하나가 광장에 도착했다. 이를 선두로 단숨에 다른 몬스터들이 쏟아져 들어왔다.

촉수를 휘두르는 몬스터의 무리에 순식간에 비명이 이어졌다.

"티오나, 티오네! 저들을 지켜!"

핀의 지시와 함께 티오나와 티오네가 질주했다.

저마다 우르가, 쿠쿠리 나이프를 손에 들고 인파를 뛰어넘어 식인꽃 몬스터에게 접근해 거대한 참격의 은빛 광채와 두 줄기의 섬광으로 적의 머리를, 촉수를 절단했다.

"필리아 축제 때도 그랬지만 애들은 대체 어디서 솟아나는 거야?!"

"다들 도망치지 마!!"

예전의 전투 때와는 달리 자신의 무기를 구사해 적의 몸통을 절단하는 티오나와 티오네의 공격.

그녀들의 공격은 유효타를 주는 한편, 주위의 모험자들은 몬스터의 무리에 휩쓸리고 있었다. 무수한 촉수에 얽어

맞고, 육탄공격에 허공으로 솟고, 추악한 주둥이에 붙들려 잡아먹혔다. 개중에는 다른 모험자들과 연계해 분투하는 자들도 있었지만 식인꽃 몬스터가 마을 모험자들보다 능력이 높았다.

당해낼 수 없는 상대임을 깨닫고, 티오나의 외침도 허무하게 뿔뿔이 도망치는 모험자들.

공황을 일으킨 그들은 광장 밖, 마을 곳곳으로 흩어져버렸다.

어쩔 수 없이 티오나와 티오네는 따로 떨어져, 도망치는 모험자들과 몬스터를 쫓았다.

"리베리아, 적은 마력에 반응하니까 될 수 있는 한 대규모 마법으로 근처의 몬스터를 모아! 보르스는 5인 1조로 소대를 만들게 해. 숫자로 대응하면 하나씩은 붙들 수 있어!"

전장 내의 시야정보를 순식간에 확인하고 판단해 핀은 적절한 지시를 내렸다.

"알았어."

"그, 그래!"

리베리아가 광장 중앙에서 마법원을 펼치고, 보르스가 주위 모험자들에게 고함을 질러댔다. 하이엘프의 아름다운 영창에 광장 부근의 몬스터가 끌려가는 가운데 핀 자신도 최전선에 서서 장창으로 수많은 몬스터를 물리쳤다.

한 번의 찌르기로 구강 안에 있는 '마석'을 정확히 노렸다. 그 다음에는 도약하거나 긴 몸통을 밟고 뛰어올라 몬스터에게 일격필살을 날리는 파룸의 용감한 모습, 그리고 목이 터져라 외치는 고무의 함성에 모험자들은 사기를 되찾았다.

혼란이 수습되고, 그들은 차츰 반격으로 나섰다.

광장의 전황이 회복되어가는 광경을 시야 한구석으로 확인하며 핀은 몬스터들의 습격에 눈을 가늘게 떴다.

"이건 무언가 이상해……!"

이곳에서 파악할 수 있는 것만 해도, 마을 내를 헤집고 돌아다니는 적의 수는 50 이상. 심지어 계속 늘어난다. 섬의 단애절벽 위에 세워진 천연의 요새이기도 한 이곳 리빌라 마을에, 접근하는 조짐조차 보이지 않고 나타난 몬스터의 대군에 하염없는 위화감과 기괴한 감정을 느꼈다.

아니, **너무나도 작위적이다.**

핀은 달려나가, 소란통에 쓰러진 수정기둥이며 커다란 바위 위를 뛰어 광장에서 마을 안을 횡단했다. 눈 깜짝할 사이에 낭떠러지까지 도달해 난간에서 몸을 내밀었다.

"헉……?!"

아래를 내려다본 핀의 푸른 눈이 경악으로 흔들렸다.

높이 200M도 넘는 절벽 아래, 지금은 어두운 푸른색으로 일렁이는 호수 안에서 무시무시한 숫자의 식인꽃 몬스터가 수면을 가르고 절벽을 기어오르는 중이었다.

호수 안에, 아니, 세이프티 포인트에 무리를 지어 잠복했다니——몬스터의 있을 수 없는 행동을 본 핀의 머리에 충격과 확신의 빛이 내달렸다.

이제까지 모습을 감추었다가 일제히 달려든 이 타이밍.

괴물에게는 불가능한 전략적 행동. 여기에 개입된 인간의 의사.

이만한 몬스터를 통솔한다니, 믿을 수 없다. 그러나 그렇게밖에는 생각할 수 없다.

핀은 얼굴을 일그러뜨리며 도출된 해답을 입에 담았다.

"설마, 테이머인가……?!"

5장

리빌라 공방전

레피야는 시선 너머의 광경을 한동안 아연실색하여 바라보았다.

불이 켜진 마석등의 빛, 그리고 흰색과 푸른색 수정의 광채에 물든 아름다운 밤거리가 몬스터의 무리에게 파괴되어간다.

찾지 않아도 눈에 뜨이는 거대한 몸을 가진 식인꽃 몬스터는 이제 세는 것이 귀찮아질 정도에 이르렀다. 돌파할 필요도 없이 마을벽을 뱀처럼 타넘고, 낭떠러지 밑에서도 마치 폭포를 거슬러 오르는 물고기처럼 잇달아 올라왔다. 너무 수가 많아 이제는 황록색이 마을의 정경을 절반쯤 차지해버린 것 아닌가 싶은 착각이 들 정도였다.

천막이나 나무 오두막을 무차별 파괴하는, 허공을 고속으로 헤엄치는 무수한 촉수.

독살스러운 극채색 꽃잎이 어스름 속에 떠오르고 바위에, 수정에, 사람에게 온갖 것들에게 유린을 가했다. 끊어질 줄 모르는 아비규환의 비명에 레피야의 푸른 눈동자가 흔들렸다.

"뭐, 뭐야, 이게? 뭐가 어떻게 된 거야……?!"

동요하는 루루네 옆에서 아이즈도 놀라움을 감추지 못하는 것 같았다.

"마을이, 몬스터에게 침공당했어……."

평소에는 감정이 희박하던 눈동자가 지금은 험악한 기운을 띠고 있다.

냉정하게 내려다보면 마을 한복판의 광장에서는 몬스터의 습격에 능숙하게 대처하고 있었다. 이 전망대에서도 알아볼 수 있는 거대한 비취색 마법원이 전개되고 주위의 몬스터가 모조리 그리로 나아가는 가운데, 수백 명이나 되는 모험자가 소대로 맞서며 각개격파해 나갔다. 리베리아는 물론이고 핀도 저 광장에 있을 것이다.

중심부에서 떨어진 곳을 보면, 몬스터들은 불규칙하게 움직이며 사방으로 흩어져 마구 날뛰었다. 노점이며 동굴에 고개를 처박은 개체도 있고, 광장에서 도망치는 모험자들을 쫓아가는 무리도 존재했다. 그런 가운데 은색 광채와 함께 힘차게 몬스터의 기다란 몸을 베어 날려버리는 그림자는 우르가를 휘두르는 티오나가 아닐까.

"광장에 가서 핀이랑 합류하자."

아이즈의 판단에 이의는 없었다.

격전지이기도 하지만, 틀림없이 저곳이 마을의 안전지대일 것이다.

루루네가 필사적으로 고개를 끄덕이고, 레피야도 알겠다고 대답하며 파우치를 고쳐 안고 전망대에서 출발했다. 하지만 그 순간.

『오오오오오오오오오오오오오오오오오오오오오오!!』

"?!"

깨진 종을 두드리는 것 같은 포효와 함께 식인꽃 몬스터 한 마리가 세 사람의 눈앞으로 뛰어들었다.

산사태처럼 격렬한 기세로 바위 경사면을 깎으며 나타났다. 진로 방향을 가로막은 기다란 몸에 세 명이 저마다 경악한 후, 아이즈가 즉시 검을 뽑아 뻣뻣하게 선 레피야와 루루네를 놔둔 채 몬스터에게 달려들었다.

몬스터는 눈 깜짝할 사이에 베여 쓰러졌지만, 몸을 뒤흔드는 진동에 레피야는 흠칫 고개를 들었다.

"저쪽에서도……?!"

"이, 이거 꿈이지?!"

레피야가 현재 있는 마을 변두리 부근에 우뚝 솟은 북서쪽 마을벽에서.

식인꽃 몬스터가 무리를 지어 나타나서는 세 사람이 있는 곳으로 밀려들었다.

루루네가 비명을 다 지르기도 전에 아이즈는 쓰러지는 몬스터의 시체를 피해 길 너머로 달려갔다. 바로 뒤로 지나간 식인꽃은 구물텅 소리를 내며 긴 몸을 꿈틀거리더니 정지하고, 얼굴의 방향을 다시 세 사람에게 돌렸다.

"레피야, 먼저 광장으로 가!"

"아이즈 씨?!"

완벽히 포착당한 세 사람 속에서 아이즈가 튀어나갔다.

뒤를 따라온 몬스터들에게 돌진해 참격의 폭풍을 선사했다. 애검 데스퍼러트로 여러 적을 해체해버리는 한편 몬스터들의 진로를 가로막았다.

긴 금발을 나부끼는 그 뒷모습에 발을 멈춰버린 레피야.

몬스터의 군세를 혼자 막아내는 아이즈를 보며 잠시 망설였지만, 그녀는 사사로운 정을 떨쳐내고 루루네의 손을 잡은 채 달렸다.

이 자리에 남아 있어도 짐만 될 뿐이다. 마력에 반응하는 식인꽃 몬스터 앞에서 함부로 영창을 시작했다간 가차 없이 무리에게 습격을 당할 테고, 그랬다간 아이즈는 방어에만 치중해야 한다. 아마 적의 능력은 Lv.3인 레피야와 루루네를 웃돌거나 백중지간일 것이며, 무엇보다 단단하다. 두 사람만으로는 반격도 힘들 것이다.

검을 장비한 아이즈라면 식인꽃 몬스터 정도는 아무것도 아니다.

지금 해야 할 일은 아이즈가 운반할 수 없는 이 보옥을 들고, 한시라도 빨리 핀의 곁으로 돌아가 루루네의 안전을 확보하는 것이다. 이 마을에는 몬스터 말고도 흉악한 살인귀가 있지 않은가.

그렇게 몇 번씩 자신을 타이르며, 레피야는 입술을 깨물고 달렸다. 루루네를 잡아끌면서 가녀린 다리로 지면을 박찼다.

레피야와 루루네는 현재 있는 북서쪽 지점에서 광장으로 직진하는 루트를 버리고 몬스터가 비교적 적은 북쪽의 우회로로 진로를 잡았다. 몬스터와 맞닥뜨리지 않도록 세심한 주의를 기울이며, 1초라도 빨리 길을 서둘렀다.

노성과 깨진 종을 두드리는 것 같은 울음소리가 멀어져

가는 골목을 나아가기를 한참. 레피야와 루루네는 수정의 숲을 연상케 하는 한 구역으로 나왔다.

수정의 거리——'클러스터 스트리트'.

수정광장의 쌍둥이 수정과 함께 리빌라 마을의 명소였다.

마을 내에서도 한층 커다란 수정밭이 펼쳐진 북부에 형성되어 있으며, 높은 청수정 기둥이 숲을 이루는 곳이다. 많은 교차로가 존재하고, 가옥에 에워싸인 뒷골목처럼 길은 가늘면서 길다. 지나가는 사람들의 모습을 비추는 아름다운 수정벽의 존재도 있고 해서 마치 거울 미로 같다. 리빌라 마을 사람들도 이 장소에만은 과시하듯 지면에 포석을 깔아놓았다.

복잡하게 얽힌 수정 사이로 두 명의 발소리가 울려 퍼졌다. 앞길을 서두르는 레피야와 루루네의 옆얼굴이 결정 표면에 흐릿하게 반사되었다.

그때 마을 중앙에서 무시무시한 굉음과 함께 굵은 불기둥이 잇달아 치솟았다.

"우왁! 포, 폭발?!"

루루네가 어깨를 움츠렸다. 푸르스름한 어둠에 휩싸인 '리빌라 마을'은 순식간에 붉게 타올랐다. 양쪽 옆이 수정 기둥에 에워싸인 길 위쪽 하늘이 선명한 붉은색으로 물들면서 요란한 불똥이 쏟아져내렸다.

"저건…… 리베리아 님의 마법이에요!"

와아아아아! 커다란 함성까지 들려와, 레피야는 오라리

오 최강의 마도사가 펼친 화염마법이 수많은 몬스터를 격파했음을 깨달았다.

그리고 마을이, 하늘이 타오르듯 붉게 물든 가운데.

"앗······?!"

불똥이 쏟아지는 수정의 길에서, 한 그림자가 레피야의 앞에 나타났다.

'남자, 모험자······?'

렉 아머, 건틀렛, 브레스트 플레이트.

손발 끝에서 가슴께까지 두꺼운 까만 갑옷으로 덮은 남성 모험자였다.

목에는 누더기 같은 목도리를 감았으며 머리에는 투구를 썼다. 칠흑색 피부의 절반에는 붕대를 감아 왼쪽 눈만이 레피야와 루루네를 무감정하게 바라보았다.

레피야가 가느다란 눈썹을 찡그리며 의아한 표정을 감추지 못하고 있으려니, 그 사내는 말없이 이쪽으로 다가왔다.

"머, 멈추세요!!"

레피야는 반사적으로 외쳤다.

사내의 불길한 분위기에——마치 눈앞으로 기어오는 새까만 짐승을 본 것 같은 심상찮은 위압감에——압도당해 지팡이를 내밀었다.

하지만 그녀의 경고를 무시하고 사내는 한 발, 또 한 발 큰 걸음으로 거리를 좁혔다.

수인의 본능인지, 바로 곁에서는 루루네의 머리 위에 달린 귀와 꼬리가 부들부들 떨렸으며 낯빛을 잃은 얼굴로 이를 따닥따닥 울려댔다. 겁을 먹은 그녀의 시선 너머에서, 폭이 5M은 되는 길 한복판으로 포석을 밟으며 쑥쑥 다가오는 칠흑색 렉 아머. 레피야의 손이 땀에 젖고, 영창을 해야 할지 말아야 할지 입술이 움직임을 망설였다.

　그리고 열 걸음의 간격 안으로 들어왔던 다음 순간――사내의 모습이 사라졌다.

　반응을 허용하지 않는 속도의 육박.

　눈을 크게 뜰 시간조차 주지 않고 레피야의 품까지 파고든 사내는 그녀의 목을 한 손으로 잡아 들어올렸다.

　“컥――?!”

　가볍게 허공으로 올라가 발이 지면에서 떨어졌다.

　목을 압박하는 건틀렛. 무시무시할 정도로 싸늘한 금속의 감촉이 피부에 파고들어 레피야의 손 안에서 지팡이가 높은 소리와 함께 지면에 떨어졌다.

　사내의 오른손을 필사적으로 떼어내려고 두 손을 가져다 대기는 했지만 달라붙은 채 전혀 떨어지질 않았다.

　목을 조이고자――아니, 짓이겨 터뜨리고자――다섯 손가락이 무시무시한 힘으로 파고들었다.

　“으, 으르렁!”

　허를 찔린 루루네는 몸을 숙이고 두 눈을 치켜세우며 사내에게 달려들었다.

나이프를 뽑아 레피야를 도우려 했지만, 사내가 눈길조차 주지 않고 왼손을 휘두른 순간 그녀는 수정기둥에 처박혔다. 벽에 균열을 일으키며 등이 떨어지고, 루루네는 지면에 쓰러졌다.

"아……! 으, 윽……!"

루루네가 기절한 가운데 레피야의 의식 또한 급속도로 멀어져갔다.

선황색 머리카락과 함께 발이 허무하게 허공에 흔들리는 가운데, 몸 안에서 살점과 뼈가 삐걱거리는 소리가 울려 퍼졌다.

공기를 제대로 빨아들이지 못하는 입술이 몇 번이나 허덕였고, 활짝 뜨인 눈에는 눈물이 고였다. 이제는 완전히 머리 위를 올려다보는 자세가 된 레피야. 사내는 그저 무표정하게 손에 힘을 주었다.

뿌득, 가녀린 목이 일그러졌다.

마지막까지 저항을 계속하던 두 손이 축 늘어졌다.

죽음의 낫이 올라가는 소리가 들렸다.

──아이즈 씨.

붉게 타오르는 하늘을 올려다보고 뺨에 한 줄기 눈물을 흘리며 레피야는 그 이름을 중얼거렸다.

다음 순간.

『오오오오오오오오오오오오오오오오오오오오오오!!』

수정기둥을 파괴하며, 갈기갈기 찢긴 기다란 몸이 날아

들었다.

절규와 함께 폭발하듯 클러스터 스트리트를 부수는 식인꽃 몬스터. 수많은 청수정 파편이 주위에 흩어지고, 크게 뜨인 레피야의 눈동자에도 그 광경이 비쳐들었다.

그 직후에 나타난 것은 눈꼬리를 곤두세운 금발금안의 검사였다.

"하아!!"

눈을 크게 뜨고 옆으로 돌아선 남자를 향해 은색 세이버를 내리질렀다.

창졸간에 레피야를 놓고 회피한 사내의 갑옷에 날카로운 검광의 자국이 새겨졌다.

털썩 지면에 쓰러지는 레피야의 몸. 몬스터의 몸이 파괴한 길을 일직선으로 달려왔던 【검희】는 그녀를 등 뒤로 보호하며 사내와 대치했다.

하늘이 열화처럼 붉게 타오르는 가운데, 아이즈는 은색 검을 울렸다.

"콜록, 콜록!!"

레피야의 기침 소리를 등으로 들으며 아이즈는 방심하지 않고 전방의 인물을 노려보았다.

까만 갑옷을 입은 모험자 사내. 무기는 허리에 찬, 칼집에 꽂지 않은 장검 한 자루뿐인 것 같았다. 방어구 자체는 수많은 것들 가운데에서도 중견 정도 위치를 차지하는 아이템이라 그렇게 성능이 높아 보이지는 않았다.

그는 부자연스럽게 움푹 꺼진 왼쪽 눈을 가늘게 뜨며 쯧하고 혀를 찼다.

아이즈가 물었다.

"레피야, 괜찮아?"

"네, 네에……."

호흡을 간신히 가라앉힌 레피야가 대답했다. 아직까지 일어서지 못한 그녀는 목을 붙든 채 눈물을 닦아낸 눈으로 전방을 보았다.

빈사상태의 식인꽃이 반쯤 벽에 파묻히다시피 쓰러져 수정기둥이 일부 무너진 외길. 거리를 확보하고 대치한 갑옷 차림의 사내는 보아하니 아이즈가 떨어진 순간을 노려 레피야와 루루네를 죽이려 했던 모양이었다.

밀려드는 몬스터를 힘껏 섬멸하고 즉시 레피야와 루루네의 뒤를 따라와 저지했다고는 하지만, 마치 잰 것처럼 적절한 타이밍이었다.

"……당신이 하샤나 씨를 죽인 사람?"

멀리서 메아리치듯 모험자들의 목소리가 들려오는 가운데 아이즈가 물었다.

정보에 따르면 여성이라고 했지만, 아이즈의 감이 눈앞의 인물이야말로 하샤나를 살해한 범인이라고 말해주었다.

세 사람의 눈빛을 받으며 그는 줄곧 꽉 다물었던 입을 벌렸다.

"그렇다면 어쩌겠다는 거지?"

그 목소리를 들은 순간 아이즈와 레피야는 눈을 크게 떴다.

높게 울려 퍼진 그 목소리는 외견과는 전혀 다른——**여성의 음성이었기 때문이다.**

"다, 당신은 남자 아니었나요……?!"

분명히 남자의 생김새인 얼굴을 빤히 들여다보며 레피야가 당황해 말했다.

붕대로 반쯤 가려졌다고는 하지만 의심할 여지가 없다. 소름이 끼칠 정도로 표정이라 부를 만한 것이 존재하지 않는다지만, 거무스름한 피부의 정한한 얼굴은 아무리 봐도 여성 같지 않았다.

무표정한 상대는 담담히 말했다.

"뜯어냈을 뿐이야."

"뜯……?!"

"시체에서 얼굴 가죽을 뜯어내 쓰고 있을 뿐이야."

레피야는 입을 딱 벌렸다. 아이즈조차 그 발언에는 흠칫 숨을 멈추었다.

"독구더기 '포이즌 베르미스'의 체액에 담그면 인피(人皮)는 부패를 막을 수 있지……. 몰랐어?"

억양 없는 어조로 설명하는 그, 아니, **그녀**의 말에 한기가 등줄기를 타고 올랐다.

다시 말해, 눈앞의 인물은 빼앗았던 것이다.

목을 꺾어 살해했던 하샤나에게 얼굴 가죽을 잔혹하게 뜯어내서.

그 머리 없는 주검의 참상은 단순히 화가 나 밟아 으깨버렸던 것이 아니라.

얼굴 가죽을 뜯어냈다는 사실을 알아차리지 못하도록 은폐하려는 수단이었다.

"그렇다면, 그 얼굴은 하샤나 씨의……?"

여기까지 말하려던 레피야는 얼굴을 창백하게 물들이며 손으로 입을 꽉 막았다.

인피 마스크를 뒤집어쓴 인물——갑옷 차림의 여자는 부정도 긍정도 하지 않았다. 새삼스레 대답할 필요 따위 없다는 양.

아이즈는 주의 깊게 그 얼굴을 관찰했다. 얼굴 절반에 감은 붕대는 아마 마스크의 크기가 맞지 않았기 때문에 생겨난 이질감을 감추기 위한 것이었으리라.

"아아, 망할. 답답해서 못 견디겠네."

여자는 아이즈와 레피야를 무시한 채 짜증이 난다는 듯 몸에 걸친 갑옷을 벗기 시작했다.

브레스트 플레이트를 붙잡고, 부수었다. 너무나도 쉽게 파괴해 떼어내자 뜯겨나간 갑옷 안에서 이너웨어에 감싸인 풍만한 가슴이 출렁 흘러나왔다. 목도리나 다른 갑주의 일부도 억지로 벗겨내 하얀 목덜미며 나긋나긋한 팔다리를 드러냈다.

남자 얼굴의 인상과 선입견이 너무 강했다. 하샤나의 짐을 찾기 위해 인피 마스크를 뒤집어썼던 그녀는 도저히 여성으로는 보이지 않았으므로 용의자 후보에서 제외되었던 것이다.

머리 위쪽은 남자 얼굴, 아래쪽은 여자 몸을 한 그 모습이 엄청난 위화감을 뿜어내는 가운데.

질퍽.

부패방지 작용이 떨어졌는지 인피 마스크의 일부가 소리를 내며 녹아내렸다. 왼쪽 눈 주변의 피부가 벗겨져 하얀 여자 피부가 드러났다.

이윽고 그녀는 투구, 무릎받이, 건틀릿만을 남긴 경장 상태로 고개를 들었다.

"이제 그만 그 씨앗을 넘겨줘야겠어."

그렇게 말하고, 여자는 허리에 찼던 장검을 뽑았다.

다음에는 단숨에 도약해 아이즈에게 달려들어 충돌했다.

레피야의 곁에서 달려나와 공격을 펼친 아이즈의 《데스퍼러트》가 상대의 장검과 부딪쳐 격렬한 불꽃을 뿜어냈다.

"흡!"

"아, 역시 강한걸."

자신의 빠른 속도에 반응한 아이즈에게 여자는 눈을 가늘게 뜨더니 다시 연격을 펼쳤다.

"……헉?!"

말문이 막힌 레피야가 지켜보는 가운데 격렬한 칼부림이 펼쳐졌다.

수직으로 꽂히는 장검. 수평으로 미끄러지는 세이버. 허공에 춤추는 검과 검이 부딪치고 은색 검광이 허공에 몇 번이나 오갔다. 두 사람의 모습은 뿌옇게 잔상을 이루어 종횡무진, 결코 넓지 않은 길 한복판에서 몇 번이나 위치를 바꾸었다.

수정벽에 반사되어 두 사람의 모습이 마치 분신처럼 주위에 펼쳐지고, 수많은 푸른 그림자가 클러스터 스트리트를 헤집고 돌아다녔다.

──강하다!!

눈앞의 적이 가진 실력에 아이즈는 눈을 크게 떴다.

갈고 닦은 자신의 검기에 전혀 뒤지지 않는 전투기술. 순수한 검술만이 아니라 주먹과 발차기까지 섞인 그 홍수 같은 공격은, 아이즈가 이제까지 직면한 적이 없었을 정도로 처절하고 냉혹했다. 건틀렛을 낀 주먹이 까만 잔상을 만들며 장검과 족도가 아이즈의 몸을 가르고자 호를 그렸다. 세이버로 과감하게 응전하고, 번뜩이며 흩날리는 금색 장발은 회피의 궤적을 그렸다.

이만한 모험자의 이름과 무용담이 그동안 조금도 전해지지 않았다니, 도저히 믿을 수가 없었다.

인피 마스크 안에 존재하는 얼굴은 과연 누구란 말인가.

아이즈는 두 눈을 날카롭게 떴다.

"──【해방될 한 줄기 빛, 성스러운 나무로 지은 활대. 그대는 명궁일진저】."

그때 아이즈의 등 뒤에서 주문이 흘러나왔다.

지팡이를 주워 장비한 레피야였다. 일어날 시간조차 아껴가며 개시한 영창. 그녀가 주저앉아 있던 포석에 선황색 마법원이 전개되었다. 엄호사격을 지원하려는 것이다.

시선을 흘끔 레피야에게 돌리는 여자를 붙들어놓고자 아이즈는 속도를 더욱 높였다.

"【저격하라, 요정의 사수. 뚫어라, 필중의 화살】!"

참격의 횟수가 갑자기 늘어나는 한편 레피야도 영창의 과정을 고속으로 마쳤다.

적은 전열 역할을 충실히 수행하는 아이즈를 돌파할 수 없었다.

그리고 구슬 같은 목소리와 함께 마법원에서 강한 빛이 솟아났다.

"【아르크스 레이】!!"

사출되는 빛의 화살.

속도가 중시된 화살 단발마법. 그러나 레피야가 원래 보유한 강대한 '마력'에 더해 대량의 마인드를 쏟아 부은 이 마법은 더 이상 '화살'이라 부를 수 없는 '빔'이 되었다.

게다가 이 마법이 지닌 속성은 자동추적. 발동하면 반드시 명중하며 회피는 불가능하다.

수정에 에워싸인 외길이 빛을 발했다. 사선에서 비켜나간 아이즈의 바로 옆을 지나가며 솟아나간 빔에 여자 모험자는 왼쪽 눈을 가늘게 뜨더니——한쪽 팔을 내밀었다.

　"아니?!"

　"웃?!"

　레피야와 아이즈의 경악과 함께 여자의 왼손이 빔을 받아냈다.

　천둥소리에 필적하는 충격성이 발생하고 빛의 물보라가 솟아났다. 금이 간 칠흑의 건틀렛이 가장 먼저 부서져나갔지만 여자의 가느다란 팔은 조금도 흔들리지 않았다. 그리고 다음 순간에는 반사시키고 있었다.

　오직 완력만으로 팔을 휘둘러 궤도를 꺾어, 대각선 전방의 벽에 빔을 꽂아버렸다.

　"~~~~~~~~~~~~~~~~~~?!"

　수정이 터져나간 것과 동시에 충격파가 일어났다.

　기절했던 루루네와 함께 비명을 지른 레피야는 원래 있던 곳에서 날아가버렸다. 그 바람에 손에 들었던 파우치가 떨어지고 자루에서 튀어나온 녹색 보옥이 지면 위에 굴러갔다.

　반사된 빔의 위력에 아이즈도 자세를 흐트러뜨린 가운데 여자 모험자는 지체하지 않고 공세에 나섰다.

　"?!"

　장검이 허공을 내달려 몸을 스쳤다. 가차 없는 추가공격이 불꽃을 그렸다.

아이즈의 금색 눈동자가 흔들렸다. 적의 속도가──더욱 빨라졌다. 무시무시한 완력도 한층 강해져 칼날을 마주한 《데스퍼러트》와 함께 팔에 마비감을 주었다.

상대의 저력을 가늠할 수가 없었다.

무감정하게 노려보는 그 왼쪽 눈에 전율을 느꼈다.

"큭──?!"

높은 상단에서 날아든 일격에 가녀린 몸이 푹 가라앉았다.

이제 와서 처음으로 아이즈의 얼굴이 고통으로 일그러졌다. 처음으로, 그녀가 열세에 몰렸다.

──그걸 쓸 수밖에 없어.

여전히 이어지는 적의 격렬한 공세에 아이즈는 이제 망설임을 버릴 수밖에 없었다. 결단하지 않고선 이쪽이 당하고 만다. 자신만이 아니라 레피야도, 루루네도.

대인전에서는 지나치게 강력해 쓰지 않겠노라고 결심했던 자신의 마법을 과감하게 행사했다.

"【눈을 뜨라, 폭풍】!!"

지극히 짧은 영창을 방아쇠 삼아 '마법'을 발동한다.

그녀가 자아낸 주문이 기류를 불러냈다.

아이즈의 입술이 커다란 한마디를 터뜨린 것과 동시에 【에어리얼】이 발동해 검에, 온몸에 바람의 힘을 부여했다.

폭발하듯 높아진 속도로 적의 공세를 밀어냈다.

"아니?!"

여자의 왼쪽 눈이 경악으로 크게 뜨였다.

장검을 격추시키고, 태풍이 깃든 참격을 단숨에 대각선 아래에서 위로 올려 베었다. 상대도 창졸간에 방어했으나, 몸은 위력을 이겨내지 못하고 무시무시한 기세로 후방을 향해 날아갔다.

휘말려 올라가는 바람의 포효. 참격의 여파. 그 풍압에 적의 투구가 허공으로 날아가고 인피 마스크가 찢겨 날아갔다. 콰콰콰콰콱! 돌바닥을 깎으며 크게 후퇴한 여자 모험자는 겨우 정지하더니 얼굴을 천천히 들었다.

피처럼 붉은 머리.

투구를 잃고 흘러내린 선명한 색의 가느다란 머리카락은, 원래 장발이었는지 칼날로 난잡하게 잘라낸 흔적이 남아 있었다.

그리고 보석과도 같은 녹색 눈동자.

갈기갈기 찢겨진 붕대만이 살짝 걸린 얼굴 반쪽으로 여자의 맨얼굴이 드러났다. 하얀 피부의 미모는 가늘고 긴 왼쪽 눈을 경악으로 크게 뜨고 있었다.

"지금 그 바람…… 그랬군. 네가 '아리아'였구나."

그렇게 중얼거린 단어에——아이즈는 금색 두 눈을 크게 떴다.

두쿵. 가슴을 흔드는 한층 높은 고동 소리. 말도 잇지 못할 만한 충격이 온몸을 엄습하고 '어떻게'라는 말이 머릿속을 가득 메웠다.

아이즈의 가녀린 목이 동요로 떨렸다.

양쪽 모두 경악을 드러낸 가운데, 한순간 기묘한 침묵이 두 사람 사이에 내달렸다.

그때 느닷없이.

『──아아아아아아아아아아아아아아아아아아아아!!』

지면에 떨어졌던 보옥이── 여자 태아가, 절규했다.

"?!"

등 뒤에서 들려온 찢어지는 고함에 아이즈는 몸을 돌렸다.

마찬가지로 그 목소리를 듣고 다급한 감정을 드러낸 붉은 머리 여자가 채 움직임을 보이기도 전에.

태아는 보옥 안에서 발버둥을 치듯 몸을 움직였고 그 조그만 손이, 기이한 안구가 달린 머리가 녹색 막을 찢었다.

『아아아아아아아아아아아아아아아아아아아아아!!』

마치 아이즈의 마법이 계기가 되었던 것처럼 활동을 개시한 태아는 그 조그만 몸 어디서 그런 힘이 나오는지, 자신의 몸 몇 배는 되는 비거리를 팔맷돌처럼 튀어나갔다.

자신의 얼굴로 육박하는 기분 나쁜 안구를 아이즈가 크게 회피하자, 태아는 그대로 허공을 날아가 온몸에서 액체를 뚝뚝 흘리며.

수정벽에 파묻힌 식인꽃 몬스터에 접촉해 **기생했다.**

"아니──."

『오오오오오오오오오오오오오오오오오오오오오오오?!』

아이즈와 붉은 머리 여자 사이에서, 분명히 빈사상태였던 식인꽃이 절규를 터뜨렸다.

길쭉한 몸의 일부에 달라붙은 태아는 마치 각인된 것처럼 몬스터의 표피와 동화되어가고, 나아가 그곳을 중심으로 변화가 시작되었다.

혈관이 튀어나오는 것처럼 붉은 맥 형태의 선이 긴 몸을 내달리고, 그와 연동하듯 몬스터의 외침이 더욱 커졌다. 타액에 젖은 비명을 구강에서 토해내며 꿈틀, 크게 떠는가 싶더니 거대한 몸 전체가 부풀었다.

근육이 융기했다.

레피야는 길 한구석에서 얼어붙은 채 움직이지 못했다. 신음하고 발버둥 치며 변화를 멈추지 않는 끔찍한 몬스터의 모습이 군청색 눈동자 속에 비쳤다.

변형에 이은 변형.

그것은 상식을 벗어난 성장, 진화였는지도 모른다.

그 보옥은 몬스터를 강제로 다른 존재로 바꾸는 금단의 열매였던 것일까.

전율하는 아이즈의 시선 너머에서 소리를 내며, 태아가 기생한 곳으로부터 무언가가 부풀어 올랐다.

마치 번데기에서 우화하는 나비처럼, 인간의 몸 같은 윤곽이 우둑우둑 표피 밑에서 일어나려 했다.

『—————————————————————— 오오

오오오오오오오오오오오오오오오오오오오오오오오!!』

　이리저리 발버둥을 치는 몬스터는 여전히 변형을 멈추지 않은 채 아무 예고도 없이 덤벼들었다.

　거구가 마구잡이로 휘두르는 공격을 펼치자, 아이즈는 질주해 레피야와 루루네의 몸을 안아들었다. 몬스터의 몸이 몇 번이나 부딪쳐 파괴되어가는 수정 통로에서 그녀들과 함께 탈출했다.

　"에잇, 헛수고했잖아……!"

　요란하게 혀를 차며 붉은 머리 여자도 그 자리에서 이탈했다.

　굵은 진홍색 잎맥을 온몸에 띄운 몬스터는 아이즈 일행을 추적했다. 지형을 무시한 채 수정기둥을 부수면서, 귀를 찢는 광기의 포효와 함께 집요하게 쫓아왔다. 질주와 연속도약을 구사해 클러스터 스트리트를 도망쳐 다니던 아이즈는 이대로 가면 제대로 전투도 할 수 없으리라 판단하고 어쩔 수 없이 수정 광장으로 진로를 틀었다.

　한편 태아에게 기생당한 몬스터는 진격하면서 다른 식인꽃 몬스터를 발견하면 다짜고짜 달려들었다.

　놀란 아이즈가 후방을 돌아보자 몇 마리나 되는 몬스터가 겹쳐진 채 이어져 있었다.

　그리고 아이즈의 금색 눈동자는.

　우화를 마친 것처럼 몬스터의 표피를 가르고 나오는 여체의 모습을 보았다.

"뭐야 저게. 문어?!"

"저건, 50계층에서 나왔던······?!"

마을 곳곳에서 전투가 이어지는 가운데, 갑자기 출현한 그 거구에 티오나와 티오네는 소리를 질렀다.

티오나의 말대로 그것은 어찌 보면 거대한 문어와도 비슷했다. 열 개도 넘는 다리는 식인꽃 몬스터로 이루어진 것이었으며, 제각각 의지를 가진 것처럼 구부러지고 넘실거리고 꿈틀거렸다. 여러 개의 다리가 모인 중심 부분 위쪽은 극채색의 몸——여체를 본뜬 상반신이 존재했으며, 멀리서 확인할 수 있는 전체상은 마치 해변에 서식한다는 반 인간 반 문어의 몬스터 스킬라 같았다.

티오네의 기억을 자극한 것은 예전 '원정' 때 제50계층에서 조우한 예의 그 여체형 몬스터였다. 아이즈가 격파했던 개체는 하반신이 애벌레였지만, 비슷한 점은 싫어도 눈에 들어왔다.

파들파들 떨던 상반신이 움직임을 멈추자 밋밋한 얼굴을 천천히 들더니, 식인꽃의 여체형 몬스터는 이동을 개시했다.

티오나와 티오네는 도시 중앙부, 수정광장으로 진로를 잡은 초대형급 몬스터를 향해 달려갔다.

"이제 이 근처에서 몬스터에게 습격당하는 사람은 없지?!"

나란히 달리는 티오나의 목소리에 지면을 박차며 대답하는 티오네.

"구해주면서 전부 광장으로 쫓아냈어! 냉큼 가자!"

그녀들의 주위에는 일방적이었던 전투를 말해주듯 식인꽃 몬스터의 잔해와 절단된 꽃 머리가 바위며 수정 밑에 박혀 있었다.

파괴된 천막과 오두막을 밟고 도약하며 두 사람은 일직선으로 마을 중심부를 향해 나아갔다.

"어디서 나타났는지 묻고 싶은 심정이지만…… 처리가 더 시급하겠군."

"응, 그렇지."

"너희는 어떻게 그렇게 냉정해?! 당황 좀 해보라고!"

보르스의 비명이 울려 퍼지는 가운데, 리베리아와 핀은 그 길고도 거대한 몸을 올려다보았다.

레피야와 루루네를 끌어안고 도망쳐 돌아온 아이즈에 이어, 굉음과 함께 식인꽃으로 이루어진 발을 들이밀며 여체형이 광장으로 들어왔다. 리베리아의 화염마법에 숫자가 격감했다고는 하지만, 아직까지 몬스터와 교전 중이던 모험자들은 그 압도적이면서도 추악한 위용에 숨을 멈추었다.

문어발처럼 달라붙은 식인꽃들은 가늘고 길었던 몸이 한층 크고 굵어져 마치 거목의 줄기 같은 직경을 자랑했다. 황록색 표피에는 진홍색 잎맥이 구석구석까지 돋아나 분노 혹은 광란의 감정에 지배당한 것처럼 보였다.

 깨진 종을 두드리는 것 같은 포효를 몇 겹으로 내지르는 하반신과 달리 극채색 상반신은 조용했다. 눈과 코가 없는 얼굴은 인간의 머리를 통째로 삼킬 수 있을 만한 입술이 살짝 벌어졌으며, 뒷머리에서는 물결치는 녹색 머리카락이 허리까지 늘어졌다. 그 머리카락은 기이한 형태를 띤 온몸 속에서 유일하게 아름답게 보였다.

 어깨에서 뻗어난 두 팔은 팔꿈치 아래쪽이 무수한 촉수로 이루어졌으며, 지금은 식인꽃으로 만든 발밑을 향해 축 늘어뜨리고 있었다.

 "50계층에서 나왔던 몬스터도, 그 태아 탓에 저렇게 된 거였을까……?"

 아이즈가 내려주자 레피야는 눈앞의 여체형 식인꽃을 올려다보았다.

 여러 마리의 식인꽃에 기생해 이를 흡수한 여체형의 규모는 50계층에서 마주쳤던 개체를 웃돌았다. 높이는 6M 정도여서 별 차이가 없지만 긴 다리 탓에 옆으로는 엄청난 규모를 자랑했다. 다리를 구부리고 있어도 10M은 넘지 않을까.

 "도착했다~!"

"와~ 가까이에서 보니 더 징그럽네."

티오나와 티오네가 머리 위에서 뛰어내려 광장에 착지했다.

화염의 잔재가 흐려져 가는 붉은 하늘 아래, 모여든 아이즈 일행을 여체형 식인꽃이 내려다보더니.

『!』

움직였다.

번쩍 고개를 든 들개처럼 식인꽃의 다리가 일제히 지면에서 떨어지더니 토사를 떨어뜨리며 아이즈에게 돌격했다.

아이즈는 기절한 루루네를 레피야에게 맡기고 두 사람이 말려들지 않도록 반대 방향으로 달렸다. 식인꽃의 주둥이는 그녀가 있었던 곳을 지나가면서 광장 중앙에 있던 쌍둥이 수정을 파괴했다.

"아이즈를 노린다!"

"발동하고 있는 마법에 반응하는 건가?"

몬스터의 앞쪽에 있던 모든 식인꽃이 아이즈에게 쇄도하는 광경에 리베리아와 핀은 지팡이와 창을 내밀며 몬스터에게 다가갔다.

그리고 그들보다도 먼저 도착한 티오나와 티오네가, 아이즈를 쫓던 두 개의 다리에 달려들었다.

"으랏차아——!!"

『오오오오오오오오오오오오오오오오오오오오오오?!』

티오나가 우르가를 내리쳐 식인꽃의 목을 절단했다. 거

대한 은덩어리 같은 검광을 받아 잘려나간 다리에서 절규
가 치솟았다.

그녀의 별명인 【대절단】이라는 칭호에 어울리는, 단칼에
굵은 다리를 갈라버리는 호쾌한 참격은 가공할 만했다. 조
금 전까지의 전투와 전혀 다를 바 없이, 보통 식인꽃보다
도 굵게 부풀어오른 긴 다리가 이리저리 펄떡거렸다.

『——!』

꽃 부분을 잃은 다리는 베인 단면에서 피를 흘리며 티오
나를 튕겨냈다.

"아야아——?!"

우르가의 두꺼운 검신을 방패로 삼은 그녀는 지면을 한
바퀴 구르며 일어났다.

"힘이 장난 아니게 세졌는데?! 게다가 목을 날렸는데도
아직 움직여?!"

"저건 이제 다리 중 하나일 뿐이야! 당연히 움직이지!"

동생과는 달리 냉정하게 다리 하나를 요리한 티오네가
소리쳤다. 쿠쿠리 나이프를 들고 잎맥이 돋아난 긴 다리를
눈 깜짝할 사이에 갈기갈기 찢어놓고는 별 어려움 없이 공
격을 피했다.

티오네는 움직임에 활기를 잃은 다리에 기회를 놓칠세
라 공격을 퍼부어 재기불능으로 빠뜨리려 했으나, 그때 여
체형의 상반신이 움직였다.

아이즈를 쫓던 얼굴을 티오네에게 돌리고 팔의 촉수를

창처럼 방출했다.

"망할!"

티오네는 밀려드는 무수한 촉수를 두 자루의 쿠쿠리로 쳐냈다. 직선만이 아니라 곡선까지 그리며 사방에서 짓쳐드는 촉수에 욕설을 퍼부으며, 그 자리에서 이탈하는 것과 동시에 품에서 꺼낸 투척용 나이프를 던졌다.

여체형의 상반신으로 육박한 고속의 칼날을 촉수 하나가 가볍게 튕겨냈다.

"리베리아, 먼저 갈게!"

"그래. ——거기 엘프, 등에 진 활을 빌려다오!"

"네, 네엣?!"

핀이 가속하여 다리 하나에 장창을 꽂는 가운데 리베리아가 한 엘프 사내를 불렀다.

왕족인 하이엘프의 목소리에 그는 무조건 따랐다. 리베리아에게 달려가 서브웨폰인 대형 파쇄궁(破碎弓)을 화살통과 함께 넘겨주었다.

재빨리 화살통을 허리에 고정한 리베리아는 진남색 활을 들고 잇달아 화살을 연사했다. 상반신에 날아드는 화살을 일부러 촉수로 튕겨내게 해 공격의 중추인 핀을 지원해주는 것이다.

하이엘프의 숲에서 자라나, 사냥이 얼마 안 되는 취미 중 하나였던 【로키 파밀리아】의 부두령은 활 실력도 뛰어났다. 거대한 화살이 박힐 때마다 식인꽃의 다리는 충격에 못 이긴 것처럼 꾸물텅거렸다.

"보르스, 손이 부족해! 지휘를 맡아줘!"

그리고 리베리아의 엄호사격을 받으며 장창을 휘두르는 핀.

마치 등에 눈이 달린 것처럼 후방에서 비처럼 쏟아지는 화살은 스치지도 않고 몬스터의 다리를 가르고 뚫었다. 그 조그만 몸으로 좁은 틈바구니를 비집고 다니며, 아이즈에게 몰려들려는 여러 개의 다리를 한꺼번에 상대하고 있었다.

여체형의 두 팔에서 쏟아져나간 촉수를 풍차처럼 회전시키는 창으로 튕겨냈다. 무수한 불똥이 핀의 황금색 머리카락을 비추었다.

"저, 저놈들, 역시 머리가 어떻게 된 거 아냐……?!"

광장 중심부에서 일어난 격렬한 전투에 보르스가 엉거주춤한 자세로 신음소리를 냈다. 겨우 넷이서 여체형의 움직임을 붙들어놓고 있는【로키 파밀리아】의 멤버들을 보며, 주위에서 몬스터의 잔당과 교전하던 모험자들도 꼴깍 침을 삼켰다.

『……!』

티오나, 티오네, 리베리아, 핀. 네 사람의 파상공격에 말려든 여체형 몬스터는 아이즈를 놓쳤다. 탐색하려 해도 그들의 격렬한 공격에 의식을 빼앗겨 어쩔 수 없이 반격에 나서야 했다.

"모두들……!"

식인꽃의 다리에 쫓겨다니던 아이즈는 여체형의 집중공격을 잠시 벗어나, 이리저리 뛰어다니는 네 동료의 모습을 보았다.

아이즈는 자신도 저 공세 속에 가담하여 단숨에 여체형 몬스터를 몰아붙이고자 했다. 그러나——그림자가 그녀의 몸을 덮었다.

"!"

머리 위에서 날아든 공격을 아이즈는 아슬아슬한 차이로 회피했다.

몸의 방향을 바꾸자 그곳에는 조금 전의 붉은 머리 여자가 있었다.

"너는 나다. 이대로 그냥은 돌아갈 수 없어……. 잠깐 같이 놀아줘야겠다."

"……!"

날카롭게 노려보는 녹색 왼쪽 눈에 아이즈도 눈에 힘을 주고 시선을 부딪쳤다.

붉은 머리 여자는 광장에서 아이즈를 쫓아내려는 듯 격렬하게 공세를 퍼부었다. 아이즈는 이에 맞서고자 《데스퍼러트》로 응전했다.

다른 데 신경을 쓸 여유는 없다. 상대가 이를 허용하지 않는다. 동시에 상대에게 물어보아야만 할 것도 있었다.

"아이즈?!"

티오나의 목소리를 등 뒤로 들으며 달려나갔다.

아이즈는 여자의 일대일 대결에 응해 광장에서 이동했다.

"레피야, 전에 했던 연계 기억하나? 그걸로 간다."

"아, 알겠습니다!"

가까이 다가온 리베리아에게 레피야가 고개를 끄덕였다.

서로 다른 방향으로 달려나가, 여체형의 앞뒤로 돌아 간다.

『──────────!!』

아이즈가 광장에서 멀어져간 한편, 초대형 몬스터와의 전투는 이어졌다.

핀을 비롯한 【로키 파밀리아】를 중심으로 여체형 공략이 진행되는 가운데 손이 빈 모험자들은 용감하게 전열에 가담하려 했다.

후열의 위치에서 마도사가 영창을 시작하고, 전열부대가 적의 공격을 막아내고자 전선으로 밀고 나갔지만──

──몬스터에게는 숫자가 의미를 이루지 못했다.

아직도 건재한 열 개도 넘는 식인꽃의 다리를 펼치고, 달라붙는 개미떼를 털어내듯 모든 방향의 모험자들을 휩쓸어버렸다.

"으어어어어어어억!! 아, 안 되겠다, 나 죽겠네!!"

광장을 파괴하는 충격과 강풍에 보르스가 비명을 질렀다. 티오네도 외쳤다.

"아 진짜, 주위에 있는 놈들이나 피신시켜! 일일이 감싸

줄 수 없으니!!"

그야말로 소용돌이였다.

넓은 바다에 출현한 거대한 조류처럼 여러 개의 다리를 어지러이 휘두르며, 다가오든 말든 적을 모조리 날려버린다. 다리의 사정거리는 놀라울 정도로 길어 마력을 감지당한 마도사들은 제일 먼저 당했고, 동료를 지키고자 방패를 든 드워프들은 속절없이 밀려나갔다.

뒤로 돌아가도 소용없었다. 상반신 밑에서 방사형으로 뻗어나간 식인꽃 다리는 저마다 독립된 개체인 것처럼 꿈틀거리며 변칙적인 공격을 가했다. 용케 다리의 공격을 피한들 극채색 상반신이 뻗은 촉수에 휘감기거나 꿰뚫리고 말았다. 【로키 파밀리아】 이외에는 접근조차 쉽지 않았다.

"하나하나 잘라내고 있긴 한데, 말이지!!"

『께에엑!!』

티오나의 일격이 다리 하나를 베어 날려버렸다. 괴성을 지르며 또 하나의 식인꽃 머리가 지면에 굴렀다.

이 전장에서 발군의 위력을 자랑하는 우르가는 이미 몇 번에 걸쳐 적의 다리를 잘라냈다. 하지만 그래 봤자 다리의 길이가 짧아질 뿐, 여체형의 공격은 멈추질 않았다. 즉시 반격이 날아들고 티오나는 재빨리 몸을 돌려 피했다.

"아마도 마석이 박혀 있을 저 상반신을 노릴 수밖에 없을 것 같은데⋯⋯."

핀이 지면에 떨어진 단창――다른 모험자의 무기―

―을 주워 적의 상반신을 향해 힘차게 던져보았지만 두 팔에서 돋아난 촉수에 가로막혔다.

자루가 부러져 허공에 춤추는 창을 보며 핀은 탄식했다. 여체형의 촉수는 가까이 파고든 적을 반격하는 대지 및 대공 무기였으며, 동시에 철벽의 방패이기도 했다. 저 방대한 숫자의 촉수를 피해 원거리에서 공격을 가하기란 무리일 것이다.

그렇다고 해서 함부로 적의 간격으로 뛰어들 수는 없다.

핀이 흘끔 쳐다본 방향, 광장의 동쪽 제일 깊숙한 곳.

호수를 등진 형태로, 리베리아는 지팡이를 수평으로 든 채 영창을 시작하고 있었다.

【숭고한 전사여, 숲의 궁수대여.】

광역으로 전개되는 마법원.

여러 겹의 비취색 원이 빛을 발하고, 그 존재를 과시하듯 눈부신 빛의 입자와 빛줄기가 발밑에서 솟아났다.

같은 마도사들도 전율할 만한 마력이 그녀의 몸에서 발산되었다.

【밀려드는 약탈자 앞에서 활을 들라. 동포의 목소리에 호응하여 살을 시위에】

『!!』

휘릭. 여체형이 얼굴과 상반신을 돌렸다.

막대한 마력에 반응하여, 광장 중심에서 기어나와 돌진한다. 그 거구의 진격을 가로막기란 핀을 비롯한 1급모험자라 해도 불가능했다. 주위의 모험자가 구르다시피 진로에서 대피하고, 모두들 전열의 역할을 포기했다.

밀려드는 거구와 여러 마리의 식인꽃 주둥이를 앞에 두고 리베리아는 버들잎처럼 모양 좋은 눈썹을 곤두세우며 영창을 이어나갔다.

"【머금어라 불꽃, 삼림의 등화. 쏘아라 요정의 불화살】."

『—————————————————!!』

식인꽃 다리가 크게 울부짖으며 목표의 마력에 달려들려 했다.

그리고 피아간의 거리가 20M 이하로 줄어들었을 때——

——리베리아는 대피했다.

매직 서클의 중심에서 화살처럼 바로 옆으로 뛰어 여체형의 정면에서 사라졌다. 당연히 빛의 원은 사라지고, 마법에 장전되었던 마력 또한 허망하게 사라졌다.

너무나도 쉽게 마법을 중단하고 몬스터의 돌격을 회피한다.

옆으로 도망친 리베리아를 식인꽃의 다리가 쫓아가는 가운데 여체형의 상반신은 무언가 떨떠름했는지 뒷머리의 녹색 머리카락을 흔들었다.

"——【빗발처럼 쏟아져 야만의 무리들을 불태우라】."

『?!』

여체형이, 몸을 떨었다.

중단되었어야 할 영창이 아직까지 이어지며 그 아름다

운 목소리가 공간에 울려 퍼졌다.

몬스터가 후방으로 돌아보니 광장 서쪽 가장 깊은 곳에, 홀로 선황색 마법원을 전개하는 엘프 소녀의 모습이 있었다.

리베리아는 미끼였다.

그녀의 엄청난 마력 출력 뒤에 숨어, 레피야가 몬스터의 의식 밖에서 마법 구축을 착착 진행해나가고 있었던 것이다.

강력한 마도사 두 명을 활용한 미끼공격.

한쪽 마도사에게 적의 주의를 쏠리게 하여, 아군의 엄호도 방패도 필요로 하지 않고 진짜 마도사가 포격을 쏘는 연계공격.

미끼인 리베리아의 영창과 동시에 울려 퍼졌던 레피야의 구슬 같은 목소리가 마지막 영창문을 읊었다.

"모두 대피해!"

"큰 놈으로 터진다아아아!!"

핀과 보르스의 외침에 모험자들이 사선에서 대피하고.

몬스터를 남겨둔 채 모두가 사라진 광대한 시야에, 레피야는 포격을 전개했다.

"【퓨절레이드 팔라리카】!!"

『───────────────────────

────아아아아아아아아아아아아아아아아아아아!!』

불화살의 호우가 여체형에게 쏟아졌다.

어마어마한 홍련의 마력탄이 몬스터의 온몸을 헤집었다. 꽃 부분이 끊어진 다리가, 갈기갈기 찢겨나간 표피가, 촉수가, 터져나가고 튕겨나갔다.

호를 그리며 쇄도하는 화살의 일제사격은 거의 10초 이상이나 이어졌다. 1만에 이른다는 말도 있을 만큼 막대한 불화살의 비는 몬스터와 함께 착탄지점이었던 광장 동쪽을 불바다로 바꿔놓고 리빌라 마을 상공을 다시 폭염의 안개로 물들였다.

불길에 다리를 모두 잃고 극채색 상반신도 시커멓게 그을려버린 여체형은 찢어질 듯한 절규를 허공에 터뜨렸다.

"여기서 단숨에 몰아붙여야겠지."

"함께 갈게요, 단장님!"

"하나, 둘~ 셋!!"

포격이 끝나자 지체 없이 세 개의 그림자가 여체형에게 육박했다.

장창을 든 핀이, 두 자루의 쿠쿠리를 맞부딪친 티오네가, 그리고 우르가를 치켜든 티오나가 몬스터에게 도약했다.

신속의 찌르기가 날아들고, 두 자루의 검광이 교차하고, 파괴의 일격이 황록색 몸에 꽂혔다.

공격은 멈출 줄을 몰랐다. 타오르는 적의 몸을 해체하고자 세 명의 제1급 모험자는 회오리바람처럼 몬스터의 주위를 오가며 적의 몸에 상처를 새겨나갔다. 식인꽃의 다리가 몇 개나 상반신에서 떨어져나가고 겉껍질이 불꽃과 함께 터졌다.

『아아아아아아아아아아아아아아아아아아아아아아아!!』

비명과 함께 벌렁 몸을 젖힌 여체형은 세 사람의 공격에서 벗어나려는 듯 무게중심을 뒤로 이동시켰다.

그리고 다음 순간, 극채색의 상반신을 하반신에서 분리시켰다.

"도망친다?!"

"저 자식, 호수로 뛰어들려고?!"

광장을 넘어, 마을의 경사면으로 굴러 떨어져가는 여체형의 상반신.

섬의 절벽 위에 세워진 마을의 동쪽은 깎아지른 낭떠러지. 뛰어내리면 아래에 펼쳐진 호수로 뛰어들 수 있다.

분리된 몬스터의 하반신은 불에 타버리는 가운데, 광장 끝에서 몸을 내민 티오나와 티오네의 시선 너머에서 극채색 상반인이 녹색 머리카락을 흩날리며 필사적으로 사면을 굴러 떨어져갔다.

"——【종말의 전조여, 흰 눈이여, 황혼 앞에 바람을 일으켜라】."

그때 영창이 울려 퍼졌다.

여체형과 마찬가지로 사면을 뛰어내려온 것은 비취색 장발을 흩날리는 리베리아였다.

질주를 이어나가는 그녀의 발밑에는 같은 색깔의 마법

원이 따라오고 있었다.

"【닫혀버린 빛. 얼어붙은 대지.】"

'병행영창'.

원래 발동 실패나 마력의 폭발을 막기 위해 정지한 상태로 행하는 영창을, 고속이동과 함께 전개하는 대담한 기술이다. 많은 이들의 보호를 받지 않으면 전투도 제대로 수행할 수 없는 마도사가 이 영창기술을 습득하면 그 순간 고화력 이동포대로 변신한다.

하지만 한편으로는 어떤 무기보다도 까다로운 '마력'이라는 무기를 마음대로 구사해야만 하는 이 기술을 체득한 자는 상급모험자 중에서도 압도적으로 적다. 그것은 두 손으로 폭탄을 다루면서 전투를 하는 행위에 가깝기 때문이다.

리베리아는 레피야나 다른 수많은 마도사들이 아직까지도 도달하지 못한 영역에 있었다. 통상의 주행과 다를 바 없는 속도로 몬스터를 따라잡은 그녀는 완벽하게 마력을 제어하고 있었다.

마법원을 이끄는 그녀의 발은 적보다도 빨랐다. 여체형은 상반신만 남았지만 그래도 2M 정도는 됐으며, 촉수가 남은 두 팔을 곤충처럼 교대로 긁어대며 기어서 사면을 이동했다.

한편 리베리아는 바람을 가르는 비취색 빛의 입자를 두르고 피아간의 거리를 계속 좁혀나갔다.

"【휘몰아쳐라, 세 차례의 엄동——나의 이름은 알브】!"

그리고 영창의 종료.

이번에야말로 자신의 마법을 구축한 리베리아는 튀어나온 사면의 바위를 박차고 허공에 몸을 날리며 지팡이를 내밀었다.

"【윈 핌불베트르】!!"

세 줄기의 눈보라가 발사되었다.

부채꼴로 펼쳐진 범위포격은 괴멸된 노점이며 수정과 함께 경사면을 얼려버렸다. 그리고 포격의 중심에 있던 몬스터 또한 순식간에 순백색 서리와 얼음에 휩싸였다.

『────────?!』

온몸이 얼어붙어 비명도 제대로 지르지 못하는 가운데 여체형은 마지막 힘을 쥐어짜내 급경사면을 향해 팔을 내리쳤다.

바위마저도 부수는 충격의 반동으로 허공을 헤엄치며, 얼어붙은 채로 낭떠러지의 경계선을 넘어섰다.

온몸에서 쏟아져내리는, 유성을 연상케 할 정도로 반짝거리는 가녀린 얼음의 꼬리. 낭떠러지로 떨어지는 여체형의 입술이 안도의 형태로 일그러졌다.

그러나.

"왼쪽에서 돌아가!"

"알았어!"

흉포한 두 마리의 맹수가 그녀를 따라 단애절벽에서 뛰어내렸다.

『————.』

　리베리아의 양쪽 옆을 빠져나온 티오네와 티오나가, 한 점의 망설임도 없이 낭떠러지 아래로 몸을 날렸다.

　수직으로 깎아지른 경사면을 박차고, 달리고, 마치 거짓말처럼 아래쪽으로 질주한다.

　몬스터에게는 악몽과도 같은 광경이었다.

　갈색 아마조네스가 땅 끝까지, 낭떠러지 끝까지 쫓아온다.

『우우?!』

　머리를 밑으로 하고 호수로 낙하하던 여체형은 온 힘을 다해 두 팔의 촉수를 내질렀다.

　장지문처럼 촘촘한 창날의 벽에 아마조네스 자매는 마치 미리 짰던 것처럼 단숨에 벽을 박차고 크게 좌우로 갈라졌다.

　촉수가 시야 바깥쪽으로 흐르는 가운데 티오네는 왼쪽 대각선 방향에서 몬스터에게 짓쳐들었다.

　"놓칠 줄 알고!"

　두 자루의 쿠쿠리를 번뜩여 여체형의 두 팔을 절단했다.

　마지막 무기인 촉수를 잃고 경직된 몬스터에게 이번에는 오른쪽 대각선 방향에서 티오나가 돌격했다.

　몸을 한껏 뒤로 젖히고, 우르가를 등 뒤로 돌려 힘을 모으더니——혼신의 내려베기를 꽂는다.

　"가안다아아아아————!!"

© Kiyotaka Haimura

대참격.

『——————!』

넘쳐나는 우르가의 파괴력에 몬스터는 산산이 박살이 나버렸다.

몸의 파편이 허공으로 흩어지고, 덧없는 보라색 광채와 함께 재가 되어버렸다.

낙하를 멈추지 않으며, 몬스터의 시체는 형체도 없이 허공 속에 녹아들어 사라졌다.

"아자아—!"

"티오나 이 바보야! 마석까지 날려버리면 어떡해!"

"아."

소리를 지르며 기뻐하던 티오나는, 특수한 몬스터를 조사할 수 없게 되어 티오네가 화를 내자 얼빠진 표정으로 굳어버렸다.

현재진행형으로 낭떠러지 아래를 향해 무시무시한 기세로 떨어지면서, 고시랑고시랑 일방적인 설교와 굽실굽실 일방적인 사과가 오갔다.

"……아이즈랑 레피야는 괜찮으려나."

이윽고 티오나는 호수에 등을 돌리며 고개를 위로 들고 중얼거렸다.

시선 너머, 레피야가 펼친 마법의 영향으로 지금은 어렴풋이 붉게 물든 리빌라 마을. 사정은 잘 모르겠지만 아이즈와 교전하던 붉은 머리 여자는 위험한 분위기를 풍겼다. 그야말로 먼발치에서도 알아볼 수 있을 만큼.

마을 방향을 바라보는 그녀의 머리카락이 풍압에 수직으로 나부꼈다. 마을에 남은 친구와 후배를 걱정하며 불안해하는 그런 여동생에게 티오네는 밝은 목소리로 말했다.

"리베리아랑, 무엇보다도 단장님이 있는걸? 당연히 괜찮지."

어째서인지 자랑스럽게 말하는 언니의 얼굴에는 신뢰의 미소가 떠 있었다.

"……그렇겠네."

그 모습을 본 티오나도 활짝 웃었다. 자매가 나란히, 멀어져가는 절벽 위쪽을 올려다본다. 그리고 그 직후.

텀벙.

기세 좋게 호수에 착수하여 2인분의 요란한 물기둥이 솟아났다.

깨진 종을 두드리는 것 같은 포효가 온 마을에서 사라졌다.

식인꽃 몬스터가 전멸한 한편, 아이즈와 붉은 머리 여자는 도시 서쪽으로 전장을 옮기고 있었다.

동쪽으로 기울어진 경사면을 뛰어올라 서쪽 끝의 마을

벽에 인접한 장소로 나갔다. 마을의 가장 높은 곳인 서쪽은 평지가 이어져 있지만 지금은 몬스터의 침공을 받아 바위도, 점포도, 수정도 짓밟혀 폐허 같은 분위기였다.

불똥이 흩날리는 붉은 하늘에서 벗어나 주위는 다시 푸른 어둠에 휩싸였다. 시야 끝의 마을벽에는 몬스터가 파괴한 흔적이 있었으며, 이쪽 또한 황폐해진 마을의 풍경이 이어졌다. 아이즈와 붉은 머리 여자는 그 사이를 고속으로 누볐다.

"큭!"

"편리한 마법이군."

검의 위력과 몸의 속도를 모두 높여주는【에어리얼】을 상대하며 붉은 머리 여자는 표정 하나 바꾸지 않고 중얼거렸다.

계층 터주를 방불케 하는 그녀의 강한 공격을 바람의 인챈트가 튕겨냈다. 날아드는 장검을 하나하나 종횡무진의 참격으로 쳐냈다.

무시무시한 금속성을 잇달아 터뜨리며, 기류를 두른 아이즈와 붉은 머리 여자는 검을 부딪쳤다.

《데스퍼러트》로 크게 올려 베며 상대를 밀어내고, 거리를 둔 채 그 자리에서 나란히 달려나갔다.

"'아리아'──그 이름을 어디서?!"

어지간해서는 드러내지 않는 감정을 보이는 아이즈가.

상대를 노려보는 두 눈에 귀기를 띠었다.

티오나조차 들어본 적이 없는 큰 목소리에, 옆에서 나란히 달리던 붉은 머리 여자는 입을 열었다.

"글쎄."

"큭……!!"

아이즈는 버들잎 같은 눈썹을 곤두세우며 다시 공격을 가했다.

눈에도 보이지 않는 속도로 은빛 칼날이 날아들었다. 눈한 번 깜빡할 사이에 열 번을 넘는 공격이 두 사람 사이에서 난무했으며, 검신과 검신이 가공할 충격에 삐걱거렸다. 은색 건틀렛이 비스듬히 얕게 베이고, 붉은 머리카락이 몇가닥 잘려나가고, 서로의 피부에 가느다란 핏줄기가 새겨졌다.

아마도 '심층' 몬스터의 이빨 같은 드롭 아이템을 그대로 가공한 무기인지 칼자루와 납색 검신밖에 없는 장검은 야태도(野太刀)처럼 보이기도 했다. 어둡고 둔중한 광채를 번뜩이며 아이즈의 애검 데스퍼러트와 호각으로 맞부딪쳤다.

──아니. 적은 아이즈의 '바람'을 압도하고 있었다.

바람의 마법이 부여된 세이버를 적의 장검이 고속으로 걷어내며 잇달아 쳐냈다. 몸에 두른 기류의 갑옷을 넘어서 타격을 가해 몇 번이나 아이즈의 몸을 휘청거리게 했다.

【에어리얼】을 유감없이 사용해도 상대는 전혀 물러나지 않고, 순수한 백병전에서 아이즈의 맹공을 막아내고는 공

세를 펼쳤다. 크게 뜬 금색 눈에 경악을 맺으면서도 아이즈는 눈꼬리에 힘을 주었다.

상대는 무언가를——'아리아'라는 이름을——알고 있다.

심장이 급류처럼 뛰었다. 칼자루를 쥔 손의 힘이 늘어나고 한층 검속이 빨라졌다.

'전희(戰姬)'라는 별명으로 불리기에 손색이 없는 가면을 쓰고, 아이즈는 시야에서 모든 것을 배제한 채 눈앞의 적에게 검을 휘둘렀다.

"——인형 같은 얼굴이라고 생각했는데."

그리고.

격렬한 마음의 움직임에 따라 평소보다도 몸이 앞으로 숙여진 아이즈의 칼놀림을 붉은 머리 여자는 놓치지 않았다.

녹색 왼쪽 눈을 가늘게 뜨는가 싶더니 몸이 흔들렸다.

동작이 커진 아이즈의 검을 피하고 바람을 갈기갈기 찢는 일격을 날렸다.

아래에서 위로 솟아난, 주먹이라는 이름의 포탄.

건틀렛을 잃은 왼손이 기류의 갑옷과 함께 복부를 강타하여 가녀린 몸을 후방으로 날려버렸다.

"욱?!"

강제로 물러나게 되어 자세가 흐트러진 아이즈.

바람을 조종하여 재빨리 자세를 회복했지만, 그보다도 먼저.

왼손을 피로 물들이며 붉은 머리 여자가 장검을 쳐들더니 눈앞으로 파고들었다.

"──."

오싹.

아이즈의 온몸을 오한이 휩쓸었다.

녹색 왼쪽 눈을 크게 뜬 적은 단숨에 장검을 내리쳤다.

아이즈는 한껏 눈을 뜨고 에어리얼을 최고 출력으로 올리며, 경이로운 속도로 《데스퍼러트》를 몸 앞에 내밀었다.

그 순간.

"───────!!"

굉음이 폭발했다.

초고속 대각선베기. 왼쪽 아래로 비스듬히 지나간 장검은 《데스퍼러트》의 방어와 바람의 기류를 뚫고 아이즈의 몸에 충격을 관통시켰다.

한순간에 적의 모습이 눈앞에서 멀어지고, 허공에 뜬 아이즈는 후방의 잔해에 처박혔다.

"으윽?!"

격돌한 등이 잔해들을 요란하게 부수었다.

폐에서 공기가 빠져나간 아이즈의 몸은 신경이 끊어진 것처럼 한순간 말을 듣지 않았다.

덜그렁. 《데스퍼러트》가 소리를 내며 지면에 굴러갔다.

"이제야 끝났네."

검신이 폭발하여 산산이 부서진 장검을 버리고 붉은 머

리 여자가 질주했다. 지면에 무릎을 꿇은 아이즈를 향해 돌격하면서 오른팔을 등 뒤에 돌리고 힘을 모은다. 대응할 수 없었다. 얼굴을 일그러뜨린 아이즈를 향해 건틀릿에 싸인 장저타가 날아가려던——바로 그 순간.

"아니?!"

공방을 막아내는 요란한 금속성이 울려 퍼졌다.

눈을 크게 뜬 아이즈의 바로 코앞에서, 교차한 장창과 지팡이가 적의 장저타를 가로막고 있었다.

창과 지팡이의 끝을 지면에 파묻고 의연하게 시야 좌우에 선 것은 파룸 소년과 엘프 미인이었다.

마치 공주를 수호하는 기사처럼, 핀과 리베리아가 아이즈의 눈앞에 나타나 적의 공격을 막고 있었다.

"핀, 리베리아……."

아이즈가 갈라진 목소리로 중얼거린 것과 동시에 두 사람은 교차시킨 창과 지팡이를 힘주어 뿌리쳤다. 오른팔이 밀려나 후퇴하는 붉은 머리 여자를 향해 핀이 장창을 들고 공격했다.

"아이즈 씨!"

"레피야……?"

가슴과 등에 가녀린 손이 닿았다.

옆을 보니, 달려온 레피야가 아이즈의 몸을 부축하듯 손을 가져다대고 있었다.

"레피야, 아이즈를 치료해!"

"네!"

리베리아가 돌아보며 레피야에게 지시를 내리는 가운데 핀과 붉은 머리 여자의 전투는 이미 가경에 들어서고 있었다.

붉은 머리 여자가 두 팔을 해머처럼 휘둘러대면 핀은 조그만 몸을 살려 바닥을 기듯 육박했다. 적의 시야 아래쪽에서 날카롭게 창을 내지르는가 싶으면 발을 수평으로 후린다. 붉은 머리 여자는 매우 재빠르고 조그만 파룸 소년을 상대하기 힘들었는지 상체를 젖히고 도약해 어지러운 공격을 회피했다.

"네가 몬스터를 통솔했던 테이머?"

"……수다를 떨 여유가 있군."

"뭘, 당신만큼은 아니지."

평소 온화하던 소년의 표정은 전사의 얼굴로 바뀌어 있었다.

날카로운 눈으로 적을 올려다보며 가차 없이 사각에서 창을 내지른다. 푸른 눈은 항상 예리하게 간격을 가늠했으며, 때로는 거리를 벌리고, 때로는 대담하게 품으로 파고들어 항상 기선을 제압하듯 우위를 점하는 위치에 자신의 몸을 두었다.

무시무시한 속도로 정면에서 틈을 주지 않고 공세를 펼치던 아이즈와는 또 다른 전법에 붉은 머리 여자는 혀를 찼다. 무기를 잃은 그녀는 어떻게 공격해야 할지 애를 먹었으며, 그 이상으로 핀의 실력은 한 수 위였다.

모험자의 목을 쉽게 꺾을 만한 괴력의 맨손도, 발차기도 모두 허공을 갈랐으며 그 조그만 몸에는 스치지도 않았다.

견디지 못하고 장창을 붙잡으려 했지만 미리 읽고 있었던 것처럼 날이 도망가고, 여기에 연동된 듯 창의 물미가 아래에서 솟아올랐다.

뺨을 스친 공격에 여자의 얼굴이 분노로 일그러졌다.

"어디서——기어오르고 있어!"

"웃?!"

번쩍 치켜들었던 왼발이 지면에 내리꽂히자 폭발이 일어났다.

눈을 의심할 만한 위력의 발구르기에 암반이 갈라지고, 그 충격은 솜털을 날리듯 조그만 몸을 허공으로 띄웠다.

지면에서 발이 떨어져 행동의 자유를 빼앗긴 핀.

정면에 떠오른 그를 향해, 붉은 머리 여자는 힘껏 허리를 틀면서 백너클 같은 수평공격을 날렸다.

"단장님!"

레피야의 비명과 함께 장창이 날아갔다.

창자루를 둘로 꺾어버린 여자는 다음 순간 왼쪽 눈을 크게 떴다.

공격을 회피한 핀이 뒤집어진 자세로 눈앞에 떠 있었다.

창졸간에 창을 지면에 박아 고도를 높이고, 수평으로 지나간 팔 바로 위를 구르듯이 뛰어넘어 피했던 것이다.

허공에 뒤집어진 채 머리를 땅으로 향한 핀은 눈에서 빛을 거두더니, 허리에 찬 칼집에서 재빨리 나이프를 발도했다.

오른손을 내뻗은 자세로 굳어버린 붉은 머리 여자에게 그대로 단숨에 칼날을 올려 그었다.

"크으윽──!!"

피가 튀었다.

아래에서 위로 지나간 나이프에 가슴을 베여 선혈을 뿜는 붉은 머리 여자.

휘청 몸이 뒤로 기운 그녀에게──틈을 주지 않고 리베리아가 측면에서 육박했다.

"이게……?!"

얼굴을 분노로 일그러뜨리며 여자는 반격했다.

자세를 크게 흐트러뜨리면서도 무시무시한 완력으로 몸을 틀어 억지로 강인한 팔을 휘두른다.

칠흑의 건틀렛을 내지르는 적. 그러나 한쪽 눈을 감은 리베리아는.

우뚝. 예정조화처럼 적의 바로 코앞에서 발을 멈추어 상대의 반격을 무위로 돌렸다.

여기에 덧붙이듯 손에 든 지팡이를 휘둘러, 눈을 크게 뜬 붉은 머리 여자의 발밑을 가볍게 찌른다.

겨우 그것만으로 자세는 완전히 무너져.

그녀의 몸은 지면으로 향했다.

"_____."

그때.

다시 핀의 차례.

"——커어억!!"

바람을 가르고 날아든 오른쪽 주먹이 그녀의 뺨에 꽂혀 붉은 머리 여자는 멀리 날아갔다.

조그만 온몸을 모조리 이용한 혼신의 일격에, 그녀의 몸은 허공을 활주하다가 금방 지면을 깎으며 10M 정도 굴러갔다.

파벌의 두령과 부두령이 보인 황금의 연계에 레피야의 눈은 아이즈와 함께 할 말을 잃고 못 박혔다.

"······."

"핀?"

"손가락이 부러졌네."

무표정하게 오른손을 터는 핀에게 리베리아가 눈을 크게 떴다.

그녀가 그곳에서 전방으로 눈을 돌리자, 붉은 머리 여자가 손을 짚고 부르르 몸을 떨며 일어나려는 참이었다.

"제1급…… Lv.5, 아니, 6이군."

왼쪽 뺨에 구타의 흔적을 새기고 가슴에서는 피를 흘리는 그녀가 가증스럽다는 듯 내뱉었다.

핀 디무나, 리베리아 리요스 알브. 그리고 여기에 가레스 랜드록을 더한 Lv.6인 파벌 수뇌진이 【로키 파밀리아】

의 최강전력이다. 아이즈 이상의 전투경험, 그리고 배양된 기술과 전투의 감이 순수한 수치 이상의 실력을 발휘하여 붉은 머리 여자를 압도했다.

"불리하게 됐는걸……."

툭 내뱉더니, 여자는 곁눈질도 하지 않은 채 재빨리 도주했다. 눈을 크게 뜬 아이즈는 몸의 아픔을 견디며 그 자리에서 달려나갔다.

"아이즈 씨!!"

레피야의 외침을 등 뒤로 들으며 핀과 리베리아도 추월했다.

그들이 추격하는 기척이 이어지는 가운데 아이즈는 여자의 뒤를 쫓았다.

"……!"

여자는 몬스터가 파괴한 마을벽을 빠져나가 리빌라 밖으로 나갔다.

바위와 수정이 박살난 파괴의 흔적을 넘어서 아이즈도 리빌라 마을 서쪽, 섬 중심부로 향했다. 핀과 리베리아가 말리는 목소리가 몇 번이나 등을 때렸지만 멈추지 않았다. 마법까지 발동해 가속하고, 시야에 비치는 핏빛 같은 붉은 머리카락의 뒤를 맹렬히 추격했다.

마을을 한 발 벗어나자 그곳에는 황야라 해도 좋을 들판이 펼쳐져 있었다. 울퉁불퉁 불안정한 지면에 크고 작은 바위가 널렸으며 잡초와 저목이 돋아나 있었다. 달밤 같은 어스름이 주위에 펼쳐진 가운데 작은 청수정이 담담히 빛을 냈다.

아이즈는 마법의 힘까지 빌려 적극적으로 추격했지만, 거의 따라잡았을 때 붉은 머리 여자는 황야를 빠져나가 섬 서쪽 끝에 도달했다.

흘끔 왼쪽 눈만으로 이쪽을 쳐다본 그녀는 주저하지 않고 발을 디뎌 낭떠러지 아래로.

눈살을 찡그린 아이즈가 낭떠러지 끝에서 급정지해 몸을 내밀자, 여자는 벽을 뛰어 호수로 돌진했다. 핀과 리베리아가 아이즈의 곁으로 달려왔을 때 그녀의 모습은 이미 돌멩이만큼 작아져 어둠 속에 섞여들었다.

잠시 후 물기둥이 솟았다.

"뭐 저런 놈이……."

낭떠러지를 내려다보며 리베리아가 중얼거렸다.

호수 밑바닥을 헤엄쳐 이동했는지, 아이즈 일행이 아무리 응시해도 이 낭떠러지에서는 모습을 볼 수가 없었다. 이곳에서 행방을 감춰버리면 추적은 불가능하다.

그만큼 제18계층은 넓다. 대초원, 습지대, 그리고 광대한 삼림. 몸을 감출 곳은 어디에나 존재한다. 무턱대고 찾아봤자 거의 틀림없이 발견하지 못할 것이다.

이대로 지상에 돌아갔을까, 혹은 '하층'으로 일단 피난했을까.

붉은 머리 여자가 어느 쪽을 선택했든 발자취를 쫓기란

사실상 불가능했다.

"……큭."

뒤늦게 따라온 레피야를 쳐다보지도 않은 채 아이즈는 입을 꾹 다물었다. 표정은 조용했지만 주먹을 쥔 오른손에는 힘이 꽉 들어갔다.

눈 아래로 시선을 고정하고 아이즈는 잊은 지 오래되었던 그 감정을——'분함'을 마음속에 새겼다.

패전 후의 무력감과도 같은 공기가 한 소녀의 몸을 에워쌌다.

계층 천장의, 푸른 어둠을 자아내는 수정이 그녀의 금발을 덧없이 적시고 있었다.

🔥

네 개의 횃불이 소리를 내며 일렁거렸다.

불꽃이 돌로 만들어진 제단을 비추는 가운데, 우라노스는 신좌에 깊이 몸을 묻고 앉아 정적에 몸을 맡기고 있었다.

팔걸이에 두 팔을 얹고 후드 안에서 푸른 눈을 멀리 계단으로 향했다.

로키가 떠나간 후 얼마가 지나.

그는 천천히, 무겁게 닫혀 있던 입술을 열었다.

"펠즈."

제단에 무겁게 울려 퍼지는, 이름을 부르는 목소리.

아무도 없는 어둠을 향해 건넨 그 목소리에 대답하는 자가 있었다.

"그래. 있어, 우라노스."

화륵. 횃불 불빛이 닿지 않는 제단의 어둠 속에서 나타난 것은 온통 새까만 로브였다.

온몸이 칠흑의 외투에 감싸인 그 인물은 피부를 전혀 드러내지 않았다. 그림자가 응축된 것 같은 후드 안쪽은 빛의 침입을 허용하지 않아 전혀 들여다볼 수가 없었다. 소맷자락에서 엿보이는 손에는 같은 색의 장갑을 끼었으며, 손등 부분에는 복잡한 무늬가 새겨져 있었다.

제단에 울려 퍼지는 목소리 또한 중성적이라 음성만으로는 남자인지 여자인지 설병을 판단할 수 없었다.

"로키가 갑작스럽게 방문하다니……. 보면서 조마조마하던걸."

"신의 변덕이란 어제오늘 시작된 것이 아니다."

"그래도 이번에는 상황이 다르잖아. 그녀에게 찍히면 위험해, 우라노스."

우라노스의 왼쪽, 벽 쪽의 어두운 곳에서 까만 로브를 입은 인물이 걸어나왔다.

펠즈라 불렸던 인물은 제단으로 올라가 신좌 바로 앞에서 걸음을 멈추었다.

"로키와 프레이야……. 이 두 여신에게 쓸데없는 의심을 사면 좋지 않아. 그녀들만은 적으로 돌려선 안 돼."

"나도 안다."

간언하는 듯한 어조로 말을 거는 펠즈에게 우라노스는 표정을 바꾸지 않고 대답했다.

서로를 제외하곤 아무도 없는 제단 안에서 횃불 소리만이 그들의 침묵 사이를 이어주었다.

"조금 전 얘기, 어떻게 생각해?"

"……몬스터 필리아에서 일어난 사건, 식인꽃 몬스터 말인가."

우라노스가 시선을 보냈다.

그의 물음에 펠즈는 후드 안에서 턱을 끌어당기는 몸짓을 보였다.

"분명히 있어. 도시의 질서를 어지럽히는, 아니, 오라리오의 붕괴를 꾀하는 놈들이."

그리고 딱 잘라 그렇게 대답한다.

"우라노스, 당신이 말하는 신의 변덕이란 것과 이번 사건은 차원이 달라. 내가 확인한 것만으로도 이미 일곱, 정체불명의 몬스터가 이 도시 지하에 잠복하고 있었으니까."

"그 지하수로 말인가."

"응. 어떻게 옮겨다 놨는지 원."

신의 의도인지, 아니면 아이들이 꾸민 짓인지는 알 수 없지만. 펠즈는 그렇게 덧붙였다.

"도시 외부 사람의 소행인지, 아니면 스스로 '사신(邪神)'

이라 칭하는 과격파 신들…… 이블스의 잔당인지."

"과거의 망령이라……."

오라리오에 존재했던, 질서를 싫어하고 혼돈을 바라던 신들의 【파밀리아】.

길드의 뜻 아래, 당시의 유력 파벌들이 결탁하여 멸망시켰던 그 집단의 생존자가 암약하는 것인지도 모른다고, 까만 로브의 인물은 그런 뜻을 내비쳤다.

"몬스터 필리아에서 누군가가 가네샤네 【파밀리아】의 몬스터를 풀어놓았던 건 불행 중 다행이었을지도 몰라. 그 덕에 모험자들이 빨리 움직였으니까……. 식인꽃 몬스터가 피해를 내기 전에."

"그렇지. 몬스터 필리아에서 일어났던 사건은 불발이라 해도 과언이 아닐 테지."

【로키 파밀리아】를 비롯한 모험자와 길드 직원들이 '누군가'의 소동을 진압하러 나선 덕에, 결과적으로는 뒤늦게 나타난 식인꽃의 준동을 막아주었다.

펠즈와 우라노스는 어정쩡한 숫자로 등장한 식인꽃의 급습을 돌아보고 그처럼 추측했다. 아마도 사건을 획책한 흑막은 지상의 움직임을 감지하고 황급히 지하의 몬스터들을 회수했을 것이다. 지금쯤은 이를 갈고 있을지도 모른다.

자신의 곁에 펠즈를 두며 우라노스는 정면을 바라보고 말했다.

"식인꽃 몬스터를 조종하는 존재……. 【가네샤 파밀리아】

이상의 실력을 가진 테이머가, 최소한 한 사람은 있겠군."

"믿을 수 없는 일이야……. 악몽 같아."

우라노스의 말에 힘없이 후드를 좌우로 흔드는 펠즈.

몬스터를 통솔하는 자가 있다는 것은 이제까지의 경위를 돌아봐도 명백했다. 가능하다면 인정하고 싶지는 않았다는 듯 탄식을 참는 펠즈를 슬쩍 곁눈질하고, 우라노스는 다시 앞을 보았다.

제단에 정적이 돌아오자 펠즈는 잠시 후 천천히 고개를 들었다.

"우라노스, 그리고 나쁜 소식이 있어."

들어두었으면 한다고 말을 잇는다.

그 로브 안에서 비탄을 내비치며 신의 귀에 속삭인다.

"그 의뢰를 받아들였던 하샤나가, 살해당했대. 바로 조금 전 '리빌라 마을'에서 소식이 왔는데."

그 말에 우라노스는 눈을 감았다.

한동안 두 눈을 감고 있던 그는 시선을 돌리며 물었다.

"운반책 소녀는 어떻게 됐나?"

"모르겠어. 적어도 지상에는 돌아오지 않은 것 같아."

"그러한가."

우라노스는 두 눈을 한 번 내리깔았다.

어찌 보면 침통한 표정을 지은 것 같은 신은 턱을 슬쩍 들어 허공을 올려다보았다.

제단 천장은 이곳이 지하임을 잊게 할 정도로 높았다.

횃불 불빛도 구석구석까지는 닿지 않는 머리 위의 어둠은 우라노스와 펠즈의 근심이 향한 곳을 암암리에 이야기하듯 소리도 없이 맴돌고 있었다.

허공을 우러러보는 신의 푸른 눈이 가늘어졌다.

"그러면 역시…… 있었나."

물음이 아닌 확인의 목소리에 펠즈는 고개를 끄덕였다.

"그래. 보아하니 그런 것 같아. 처음 들었을 때는 귀를 의심했지만."

로브를 출렁인 펠즈는 조용히 그 말을 입에 담았다.

"몬스터를 변이시키는 수수께끼의 보옥……. 던전에서, 우리가 모르는 무언가가 일어나고 있어."

우라노스조차 미처 장악하지 못한 이상사태.

혹은——몬스터의 **상위존재**가 존재한다고, 펠즈는 그런 뜻을 내비쳤다.

무언가가 수면 아래에서 움직이고 있다고.

검은 로브의 인물이 한 말은 횃불이 타는 소리에 빨려 들어가 사라졌다.

메마른 외침 (6장

바람 같은 사람이었다.

어린아이처럼 순수하고, 아직 앳된 자신보다도 천진난만하며.

인간의 악의라는 것을 모른다. 배우지 않았다.

하얀 구름과 함께 넘실거리는 저 파란 하늘의 흐름처럼.

누구보다도 자유로운, 바람 같은 사람이었다.

그리고 자신은.

그렇게 바람처럼 행동하고, 따뜻하고, 다정한 그녀를 좋아했다.

티 없는 미소를 짓는 그녀——어머니를 사랑했다.

머리를 쓰다듬어주던 손길을 기억한다.

뺨에 닿던 손가락의 온기를 기억한다.

귓불을 간질여주던 아름다운 목소리를 기억한다.

그녀가 몇 번이나 들려주던, 따뜻하고 행복한 이야기를 기억한다.

그녀의 품 안에서 이야기를 다 들은 자신이 안긴 채로 돌아보면 천진난만한 미소가 있었다.

뺨을 붉히며 자신의 얼굴에도 웃음이 피어났다.

그녀는 마법사라고 믿어 의심치 않았다.

그녀 앞에서는 누구나 웃음을 짓는다. 그녀는 누구나 웃음을 짓게 할 수 있다.

자애로운 눈빛으로 내려다보는 그녀에게 그녀처럼 되고 싶다고, 어린 목소리가 말했다.

바람 같은 당신처럼 되고 싶다고.

『너는 너니까, 내가 될 수는 없는걸?』

고개를 갸웃하면서, 자신과 쏙 빼닮은 음성으로 그녀는 그렇게 말했다.

그런 뜻이 아니라고 동그란 뺨을 부풀리자, 그녀는 무엇이 그리 우스웠는지 깔깔 웃음을 터뜨렸다. 뺨을 부풀렸던 자신도 그 웃음에 끌려가듯 함께 웃었다.

부드럽게 끌어안고, 끌어안겨, 서로 얼굴에 웃음을 짓고, 둘이서 웃음소리를 하나로 만들었다.

이윽고 그녀가 돌아보았다.

어깨에서 얼굴을 떼자 그곳에는 청년이 서 있었다.

까만 목깃에 얇은 방어구, 그리고 칼집에 담긴 은색 장검.

그의 얼굴을 보고, 그녀는 손을 풀더니 자신을 품에서 내려놓았다. 마지막으로 머리를 쓰다듬고, 천천히 일어났다.

자신에게 보여주는 것과는 또 다른 웃음을 지으며 청년을 바라보았다. 그도 서툴게 웃더니, 무언가를 말하듯 고개를 끄덕였다.

서운해하는 자신의 시선도 알아보고, 청년은 다시 한 번 서툴게 웃었다.

미안하다고 그는——아버지는 사과했다.

그리고 몸을 돌려 어머니를 불렀다.

『가세——아리아.』

자신을 놓아두고, 두 사람은 어깨를 나란히 한 채 하얀 빛 너머로 가버렸다.

⊡

"……."

꿈의 안개가 걷혀간다.

의식이 하얀 숲 속을 빠져나가자 도착한 곳은 눈꺼풀 안에 고인 어둠이었다. 좁은 틈을 지나, 과거에서 현재로 시간이 돌아왔다.

살짝 어깨가 흔들렸다. 서늘한 공기도 뺨에 느껴져 의식이 뚜렷하게 윤곽을 이루어나갔다.

아이즈는 천천히 눈을 떴다.

"괜찮아, 아이즈?"

"……응."

티오나의 목소리에, 잠시 간격을 두고 고개를 끄덕였다.

시선을 들자 그녀가 옆에서 이쪽을 들여다보고 있었다.

"휴식시간 끝났대. 이제 그만 출발한대."

"응……."

꿈의 잔재가 남아 약간 비몽사몽인 상태로 대답하는 그 모습에 티오나가 쓴웃음을 지었다.

머리를 가볍게 흔들어 살짝 남은 졸음을 털어내고, 아이즈는 이번에야말로 또릿한 시선을 주위에 돌렸다.

처음 보인 것은 흔들리는 마석등 불빛이었다. 휴대용 조명 주위에서 원을 그리고 있는 것은 핀, 리베리아, 티오네, 그리고 아이즈와 티오나. 모두 자리에 앉아서, 지금은 무기를 정비하거나 아이템을 확인하고 있었다. 보아하니 이제까지 자고 있던 것은 자신뿐인 모양이다.

어둠과, 그리고 희뿌연 벽면에 에워싸인 현재의 위치는 조그만 룸이었다. 아이즈 일행으로부터 떨어진 곳에서는 레피야가 보초를 서고 있었으며, 그녀 곁에는 또 다른 동료 단원이 보였다.

아이즈 일행은 광대한 미궁 한쪽에서 휴식을 취하는 중이었다.

'리빌라 마을'에서 발발한 사건으로부터 이미 엿새가 지났다.

그 소동이 일어난 후 아이즈 일행은 일단 지상으로 귀환했다. 동시에 사건의 중심에 있었던 그녀들은 수많은 뒤처리에 시달리게 되기도 했다.

부상자를 구하고, 지상으로 철수하는 모험자들을 경호한 것은 물론, 사건의 전말을 길드와 주신 로키에게 보고했다. 리빌라 마을을 습격했던 붉은 머리 여자——테이머의 정보도 공개하려 했지만 기다리라는 로키의 지시에 잠시 보류하게 되었다. 한편으로 붉은 머리 여자는 하샤나를 살해한 범인으로, 【가네샤 파밀리아】의 강한 요청도 있고 해서 지명수배──요주의 인물 블랙리스트에 오르게 되었다.

아이즈 일행과 루루네 이외에는 이 테이머와 조우한 자가 없었으므로, 몬스터 기습의 진상은 이제까지 그러했듯 이상사태로 인식되고 있었다. 물론 보르스에게만은 핀이 전해두었지만.

하샤나가 살해당하고 리빌라가 궤멸할 뻔했다는 화제도 아직까지는 상급모험자들 사이에서만 돌고 있었다. '중층'으로 진출하지 못하는 대부분의 하급 모험자들에게 알려봤자 쓸데없는 혼란을 부추길 뿐이라는 길드 측의 조치였다.

또한 길드는 식인꽃 몬스터에게서 적출한 수많은 극채색 '마석' 또한 가차 없이 압수했다.

마치 누군가가 무마해버린 것처럼, 사건은 그렇게 급속도로 식어가고 있었다.

"리빌라 마을이 또 복구되기 시작했대. 정말 빠르지?"

"그렇게까지 장사 근성이 투철하면 감탄밖에 안 나온다……. 뭐, 도움이 된다면야 도움이 되지만."

마석등을 한가운데 두고 미궁탐색 준비를 재개하면서 티오나와 티오네가 생각났다는 듯 잡담을 나누었다.

할 일을 마친 후 다시 아이즈 일행이 제18계층으로 향하자 이미 복구──재기를 시작한 '리빌라 마을'의 모습이 보였다. 그렇게 호되게 당했으면서도 상급모험자들은 저마다 가게를 열고 있었다.

보르스의 말을 빌자면,

『여긴 던전의 중요한 거점이라고! 우리가 발 벗고 나서지 않으면 다른 놈들이 피해를 볼 거 아냐?!』

……그런 눈물 나는 헌신적인 마음에서 비롯된 것이라지만, 티오네의 말대로 뻔뻔한 돈벌이가 목적임은 자명했다.

무엇보다도, 길드의 눈이 미치지 못하는 '리빌라 마을'은 어떤 의미에서는 불량모험자들의 낙원이었다. '스테이터스 시프'를 비롯한 불법 아이템이 거래되는 점만 봐도 알 수 있듯 온갖 불법 매매가 성행하기도 했다. 옳고 그름은 차치하고서라도, '리빌라 마을'의 존재는 많은 모험자들이 바라는 것이다.

로그 타운이라는 별명은 헛것이 아니다.

그들은 이 도시의 누구보다도 다부지며, 또한 끈질긴 것이다.

"식인꽃 몬스터…… 그 테이머도 눈에 뜨이는 움직임은 없고."

리베리아의 말에 핀이 대답했다.

"음── 암만 그래도 너무 요란하게 설쳐댔으니 말이지. 주신이 고삐를 쥐고 있다면 자중하라고 타이르지 않았을까? 게다가 그렇게 많은 몬스터를 새로 테임하는 건 단기간에는 불가능에 가까워. 이번 같은 일은 당분간 없을 거야. ……조련한 몬스터가 아직 더 남았으리라고는 생각하고 싶지도 않지만."

식인꽃 몬스터의 습격은 그 이후로 없었으며, 붉은 머리 테이머는 자취를 감춘 것처럼 보였다.

유품이 된 의뢰서의 정보를 조사하기 위해, 아이즈 일행은 하샤나가 갔던 것으로 추정되는 제30계층으로 가서 살펴보았지만 결국 아무것도 알아내지 못했다. 하샤나가 어디에서 그 보옥을 가지고 돌아왔는지 결국 알지 못한 채다. 무사히 생존한 루루네 또한 의뢰인과는 연락이 되지 않았다고 한다.

현재 아이즈 일행은 본래의 목적이었던 자금 확보, 미궁 탐색을 재개하고 있었다. 지상에 돌아가 홈에서 레피야 외의 서포터를 한 사람 더한, 합계 일곱 명의 파티였다.

현재 위치는 제37계층. '하층'을 넘어선 '심층영역'이다.

"그러면 슬슬 출발할까. 레피야, 라크타, 준비 됐어?"

"아, 네! 언제든지요!"

핀의 목소리에 레피야가 대답하고, 이제 막 Lv.3이 된 또 다른 서포터 라크타도 긴장한 얼굴로 고개를 끄덕였다. '공부' 명목으로 가볍게 심층영역에 동반한 그녀의 얼굴은 어딘가 딱딱했다.

"아이즈, 아무것도 안 먹고 잤는데 괜찮아? 나 먹을 거 좀 남았는데."

"고마워, 티오나……. 그래도 괜찮아."

일어나며 무기를 장비할 때 티오나가 신경을 써주었지만 아이즈는 부드럽게 거절했다.

최후의 탐색을 한나절 이상이나 계속했던 아이즈 일행은 일단 제37계층 한구석에 있는 이 룸에서 장시간 휴식을 취했다.

당일치기가 아니라 체류를 염두에 둔 장기간 던전 탐색에서는 일시적인 휴식은 말할 것도 없고, 모험자들은 체력 회복을 위해 이따금 미궁 안에서 캠프를 한다.

이때 가장 좋은 휴식공간으로 선택되는 곳은 물론 세이프티 포인트지만, 그곳까지 이동하기가 힘들 때도 있다. 지금의 아이즈 일행처럼, 탐색 중인 지점에 머물고 싶은 파티는 그 계층 내에서 자신들만의 세이프티 포인트를 확보하여 당당히 휴식을 취하곤 한다.

지금 아이즈 일행이 있는 룸은 출입구가 하나이며 넓지는 않다. 주위의 벽은 무기로 파괴하여 균열이 갔고 바닥에는 파편이 어지러이 흩어져 있다.

던전은 벽을 비롯한 지형이 파괴되면 그곳의 재생을 우선시한다. 다시 말해 벽면이 부서진 동안에는 그곳에서 몬스터가 태어나지 않는 것이다. 이렇게 해두고 유일한 출입구만 교대로 감시하면 몬스터의 기습은 막을 수 있다.

레피야와 라크타가 마석등이나 침낭 같은 야영도구를 챙긴 후, 일행은 휴식을 취했던 룸에서 출발했다.

"하지만 그 룸에서 아다만타이트가 나왔을 때는 깜짝 놀랐어. 벽을 부쉈더니 툭 튀어나왔잖아. 엄청 운 좋았지?"

"그 아다만타이트 하나만 해도 값이 꽤 나갈 것 같아요."

"응. 우르가 값에 보태야겠다!"

휴식을 취하려고 벽을 부수다가 우연히 채굴해버린 레어메탈에 티오나는 희희낙락했다. 그녀와 레피야의 대화가 오가는 한편, 아이즈는 혼자 묵묵히 내면으로 의식을 떨어뜨리고 있었다.

'아리아'라는 이름과.

그 붉은 머리 테이머의 모습이.

소리를 내며 머릿속에서 빙글빙글 돌아갔다.

'강했어……'

강했다. 매우 강했다.

그 붉은 머리 테이머의 실력을, 격렬하게 달려들던 그 모습을 떠올리며 아이즈는 몇 번이나 중얼거렸다.

만일 그녀를 쓰러뜨렸다면 무언가를 들을 수 있었을지도 모른다.

어떻게 '아리아'를 알고 있는지 알아냈을지도 모른다.

'좀 더, 힘이 있었다면……'

약하다.

아직 약하다.

아이즈 발렌슈타인은 정말 약하다.

저주하듯, 아이즈는 자신을 그렇게 평가하고 있었다. 그녀보다도 강했다면, 자신에게 좀 더 힘이 있었다면, 몸도 마음도 나약하지 않았다면……. 마음속의 시커멓게 물든 진창에서 수많은 말이 솟아나왔다.

자신은 어느샌가 송곳니를 뽑혔던 것은 아닐까.

자신은 단 하나뿐인 비원을, 잠깐이라도 추억의 하나로 삼으려 했던 것은 아닐까.

무의식중에 아이즈는 주먹을 꽉 쥐고 있었다.

잊었던 마음 한구석의 분노가 불꽃이 되어 조용히 그녀의 몸을 태웠다.

"……저기, 아이즈 씨?"

조심스레 레피야가 곁에서 말을 걸었다.

대답하지는 않았다.

광대한 통로 너머, 전방에서 대량의 몬스터가 출현했다.

아이즈는 《데스퍼러트》를 발검하고 발을 힘차게 앞으로 내디뎠다.

조우한 몬스터의 무리에 파티가 갑자기 술렁이는 가운데, 그녀는 바람을 가르듯 혼자 나아갔다.

무시무시한 포효에 피부가 떨려왔지만 레피야의 시선을 등으로 느끼며.

아이즈는 얼어붙은 얼굴로 검을 휘두르고, 땅을 박찼다.

제37계층은 하얀 궁전——'화이트 팰리스'라고도 불린다.

희뿌연 색으로 물든 벽면, 그리고 너무나도 거대한 미궁의 구조에서 유래된 이름이다. 이제까지 지나쳤던 계층과는 스케일이 달랐으며 통로나 룸, 벽에 이르기까지 모든 요소가 넓고 크다. 아이즈 일행이 휴식에 사용했던 작은 룸 같은 예외도 존재하지만, 거의 대부분의 길과 룸은 폭 10M를 가볍게 넘는다.

또한 원형을 이루는 계층 전체가 성새처럼 다섯 층이나 되는 거대한 원형 벽으로 이루어졌으며, 계층 중심에 다음 층으로 가는 계단이 존재했다. 모험자들은 원형벽 사이에 있는 탁 트인 통로와 수많은 단차를 오르내리며 중심부로 향해야만 한다. 오라리오에 필적할지도 모르는 그 광범위한 영역은 정규 루트가 확립되었다고는 하지만, 한 번 길을 잘못 들면 두 번 다시 나올 수 없을 정도였다.

머리 위에 존재하는 공간도 끝이 없을 정도로 높아 상급 모험자의 시력으로도 천장을 확인하기란 불가능하다. 어둠에 뒤덮여 주위는 매우 어두웠으며, 희뿌연 벽면에 같은 간격으로 빛나는 인광만이 모험자들의 옆얼굴을 비춰주었다.

"역시 리빌라 사건 이후로 아이즈가 좀 무서워졌어. 귀기가 어렸달까. 그 테이머 여자가 그렇게 강했나?"

"음~ 난 모르겠지만!! 나도 앞으로 나갈게!"

스무 마리도 넘는 몬스터의 대군에 습격을 당하는 가운데 티오나가 우르가를 휘둘러 억지로 길을 열며 아이즈가 있는 전방으로 뛰어나갔다. 여동생 뭇까지 적을 맡게 된 티오네는 멀어져가는 등에 고함을 질렀다.

"어, 야! 주위에 있는 것들부터 해치우고 가!!"

제37계층은 넓기도 해서 몬스터의 수는 제40계층 이전의 영역에서는 최고 수준이며, 탄생 간격도 매우 짧다. 몬스터가 계층 곳곳에 균등하게 퍼져 있다는 것이 그나마 다행이지만 변덕스럽게 뭉쳐 있던 무리와 맞닥뜨리면 제1급 모험자라고는 해도 골머리를 썩게 된다.

광대한 통로의 전면에서 밀려드는 몬스터들에게 티오나와 핀, 리베리아는 두 명의 서포터를 지키기 위해 반격에 나섰다.

『우워어어어어어어어어어어어어어어어어어어어어!!』

"흡!"

파티 전방 깊숙한 곳의 적을 혼자 상대하던 아이즈는 거대한 몬스터 '바바리안'의 네이처 웨폰을 회피했다. 두 손에 장비한 곤봉이 땅에 내리꽂히는 가운데 아이즈는 세이버를 한 번 휘둘러 상대를 재로 바꾸었다.

이 계층에서는 흔히 말하는 워리어 계열 몬스터가 다수 출현한다. 미노타우로스 정도의 체격을 자랑하는 '바바리안', 제19계층에서부터 나타나는 리저드맨의 상위종인 '리저드맨 엘리트', 흑요석으로 된 몸을 가진 '옵시디언 솔저'……. 인간의 몸과 같은 구조를 가진 중형급 이상의 몬스터가 화이트 펠리스를 헤집고 다녔다.

백병전의 스페셜리스트들이 모인 이 계층은 마도사들에게는 지옥과도 같은 곳이다. 영창을 할 틈도 주지 않고 거리를 좁혀 공격을 가하는 것이다. '옵시디언 솔저'처럼, 무슨 제마석(除魔石)과도 같이 '마법'이 잘 통하지 않는──'마법'의 위력을 감퇴시키는──상대도 존재할 정도다. 순수한 마도사인 레피야는 갈팡질팡하면서 핀이나 리베리아의 싸움을 지켜볼 수밖에 없었다.

『하아아!』

"!"

커다란 입을 벌리고 긴 혀를 날리는 '바바리안'.

구부러진 뿔이 돋아난 몬스터의 혀 공격을 쳐내고, 솟아나는 비명과 함께 베어 쓰러뜨린다. 아이즈는 즉시 달려나가 땅딸막한 까만 돌덩어리인 '옵시디언 솔저'를 양단했다.

아이즈의 발밑에 몬스터의 주검이, 재가 켜켜이 쌓여갔다. 세이버가 은색 사선을 그리면 눈 깜짝할 사이에 여러 마리의 적이 쓰러지고 피보라가 튀었다.

의지의 불꽃이 타오르는 금색 눈동자는 그저 하염없이 적을 찾았다. 눈꼬리를 치켜세운 그녀는 원을 그리듯 발을 놀리며 회오리바람처럼 사방의 몬스터를 한꺼번에 수평 일격으로 베어 날려버렸다.

원형으로 단말마가 솟아났다.

핀이 난처한 듯 눈을 가늘게 뜨고 물었다.

"아무리 그래도 저건 좀 무서운걸……. 리베리아, 아무 얘기도 못 들었어? 쓴맛 한 번 봤다고 저렇게 되진 않을 텐데."

리베리아는 고민을 내비치듯 요란한 한숨을 내쉬었다.

"막무가내야. 아무 일도 없다고만 하면서 아무 말도 하려 들질 않아."

이제는 할 일이 없어진 그들의 시선 너머에서, 금발금안의 소녀는 티오나와 함께 시간을 들이지 않고 나머지 적을 섬멸해나갔다.

"지금 야단을 쳐봤자 의미는 없겠네……. 나 참."

"저어, 단장님, 리베리아 님……. 아이즈 씨는, 괜찮을까요?"

"저런 상태일 때는 어지간해선 배가 고파지면 낫는데……. 배가 고픈 기색을 보이면 즉시 먹이를 던져줘라. 가라앉을지도 모르니."

"네, 넷."

잘 안다는 투로 이야기하는 리베리아의 말에 레피야는 땀을 흘리며 고개를 끄덕였다.

티오나와 티오네, 그리고 레피야는 매일 아이즈를 걱정했지만 리베리아와 핀이 아직은 내버려두라고, 때를 살피는 것처럼 이야기했으므로 그 말을 믿기로 했다. 함께 지낸 시간으로 따지면 세 사람보다도 핀과 리베리아가 더 오래 됐으니까.

레피야와 라크타가 전리품을 회수해 그 자리를 떠났다.

일행은 계층 안쪽으로 나아가 가장 안쪽의 원형 벽을 넘어 계층 중심부에서 탐색을 재개했다.

제37계층에는 콜로세움이라 불리는, 일정한 숫자의 상한선을 두고 몬스터가 무한히 솟아나는 대형 공간도 존재한다. 아이즈가 혼자 쳐들어가려 했을 때는 역시 다들 말렸지만, 그 후로는 무난한 탐색이 이어졌다.

아이즈도 레피야나 다른 동료들에게 위험이 미치는 짓은 하지 않아, 적극적으로 몬스터와 싸우면서도 어디까지나 행동 그 자체는 파티의 일원이라는 역할에 충실했다. 전투가 끝나면 감정이 희미한 평소의 표정으로 돌아와, 티오나와도 또박또박 이야기를 나누곤 했다.

오로지 검에 담긴 기운만이 평소와 달랐다.

"몬스터도 꽤 쓰러뜨렸고, 돈도 제법 모이지 않았을까? 던전에 닷새 정도 내려와 탐색했으니까."

"그럴, 까……?"

화제를 찾듯 티오나가 아이즈에게 밝게 말을 걸었다. 아이즈와 티오나는 원래 레이피어와 우르가 때문에 진 빚을 갚고자 던전에 왔다. 당초 목적을 새삼스레 떠올린 아이즈는 연상작용처럼 흰토끼 소년을 생각했지만, 고개를 가로저어 머리에서 밀어냈다. 신경을 쓸 겨를이 없다고 자신을 타일렀으며——그러는 한편 지금의 자신이 그의 눈앞에 나타난 순간을 상상해보면……. 마치 보물을 더럽히는 것 같은 마음에 사로잡혀, 어째서인지 무서웠다.

눈을 슬쩍 내리까는 아이즈의 옆에서 티오네가 레피야에게 확인했다. "지상에서 대충 환금하면 3천만 발리스 정도는 될걸? 레피야! 지금 가진 증명서는 얼마쯤 돼?"

"잠시만요. 어……. '리빌라 마을'에서 매입해주신 것만 해도 천만 발리스는 될 정도예요."

'마석'이나 '드롭 아이템'으로 짐이 가득 차면 그때마다 '리빌라 마을'에 돌아가 매매소에서 증서와 교환하고 처리했다.

지하 매매소는 거래가가 매우 낮으므로 가치가 높은 전리품만 남겨두었다가 지상에서 환금하기로 하고, 그 외의 물건은 착착 리빌라 마을에 팔았다. 다 들고 갈 수 없는 전리품은 증서로 바꿔버리는 편이 자금확보 효율이 좋다.

"아, 룸이다."

Lv.3 혹은 Lv.4로 분류되는 몬스터를 순조롭게 격파하며 나아가니, 이윽고 이제까지 지나온 것보다도 규모가 큰 룸에 도달했다.

'여긴…….'

넓은 방 안에 있던 수많은 몬스터들과 교전하는 한편 아이즈는 룸의 주위를 살폈다.

계층 중앙 부근이기도 해서 폭도 높이도 엄청나다. 화이트 팰리스 내부에서도 손꼽힐 만큼 광대한 공간. 그녀는 마지막으로 바닥을 내려다보고, 금색 눈동자를 가늘게 떴다.

그리고 그때.

찌적.

"어라? 어디서?"

여러 마리의 '리저드맨 엘리트'를 우르가로 한꺼번에 쓸어버린 티오나의 물음에, 마찬가지로 쿠쿠리를 들고 적을 섬멸하던 티오네가 대답했다.

"벽은 아니야. 바닥이네."

균열이 일어나는 소리가 울려 퍼진 곳은 사방의 벽이 아니라 발밑의 땅이었다. 거미집과도 같은 무늬가 사방으로 퍼져나가고, 그 다음에는 열 마리도 넘는 몬스터가 일제히 땅속에서 태어났다.

살점도 피부도 존재하지 않는 백골뿐인 모습.

늑골과 골반이 그대로 드러났으며, 온몸의 골격은 곳곳이 갑옷처럼 날카롭게 부풀어 뾰족했다. 저마다 뼈로 된 검이나 도끼, 방패를 처음부터 장비하고 나타난 것은 해골 몬스터 '스파르토이'였다. 제37계층에 출현하는, 바바리안과 같은 워리어 계열 몬스터다.

"핀, 내가 갈게."

"아, 아이즈?!"

'스파르토이'는 이 계층에서도 톱클래스에 속하는 전투 능력을 자랑한다.

온몸이 백골인 외견과는 달리 힘이 강하며 움직임도 빠르다. 무엇보다도 다양한 뼈 무기를 장비하고 구사해, 마치 실력이 뛰어난 모험자를 상대한다는 기분마저 든다.

Lv.4에 해당하는 강적을 향해 아이즈는 파티 속에서 홀로 뛰어나갔다. 다른 몬스터와 아직까지 교전하던 티오나나 다른 일행을 뒤에 남겨놓고 《데스퍼러트》를 휘두르며, 숫자의 열세도 아랑곳 않고 '스파르토이'의 무리와 접촉했다.

"흡!"

『카악?!』

방패를 내밀고 검을 뒤로 빼 반격하려던 개체에게 정면으로 은색 세이버를 내리질렀다.

방패와 함께 절단당한 스파르토이가 바닥에 쓰러지는 가운데 옆에서 날카롭게 파고든 창잡이의 공격을 피했다. 이어서 머리 위로 날아든 도끼도 회피하고, 한층 커다란 몬스터가 날린 대검을 세이버로 옆에서 쳐내고 엇갈려 지나가며 강렬한 검광을 몸통에 꽂았다. 잘려나간 상반신이 바닥에 쓰러졌다.

『워어, 어어어!!』

『━━━━━우우!!』

"……흡!"

눈동자가 없는 무수한 칠흑의 눈구멍이 아이즈 한 사람에게 향했다.

뼈를 흔들며 위협성을 터뜨리는 몬스터들의 모습은 마치 단결해 사냥감에 맞서 싸우자고 부르짖는 것처럼 보이기도 했다.

무기 다루는 법을 잘 알며, 나아가 연계까지 이용해 주위에서 몰려드는 흉포한 해골전사들을 아이즈는 날카롭게 노려보며 전투에 임했다.

🐱

한 치의 방심도 허용하지 않고 자신의 긴장감을 유지하며 몬스터 집단과 검을 나누기를 5분.

남은 마지막 스파르토이에 아이즈는 높은 상단에서 《데스퍼러트》를 내리쳤다.

『쿠워어어어어어어어어어어어어어어어어어어어어어!!』

정수리부터 가랑이까지 일직선으로 갈라진 몬스터는 단말마의 비명을 지른 후, 파괴된 '마석'의 뒤를 따르듯 재로 변했다.

스파르토이의 무리를 전멸시킨 아이즈는 휙 검을 뿌리치며 칼끝을 지면에 향했다.

주위에는 매끄럽게 절단된 뼈의 일부가 헤아릴 수 없을 정도로 흩어져 있었으며 아직까지 상반신에 달라붙은 마석은 보라색 빛을 뿜어냈다.

열 마리가 넘는 몬스터의 주검 한복판에서 아이즈는 혼자 전투의 여운에 몸을 맡기듯 말없이 서 있었다.

"결국 혼자 다 해치우고 말야……."

"조금쯤 고전해주면 더 귀여운 맛이 날 텐데……."

어딘가 나무라는 듯한 말과 비아냥거리는 탄식을 티오나와 티오네가 나란히 입에 담는 가운데, 아이즈는 먼저 전투를 끝낸 그들에게 돌아갔다. 《데스퍼러트》를 칼집에 넣고 걸어가면서 레피야, 라크타와 엇갈려 지났다.

"……아이즈 씨, 수고하셨어요."

"응…… 뒷일 부탁해, 레피야."

눈썹을 늘어뜨리며 웃음을 짓는 레피야에게 아이즈는 등 뒤에 놓인 스파르토이의 전리품 수습을 맡겼다. 또 다른 서포터 라크타에게도 말을 걸어 몬스터의 마석 처리를 부탁했다.

"자자, 수고했어 아이즈~! 포션 필요해? 엘릭서는? 아이즈가 좋아하는 단팥크림맛 감자돌이는 어때?"

분위기를 회복시키려는 듯 밝게 티오나가 스스로 다가왔다.

"애초에 상처 하나 입지 않았으니, 포션도 뭣도 필요 없겠지."

언니의 가벼운 딴죽을 흘려 넘기면서, 그녀는 마치 전투를 마치고 아이즈의 배가 꺼진 것을 내다본 것처럼 절호의 타이밍에 감자돌이라는 이름의 먹이를 내밀었다. 목소리 톤도 어딘가 살짝 높았다.

"괜찮아, 티오나. 고마워. ……마지막 건 먹고 싶어."

휴식하기 전부터 아무것도 먹지 않았던 탓인지 잘록한 허리 언저리에서 꼬로록 소리가 났다.

아이즈는 빠릿빠릿한 얼굴을 유지하면서도 살짝 귀를 발갛게 물들이고 티오나에게 감자돌이를 받았다.

보존상태가 좋지 못했는지 썩기 시작했다는 것을 알았을 때는 낙담의 반동도 컸지만.

"아무튼 몬스터는 대충 정리됐군……. 이제는 어떻게 할까, 핀?"

큰 전투를 마치고 리베리아가 핀을 내려다보았다.

빠짐없이 돌았다고는 할 수 없지만 제37계층은 한 차례 답파했다. 계층 중앙 부근인 이곳에서 더 나아가려면 필연적으로 제38계층에 가게 된다.

미궁은 계층을 하나 내려갈 때마다 위험도가 늘어난다. 불안해진 물자의 양, 그리고 무기의 소모도도 고려해 그녀는 파티의 리더에게 의견을 구했다.

"음— 슬슬 돌아갈까? 이번에는 놀러온 거나 마찬가지니, 괜히 오래 머물다가 돌아갈 때 고생하는 것도 싫고. 리베리아, 네 의견은 어때?"

핀도 리베리아와 같은 의견이었는지 철수할 때라는 뜻을 내비쳤다.

던전 공략에 매진하는 '원정'도 아니니 억지로 머물 이유도 없다고 말하는 그에게 리베리아는 고개를 끄덕였다.

"단장님의 지시라면 따르도록 하지. ……다들 철수하자!"

""네에~!""

""알겠습니다—!""

리베리아의 지시에 티오나와 티오네가 대답하고, 열심히 서포터로서 일하던 레피야와 라크타도 목소리를 높였다.

지상 귀환 선언에, 어딘가 위태롭던 아이즈의 모습도 포함한 걱정거리가 해소되어 마음이 풀렸는지 티오나는 자못 재미나다는 듯——혹은 분위기를 밝게 하고자——이야기를 꺼냈다.

"그건 그렇다 쳐도, 만약 베이트가 함께 있었다면 지금쯤 분명 귀찮은 일이 일어났겠지~. 그 허세덩어리는 아이즈 앞에선 금방 무모한 짓을 하니까!"

"저번 회식 끝나고, 술 깬 다음에 은근슬쩍 아이즈에게 거절당했다는 얘기를 해주니까 엄청나게 좌절하던걸."

"우와~?! 나도 봤으면 좋았을걸! 왜 안 가르쳐준 거야, 티오네~!"

그런 티오나에게 티오네도 시치미를 뚝 떼며 입가에 슬쩍 웃음을 지었다.

여동생의 이야기에 편승하듯 동료 베이트를 들먹여 이야기꽃을 피운다. 참고로 그는 이번 탐색에서도 티오나의 책모에 빠져 가담하지 못했다.

레피야와 라크타에게 마석과 드롭 아이템 회수를 맡긴 채, 그녀들을 중심으로 해이해진 공기가 흘러나왔다.

하지만 그때 갑자기.

"……핀, 리베리아. 나는 혼자 좀 더 남아 있고 싶어."

아이즈가 그렇게 말했다.

놀라 홱 돌아보는 티오나와 티오네.

그녀들의 시선을 받으며, 감정이 희미한 표정은 낯빛 하나 바꾸지 않고 오히려 확고한 뜻을 내비쳤다.

평소 같으면 대개 상황에 몸을 맡기기만 하던 아이즈의 주장에──생각한 것보다도 심각하고 확고한 의지에──핀은 슬쩍 눈을 크게 떴다.

리베리아는 어떤가 하면, 한쪽 눈을 감은 채 그녀를 가만히 바라보았다.

"식량도 나눠줄 필요 없어. 여러분에게는 폐를 끼치지 않을 테니까. 부탁이야."

마지막에는 애원하듯, 아이즈는 일행에게 자신을 남겨줄 것을 부탁했다.

"자, 잠깐만~! 아이즈, 그런 소릴 꺼낸 시점에서 우리한테 폐를 끼치는 거라구! 이런 데 아이즈를 남겨놓고 가면 우린 걱정된단 말야!"

"나도 티오나에게 동감. 아무리 몬스터의 Lv.이 낮다 해도 심층에 동료를 혼자 내팽개쳐두는 짓은 할 수 없어. 위험해."

아이즈의 말에 티오나는 견디지 못하고 불쑥 다가갔다. 티오네도 눈썹을 늘어뜨리며 천천히 티오나를 따라왔다. 그리고 그 태도는 아이즈에 대한 그녀들의 마음이 얼마나 깊은지를 보여주는 증거였다.

진심으로 걱정해주는 자매에게 아이즈는 아무 반론도

할 수 없었다.

"왜 아이즈는 그렇게 싸우고 싶어해?"

그리고 눈을 늘어뜨리는 티오나의 물음에 대답할 수도 없었다.

자신을 친구라고 해주는 그녀의 서글픈 표정에, 아이즈는 입을 다물고 고개를 숙일 수밖에 없었다.

다정한 그녀의 마음에 침묵을 관철할 수밖에 없었다.

아이즈가 아무 말도 하지 않을 것이라는 것을 깨닫고 티오나는 그렇다면 그녀를 억지로 끌고 가야겠다 싶었는지, 생각나는 말을 되는 대로 궁수처럼 쏟아내기 시작했다.

"아이즈는 엄청 미인인데, 아깝잖아~. 조금만 더 여자답게 놀자아~. 아마조네스인 내가 더 패셔너블하면 어쩌자는 거야!"

"난…… 그런 건, 됐어."

"왜에? 강한 수컷…… 마음에 드는 남자도 찾지 않을 거야? 아이즈의 그 예쁜 얼굴은 장식이야?"

"너는 자기도 하지 않는 짓을 남에게 떠넘기지 마라."

슬슬 내버려둘 수 없었는지 어이없어하는 티오네가 딴죽을 거는 가운데, 한 발짝 떨어져 지켜보던 리베리아가 한숨을 쉬었다.

그녀는 핀을 향해 입을 열었다.

"핀, 나도 부탁하지. 아이즈의 의견을 존중해줘."

""리베리아?!""

설마 그럴 줄은 몰랐다는 양 티오나와 티오네의 목소리
가 동시에 울려 퍼졌다.

　아이즈도 내심 놀랐다. 리베리아에게는 반드시 야단을 맞
을 거라고, 반대하는 말을 들을 거라고 생각했기 때문이다.

　"음——?"

　그리고 핀도, 리베리아의 진의를 판별하려는 듯 그 아름
다운 얼굴을 올려다보았다.

　"이 아이가 어지간해선 떼를 쓰지 않는다는 것 잘 알잖
아. 한번 들어주도록 해."

　"무슨 자식 지켜보는 엄마처럼 마음을 쓰는 거야, 리베
리아? 티오나랑 티오네 말이 맞아. 파티의 리더를 맡은 몸
으로서는 허락할 수 없어."

　"어리광을 받아준다는 자각은 있다만…… 그러면."

　한숨과 함께 리베리아는 아이즈에게 시선을 보냈다.

　그녀에게 폐를 끼친다는 것을 잘 알았던 아이즈는 이때
한없이 미안함을 느꼈다.

　그런 아이즈의 속내를 아는지 모르는지, 리베리아는 자
조하듯 눈썹과 입술을 구부러뜨렸다.

　그리고 핀에게 시선을 되돌리고 말했다.

　"나도 남지."

　아이즈의 서포트를 맡겠다는 의도를 전달하는 리베리아.

　비취색 눈동자를 바라본 핀은 턱에 손을 댄 후 천천히,
뜸을 들이듯 고개를 끄덕였다.

"알았어. 허가하지."

"뭐어~? 핀~ 설득 좀 해~."

도저히 수긍할 수 없다는 표정으로 티오나가 항의했다.

핀은 쓴웃음과 함께 말을 이었다.

"리베리아가 남는다면 만에 하나라도 잘못될 일은 없을 테니까. 반대로 우리가 돌아가는 길에 위험한 꼴을 당할지는 모르지만."

"아~ 네, 네. 난 공격과 회복을 재주 좋게 구사하진 못하니까요, 단장님."

좋아하는 사람의 결정에는 거역할 수 없는 티오네의 목소리에도 다소 가시가 있었다. 책망까지는 하지 못하지만 불만스러워하는 눈치였다.

어깨를 으쓱한 핀은 이를 모두 받아들였고, 그렇게 아이즈와 리베리아가 이 계층에 머물 것이 결정되었다.

멀리서 이 상황을 살피고 있었는지, 작업을 마친 레피야가 황급히 돌아왔다.

"아이즈 씨, 여기 남으시는 거예요?!"

"응……. 억지 부려서, 미안."

"아, 저기, 어…… 그, 그럼, 저도 남을게요! 절대로 방해 안 할 테니까, 서포터로 있게 해주세요!"

"아, 그럼 나도 남을래! 뭐야, 간단하네!"

"물자가 얼마 안 남았다고 했잖아. 2인분이라면 몰라도, 서너 명한테 나눠줄 식량하고 물은 아이즈에게도 우리에게도 남지 않았어."

""우우~~~~~~~~~~~~·······.""

티오네의 지적에 레피야와 티오나의 고개가 나란히 폭 꺾였다.

물자와 치료용 아이템 문제 때문에 이 계층에 세 명 이상이 남기는 어렵다. 불괴(不壞) 속성을 가진 아이즈의 《데스퍼러트》를 제외하면 무기의 상황도 슬슬 위험했다.

레피야와 티오나는 울며 겨자 먹기로 물러났다.

아이즈의 주위에서 소란을 떠는 세 아가씨를, 리베리아가 한 발 물러난 곳에서 바라보고 있으려니.

핀이 슬쩍 그녀에게 다가왔다.

"그래서, 아까 그 제안의 본심은 뭐지?"

작은 목소리로 묻는 그에게 리베리아는 흘끔 시선을 보냈다.

"설마 말 그대로는 아닐 테지?"

"······지금 저 아이를 말려봤자 문제를 뒤로 미루게 될 뿐이다. 분명 무언가 일을 내겠지. 눈이 닿지 않는 곳에서 파열하느니······ 눈앞에서 요란하게 폭발시키는 편이 나아."

"하긴."

알아보지 못해 미안하다고 웃은 핀은 눈을 감은 후 슬쩍 곁눈질을 했다.

아이즈에 대한 과보호를 놀리는 것처럼도 보이는 그 모습에, 무언가 하고 싶은 말이 있는 양 시선을 돌린 리베리아는 결국 아무 말도 하지 못했다.

"그 테이머가 나타나는 일은 없을 거라 생각하지만, 부디 조심해줘. 내가 지금 가진 매직 포션은 전부 두고 갈게. ……아이즈의 독단을 용납한 건 너니까, 네가 그녀 몫까지 책임을 져야 해."

"나도 알아……. 그리고 미안하다. 고맙다."

【파밀리아】의 부단장으로서——오히려 연장자로서 어떤 모습을 보여야 할지를 타이르는 핀에게 리베리아는 고개를 끄덕이며 고마움을 표했다. 소년의 파우치에서 나온 시험관을 받아들고 그녀는 아이즈에게 다가갔다.

핀과 나머지 일행이 철수 준비를 갖추는 모습을 지켜보고, 잠시 후 그들과 헤어졌다.

룸에 있던 하나뿐인 출입구를 나가며 티오나와 레피야는 아이즈에게 몇 번이나 격려의 말을 건넸다.

"……고마워, 리베리아."

두 사람만 남은 룸에서 아이즈는 입을 열었다.

곁에 있던 리베리아는 돌아보지도 않은 채 담담히 대답했다.

"이번이 마지막이었으면 좋겠다만, 새삼스런 말이겠지. 너무 고생 시키지 말라는 정도로 내 잔소리는 접어두겠어."

"……미안해."

아이즈는 리베리아 앞에서는 여러 가지 의미에서 자연체로 있을 수 있다는 사실을 느꼈다. 핀이나 로키 앞에 있을 때와는 다른, 그리고 티오나 티오네 앞에 있을 때와도 다른, 알몸에 가까운 자신이다.

그녀의 잔소리에도, 자신의 사과에도 마음이 서로 통하는 두 사람만의 유대가 확실하게 느껴졌다.

말로 표현하기는 힘들지만 그것은 동료에게 기대는 신뢰와도 조금 다른, 따뜻한 무언가였다.

"……."

어두운 룸 안에서 아무 일도 하지 않고 한동안 침묵을 이어나갔다.

몬스터들의 포효는 먼 곳에서 들려왔다. 이 광대한 룸에 다가오려는 기척은 전혀 없어, 부자연스럽다고도 여겨지는 정적이 아이즈와 리베리아 사이를 흘러갔다.

방어구와 배틀 클로스를 에워싼 계층의 공기는 싸늘하다. 천장이 높고 인광도 희미한 제37계층에는 몸을 차게 식히는 냉기가 있었다.

한기를 환기시켜주는 던전의 입김이 목덜미를 쓸어내렸다.

"……?"

움직이려 하지 않는 아이즈를 의아하게 생각했는지, 리베리아가 비취색 눈으로 돌아보았다.

그녀의 시선을 어깨로 느끼면서도 아이즈는 움직이지 않았다.

조금 전까지 그랬듯 계층 구석구석을 탐색할 생각은 전혀 없었다. 하물며 몬스터들이 이곳에 찾아오기를 기다리는 것도 아니었다.

이 계층에, 이 룸에 남은 이유는 따로 있었다.

자신의 생각이 옳다면 아마도——.

생각을 굴리던 아이즈가 숨을 죽이며 그때를 기다리고 있으려니, 문득.

조그만, 정말로 미미한 진동이 부츠 밑바닥을 간질였다.

——역시.

"왔다."

"뭐?"

아이즈는 버들잎처럼 모양 좋은 눈썹을 날카롭게 치켜세우고 룸의 중심부를 노려보았다. 리베리아가 무슨 말인지 물으려고 입을 열려 했지만 그녀도 깨달은 모양이었다.

지면이 흔들리고, 그 진동이 조금씩 커지고 있음을.

"설마……."

리베리아의 중얼거림과 동시에 룸의 중심점 일대가 솟아올랐다.

그리고——쩌적.

바위의 비명과 함께 현저한 균열이 일어났다.

지진처럼 대지가 갈라졌다. 주위로 퍼져나가는 균열은

멈출 줄을 몰랐으며, 다음 순간에는 눈을 의심할 만한 칠흑의 거구가 지면을 뚫고 아득한 천장을 향해 뻗어나갔다.

거구에 말려 올라간 바위와 토사가 흘러 떨어져 산사태처럼 쏟아졌다. 룸의 진동은 좀처럼 수그러들 줄을 몰랐다.

아이즈와 리베리아의 시선 너머에서, 칠흑의 몬스터는 어둠 속에 솟아나 천장을 우러러보았다.

『──오오오!!』

더할 나위 없을 만큼 흉포한 산성을 지르는 초대형, '리빌라 마을'에 출현했던 여체형 식인꽃과 비교해도 뒤지지 않는 거대한 몬스터. 그리고 온몸에서 뿜어져 나오는 압도적인 위압감은 여체형의 배는 된다 해도 과언이 아니었다.

바로 계층 터주.

제37계층에 군림하는 몬스터렉스.

Lv.6, '우다이오스'.

"그렇구나. 벌써 석 달이 지났어⋯⋯."

일정 주기의 인터벌이 필요한 몬스터렉스는 한 번 격파되면 시간이 지날 때까지 미궁에 모습을 나타내지 않는다. 약 석 달 전, 다른 곳도 아닌 【로키 파밀리아】가 모든 전력을 쏟아부어 타도했던 존재를 올려다보며 리베리아는 반쯤 멍하니 중얼거렸다.

스파르토이를 그대로 크게 늘려놓은 듯한 해골 몬스터 '우다이오스'는 온몸이 칠흑색이었다. 까만 골격은 보기만 해도 안으로 빨려 들어갈 것 같았으며 으스스하고도 무시무시한, 날카로운 광택을 뿜어냈다.

하반신은 지면에 파묻혀 골반 위쪽만 드러나 있는데, 그것만으로도 10M에 육박할 정도여서 앞으로 구부정하게 꺾은 등뼈——무수한 추골이 덜그럭거리며 의지를 가진 것처럼 물결쳤다. 머리에는 오우거를 방불케 하는 두 개의 뿔이 달려 있고, 어둠이 충만한 거대한 눈구멍 안에서는 붉은색의 괴이한 불꽃이 조그맣게 흔들렸다.

거구의 중심, 가슴 안쪽에는 규격을 완전히 벗어난 크기의 마석이 굵고 두꺼운 흉골과 늑골의 보호를 받으며 존재했다.

장기라 부를 만한 기관은 존재하지 않았지만 눈부신 보라색 광채를 뿜어내는 그 거대한 결정이 계층 터주의 심장 같기도 했다.

"리베리아, 손대지 말아줘."

예상대로 출현한 계층 터주를 보며 아이즈는 허리에서 《데스퍼러트》를 뽑아들었다.

다음 단계로 나아가기 위한 절호의 기회.

이미 한계에 다다른 자신의 그릇을 승화시키기 위해, 계층 터주라는 강대한 상대를 단신으로 격파한다. 신들조차 인정할 만한 **위업**을 이루어 아이즈는 아이즈의 한계를 극복할 것이다.

더 강하게, 더욱 강하게, 이제는 누구에게도 지지 않고 굴하지 않기 위해.

약한 자신에게서 벗어나기 위해, 더 큰 힘을 얻기 위해.

뇌리에 떠오른 붉은 머리 여자의 모습을 눈앞의 칠흑색 몬스터와 겹쳐 보며, 아이즈는 금색 눈동자를 치켜세웠다.

"아이즈, 정말 혼자서 해치우려고?"

걸어가는 아이즈의 등에 대고 리베리아가 굳은 목소리로 물었다.

위아래 턱뼈가 벌어지고 무시무시한 포효를 터뜨리는 '우다이오스'를 보며 아이즈는 은색 검광을 조용히 뿌렸다.

"괜찮아."

절대적인 결의를 가슴에 품고 그녀는 입을 열었다.

"금방 끝낼게."

흑골의 거구가 떨렸다.

사정거리 내로 한 발을 내디디자 흉악한 전의가 해방되었다.

온몸의 골격을 쩌렁쩌렁 울리며 임전상태로 들어가는 최강의 적을 앞에 두고.

아이즈는 땅을 박차, 그 무모한 전투로 들어갔다.

일직선으로 적에게 달려간다.

유일한 무기이자 수많은 사투를 함께 헤쳐나왔던 전우

데스퍼러트를 한 손에 들고, 아이즈는 까마득히 올려다봐야 하는 거구의 품을 향해 정면으로 질주했다.

『오오오!!』

달려드는 아이즈에게 우다이오스는 대기를 뒤흔드는 포효를 질렀다.

일렁이는 붉은색 눈으로 금색 그림자를 노려보며, 기다란 뼈가 그대로 드러난 시커멓고 이질적인 오른팔을 거대한 둔기처럼 등 뒤로 들어 힘을 모은다.

대기를 헤집으며, 왜소한 그림자를 향해 수평으로 일격을 내질렀다.

"【눈을 뜨라, 폭풍】!!"

밀려드는 일격필살에 아이즈는 짧은 영창문을 외웠다.

눈 깜짝할 사이에 바람의 기류가 방어구와 함께 몸을 에워쌌다. 그에 따라 속력이 늘어난 아이즈의 몸은 내리찍은 왼발로 지면을 폭발시키며 단숨에 가속했다.

몸을 확 앞으로 기울이고 우다이오스의 왼팔이 몸을 포착하기 전에 품으로 파고들었다. 스윙의 범위에서 벗어난 지근거리, 시야의 사각으로 사라질 만한 속도에 침입을 허용한 몬스터는 한순간 아이즈의 모습을 놓쳤다.

텅 빈 갈비뼈를 눈앞에 둔 아이즈는 몸을 띄웠다.

허공을 가르며 접근한 곳은 적의 왼쪽 옆구리 중단. 우다이오스가 수평으로 팔을 휘두르면서 텅 빈 왼쪽 흉부를 향해 검을 들었다. 검신에 부여된 바람의 출력을 더욱 높여 위력과 사정거리를 끌어올렸다.

허리를 틀어 오른팔의 《데스퍼러트》를 왼쪽 어깨 위에서 힘을 모으고, 갚아주겠다는 듯 음속의 수평베기를 날렸다.

『우우우우!!』

"!"

흉골 내부에 존재하는 거대한 '마석'을 노리고 늑골 사이를 미끄러져 들어가려던 풍검(風劍)의 일격을 제5늑골이 위아래로 움직여 가로막았다. 느닷없이 눈앞의 중추를 기습한 아이즈에게 우다이오스는 탐색과 반응을 한순간에 마치고 방어행동을 취했다.

──아까워.

가르는 것은 고사하고 찰과상 하나 입지 않은 칠흑의 늑골을 곁눈질하며 아이즈는 무표정하게 중얼거렸다.

중추인 마석에 균열 하나라도 낼 수 있다면 상대의 움직임은 훨씬 둔해진다. 기회가 그리 호락호락 찾아오지는 않겠지만, 노릴 수 있다면 과감하게 공격해야 한다.

몸 왼쪽 옆구리로 빠져 우다이오스의 뒤로 돌아간 아이즈는 지면에 착지해 즉시 몸을 돌렸다.

허점투성이인 등 뒤, 등뼈를 드러낸 계층 터주에게 달려든──다음 순간.

달려가는 아이즈의 지면에서, 마치 창과도 같은 칠흑의 창이 솟아나왔다.

"!"

턱 아래에서 방출된 날카로운 일격을 상반신의 움직임만으로 회피했다.

귓불을 스치는 칠흑의 기둥에 금색 장발이 흐트러지고, 이어서 지면으로부터 사출된 다섯 자루의 창날을 피해 아이즈는 재빨리 옆으로 몸을 날렸다.

지면을 가르고 나타난 창날의 대열은 집요하게 아이즈를 쫓아와 눈 아래에서 공격을 가했다.

──이거다.

선회능력이 부족한 우다이오스를 상대하면서 많은 인원의 파티로도 단숨에 공세를 펼치지 못했던 이유. 지면에서 쳐올리는 이 무수한 말뚝으로 적이 접근하지 못하게 하는 것이다. 함부로 뛰어들려는 상대를 연속으로 꿰뚫는 창날은 우다이오스에게는 공방일체의 무기였다.

상반신만을 드러낸 우다이오스는 하반신을 무의미하게 땅에 묻은 것이 아니다. 아니, 정확하게 말해 우다이오스의 하반신은 존재하지 않는다.

거대한 뿌리를 땅속에 펼친 거목처럼, 골반에서 무수히 파생된 몸의 일부분을 이 공간 전역의 바닥에 펼친 것이다. 다시 말해 아이즈의 발밑에는 우다이오스가 설치한 창날의 지뢰가 헤아릴 수 없을 정도로 묻혀 있다.

그야말로 상대는 이 광대한 '룸' 그 자체라 해도 과언이 아니다. 사출되는 말뚝은 공간의 지면 전체──모든 전장을 공격범위로 삼는다.

한번 우다이오스의 눈에 들면 도주하려 해도 룸의 출입구는 칠흑의 창날에 가로막힌다. 해골의 왕은 살육을 마칠 때까지 적을 이곳에서 보내주지 않을 것이다.

『르으어어어어어어어어어어어어어어어어어어어!!』

"큭?!"

거구에 어울리는 둔중한 동작으로 돌아보는 상반신과는 달리 무시무시한 속도로 사출되는 창날이 끊임없이 아이즈에게 육박한다. 이미 아이즈의 주위에는 무수한 칠흑의 기둥이 늘어서 있었다.

마치 이쪽으로 오라고 속삭이듯 칠흑의 기둥들이 아이즈의 움직임을 유도했다. 강제로 연속 회피를 할 수밖에 없어, 정신이 들고 보니 그녀의 몸은 우다이오스의 정면까지 도로 끌려가 있었다.

눈구멍 안쪽의 불꽃을 안광처럼 형형하게 빛내며, 계층주는 가차 없이 두 팔로 공격을 개시했다. 지면에서 솟아나는 말뚝과 머리 위에서 밀려드는 굵은 팔, 하늘과 땅에서 펼쳐지는 격렬한 협공. 얼굴을 씁쓸하게 일그러뜨린 아이즈는 바람을 두르고 간신히 적의 공세를 피했다.

"아이즈!"

손을 대지 말라는 부탁을 받았던 리베리아가 외쳤다.

룸 출입구 부근, 아직 우다이오스에게 포착되지 않았던 그녀의 발밑은 폭풍 전의 고요함처럼 침묵을 시키고 있지만 전투의 추세를 지켜보는 그녀의 심중은 평온할 수가 없었다.

원래는 서른 명이 넘는 파티로 공략에 나서 각자 분산해 맡아야 할 말뚝 공격이 모두 아이즈 한 사람에게 쇄도한다. 마법의 은혜로 한계를 초월한 속도를 내기는 하지만 저래서는 붙잡히는 것도 시간문제다.

지팡이를 들고 한 걸음을 내디디려던 리베리아. 그러나 아이즈의 두 눈이 제지했다.

고개를 돌리고, 괜찮으니 오지 말라고 호소하는 금색 시선에 리베리아의 얼굴이 무언가를 견뎌내듯 일그러졌다.

"……큭!"

즉시 리베리아에게서 시선을 돌리고 앞을 본 아이즈는 아래쪽에서 솟아난 창날의 대열을 크게 회피했다.

말뚝의 길이나 폭은 제각각 달랐다. 발을 멈추게 하고자 날카롭게 올라오는 1M도 안 되는 단창도 있거니와, 진로와 움직임을 저해하고자 솟구치는 3M 이상의 굵은 기둥도 있었다. 형상도 뾰족한 것과 직사각형인 것 등등 다종다양했다.

말뚝 연속발사는 위협적이지만, 역시 그것과 비교해도 우다이오스가 펼치는 직접공격의 위력은 차원이 달랐다. 내리칠 때마다 자기가 펼친 창날을 산산이 부숴 바닥을 평지로 바꾸는 절대적인 손바닥 공격. 바람의 갑옷이 있다고는 하지만 직격당했다간 견디지 못할 것이다. 제50계층,

그리고 제18계층에서 조우했던 여체형도 이 몬스터 앞에서는 빛을 잃는다. 힘도 능력도, 그야말로 미궁의 왕을 자칭하기에 손색이 없었다.

눈 깜짝할 사이에 발 디딜 곳을 메워나가는 창날의 대열을 스쳐 지나갈 때마다 절단해가면서, 아이즈는 곁눈질로 우다이오스의 몸을 노려보았다.

'노릴 곳은, 관절……!'

온통 검은색인 거구의 마디마디, 문자 그대로 어깨며 팔꿈치를 비롯한 관절에는 마석의 광채와도 비슷한 보라색 빛이 반짝거렸다.

외피도 근육조직도 없는 우다이오스의 뼈로 이루어진 몸이 움직이는 것은 저 핵관절(核關節)의 힘 덕이다. 방대한 마력을 뿜어내는 마디마디의 핵이 몸의 각 부위를 이어주며, 그 덕에 거대한 뼈가 종횡무진 가동할 수 있는 것이다. '스파르토이'에도 존재하는──그런 몬스터의 경우 훨씬 작아 빛의 입자 정도밖에 볼 수 없지만──핵관절을 부수면 적의 몸은 떨어져나가 힘을 크게 깎아낼 수 있다. 노려야 할 곳은 관절의 수만큼 존재하는 보라색 광채다.

적의 체력 또한 무진장하니, 이쪽의 힘이 바닥을 보이기 전에 공세에 나서야 한다. 생각에 결판을 내고 아이즈는 수세에서 공세로 전환하려 했다.

마인드를 긁어모아 입술을 열었다.

"바람이여!"

최고출력.

바람의 갑옷이 기류를, 두께를, 풍압을 늘려 아이즈의 몸을 조그만 폭풍으로 바꿔놓았다. 시큰거리는 통증을 호소하던 온몸이 한층 삐걱거리는 가운데 막대한 바람의 힘을 자신의 편으로 삼아 이날 최고의 가속을 단행했다.

『?!』

아이즈가 시야 바깥으로 사라져 우다이오스의 불꽃 눈동자가 흔들렸다.

적의 거구 왼쪽에서 직각 궤도를 그리며 후방으로 돌아들어간다. 경추를 꿈틀하더니, 붉은 안광으로 질풍 같은 그림자를 발견한 몬스터는 위협성도 아껴가며 말뚝을 사출했다.

하지만 맞지 않는다. 스치지도 않는다.

너무나도 느렸다――아이즈가 너무나도 빨랐다.

말뚝의 사출속도를 능가하는 압도적인 질주. 창날은 아이즈가 이미 지나간 곳을 허무하게 꿰뚫었으며, 그녀의 뒤를 필사적으로 쫓아 기둥 발사가 이어졌다.

수많은 지뢰를 후방에 끌며 아이즈가 향한 곳은 적의 등뼈, 요추.

측면에서 급속 접근해《데스퍼러트》를 들었다. 가느다란 소용돌이가 깃든 은색 세이버를, 아이즈는 적의 허리 앞을 스치고 지나간 것과 동시에 휘둘렀다.

『끄윽?!』

골반 바로 위, 허리에 무시무시한 강타를 받아 우다이오스의 상반신이 오른쪽으로 휘청 넘어갔다. 등뼈가 요란하게 휘어지고, 적의 등 뒤를 왼쪽에서 오른쪽으로 빠져나간 아이즈는 발과 왼손을 지면에 꽂고 바람을 역방향으로 한껏 뿜어내 급제동을 가했다.

몸이 뜯겨져 나갈 것 같은 충격에 사로잡히면서 질주의 기세를 죽이는 데 성공했다. 그리고 지체 없이 땅을 박차고 지면을 부수며 아이즈는 바람의 탄환이 되어 다시 우다이오스의 등뼈로 돌진했다.

같은 공격을 이번에는 오른쪽에서——균열이 간 요추의 안쪽에 보이는 핵관절을 향해 꽂았다.

『워어어어어어어어어어어어어어어어어어어어?!』

요추 하나를 파괴당해 균형을 잃고 상반신이 앞으로 고꾸라져 지면에 쓰러졌다.

마치 꿇어 엎드린 것처럼 상반신을 꺾은 우다이오스. 계층 터주 대처의 정석. 땅에 떨어진 거대한 몬스터에게 아이즈는 기회를 놓칠세라 약동했다.

『ㄱㅇㅇㅇㅇㅇㅇㅇㅇㅇㅇㅇㅇㅇㅇㅇ!!』

우다이오스는 상반신을 요란하게 흔들며 접근을 막으려 했다. 또한 쓰러진 몸 안쪽에서도 마구잡이로 말뚝을 사출해 눈으로 볼 수도 없는 적을 쫓아내려 했다.

그리고 질주에 몸을 맡겨 이를 모두 피한 아이즈는 반격의 기세가 약한 몬스터의 오른쪽 어깨에 착지했다. 세이버

끝을 아래로 겨누고, 틈새로 엿보이는 핵관절을 향해 내리
꽂는다.

칼끝에서 전해지는 단단한 감촉. 보라색 핵의 강도가 엄
청나서 칼날이 그 이상 나아가지 않았지만.

아이즈는 포효했다.

"【휘몰아쳐라】!!"

검신에 에어리얼을 흘려보내 폭주시켰다.

칼날이 묻힌 핵관절은 눈 깜짝할 사이에 파열해――터
져나갔다.

『――――――――――――――――――――――
――――――――――――――!!』

우다이오스의 턱뼈에서 절규가 솟아났다.

바람의 폭발과 함께 날아간 관절에서 오른쪽 어깨가 천
천히 벌어지고, 위팔이 굉음과 함께 떨어졌다.

우다이오스는 오른팔 하나를 통째로 잃었다.

"뭐 저런 녀석이……!"

시선 너머에서 일어난 광경에 리베리아는 신음하듯 중
얼거렸다.

대마법의 포격지원을 받지도 않고, 그저 한 자루의 검만
으로 우다이오스에게서 팔을 빼앗은 아이즈에게 전율에
가까운 감정을 품었다.

"큭!"

가차 없는 마법의 여파에 자신도 휘말린 아이즈는 지면

에 착지하여 다시 달려나갔다.

이대로 단숨에 적의 몸을 깎아내겠노라 공세를 가하려 했을 때, 고통과 분노에 불타는 우다이오스의 눈이 질주하는 아이즈를 노려보았다.

계층 터주는 말뚝을 연속으로 쏘아 자신의 몸을 가렸다.

"!"

관절을 지키려는 것처럼 마디 위로 무수한 창날이 얽혔다.

적도 바보는 아니다. 아이즈의 노림수를 알고 방어를 다진 것이다. 아마도 몸의 회복에 시간을 쏟으려는 생각일 것이다.

중추인 마석에서 '마력'이 흘러 들어오면 핵관절은 금방 부활한다. 한번 본체에서 떨어진 몸의 일부는 아무리 핵을 고친다 해도 수복할 수 없지만.

적은 아이즈가 파손시킨 요추의 핵관절을 회복시키고 다시 상반신을 일으키려 한 것이다.

물론 잠자코 보고 있을 수만은 없다. 아이즈는 말뚝 위로 적의 몸을 한꺼번에 베어버리고자 육박했지만.

『워어어어어어어어어어어어어어어어어어어어어어어어어어어어어어어!!』

땅에 엎드린 채 우다이오스가 울부짖었다.

마치 모태인 던전에 호소하듯 지면에 손을 짚고 포효하자, 왕을 지키는 병사처럼 수많은 '스파르토이'가 지면에서 태어났다.

"웃?!"

무기를 든 백골 전사들이 아이즈의 앞길을 가로막았다. 높은 도약으로 창졸간에 뛰어넘으려 했지만, 그 직전에 접근을 허용해 나비에 몰려드는 개미처럼 잇달아 공격을 당했다. 어쩔 수 없이 응전했다.

그리고 리베리아에게도 많은 수의 스파르토이가 지면에서 출현했다.

"큭?!"

후열 담당 마도사인 리베리아에게 쇄도하는 몬스터의 무리.

막 태어난 몬스터의 수는 스무 마리에 육박했다. 기습이라고는 하지만 접근을 허용해버린 자신의 방심을 저주하며 그녀는 긴 지팡이로 스파르토이 무리의 맹공을 막아냈다.

상성이 나쁜 상대임에도 장술(杖術)로 격파를 거듭하고 나아가 '병행영창'으로 적의 공격을 막아내며 마법을 구축했다.

『으으…….』

왕의 부름에 호응해 태어난 스파르토이에게 아이즈와 리베리아가 애를 먹는 동안 우다이오스는 단숨에 회복을 마쳤다.

입술을 깨무는 아이즈 앞에서, 자신의 몸을 보호하던 말뚝을 부수고 휘청 상반신을 일으켰다.

오른팔을 잃은 칠흑의 해골은 눈구멍 안의 불꽃을 크게

태우며 말뚝 하나를 대지에서 소환했다.

높이 늘어나고, 늘어나고, 계속 늘어난다.

아이즈와 리베리아가 눈을 크게 뜰 정도로 거대한 칠흑의 말뚝이 우다이오스의 눈앞에 나타났다.

꿈틀거리는 칠흑의 손가락뼈가 이를 붙잡고, 뽑아낸다.

몸과 같은 색깔을 한 기둥――한 자루의 검.

길이는 6M 정도일까.

아이즈가 보기에는 지극히 두꺼운 대검. 그리고 우다이오스에게는 가느다란 나뭇가지 정도도 안 되는 단검. 네이처 웨폰과도 같은 검은 대검.

거구에 걸맞지 않는 가늘고 긴 무기를 왼손에 들고, 몬스터는 아이즈를 내려다보았다.

――뭘 하려고?

아이즈도, 그리고 리베리아조차도 본 적이 없는 우다이오스의 행동. 스파르토이들과 마찬가지로 무기를 장비한 계층 터주는 천천히 왼팔과 함께 검을 들었다.

처음 보는 공격에, 주위의 병졸들을 정리하며 아이즈는 자세를 잡았다. 일단 거리를 벌려야 할까 판단을 망설이고 있으려니――그 광경이 금색 눈동자에 들어왔다.

어깨, 팔꿈치, 손목.

각각의 핵관절이 타오르는 유성처럼 형형히 빛을 발했다. 우다이오스의 왼팔에서 뿜어져 나오는 그 흉흉한 보라색 광채에 아이즈의 등줄기가 오싹 떨렸다.

왼팔을 치켜든 자세로 가만히 있는 계층 터주에게서 온 힘을 다해 거리를 벌리려 했다.

주위에 있던 스파트로이의 공격을 바람의 갑옷으로 막기만 하며 억지로 그 자리를 벗어나고자.

그와 거의 동시에, 우다이오스의 왼팔이 잔상을 일으켰다.

"————."

눈에 비치지도 않는 초고속으로 바닥을 훑는 흑대검.

어깨와 팔꿈치, 손목의 핵관절이 빛을 터뜨리는가 싶더니 계층 터주는 있을 수 없는 공격속도로 무기를 휘둘렀다.

아이즈의 시야 한구석을 칠흑의 그림자가 가로지르고, 다음에는 무시무시한 폭풍이 일어났다.

"~~~~~~~~~~~~~~~~~~~~?!"

지면에서 튀어나와 있던 말뚝과 스파르토이가 한순간에 소멸했다.

아슬아슬하게 흑대검의 효과범위에서 벗어난 아이즈조차 충격파에 얻어맞아 지면에 처박혔다.

휩쓸린 지면이 타들어가고 연기를 일으켰다. 전율을 감추지 못한 채 서둘러 일어나, 아이즈는 우다이오스의 몸에 눈을 돌렸다.

아마도 핵관절에 대량의 '마력'을 주입해 사용할 수 있는 혼신의 참격일 것이다. 일반 몬스터의 규격을 벗어난 계층 터주의 완력과 '마력'의 폭발이 합쳐진 일격은 한번 펼쳐지면 검의 사정거리 안에 있는 것을 모조리 분쇄하고, 바람을 두른 아이즈조차 피할 수 없다.

　연속으로 사용할 수 없는 것이 유일한 위안이랄까. 왼손을 쳐들고 다시 '마력'을 충전하는 우다이오스를 올려다보며 아이즈는 눈을 가늘게 떴다.

　오른팔을 날려버린 것이 계층 터주의 역린을 건드린 것이다. 무기를 장비할 틈도 주지 않고 포위공격하는 여러 명의 파티라면 몰라도, 단독으로 덤벼드는 아이즈를 상대할 때는 흑대검을 정제해 소환하는 것도 가능했으리라——분명 맨손 공격에 '마력'의 폭발을 사용하면 반동과 충격에 밀려 자괴를 일으키겠지.

　우다이오스의 히든카드. 이제까지 확인하지 못했던, 진정한 비밀병기.

　계층 터주가 숨겨놓았던 힘에 마치 가면의 일부가 떨어져나간 것처럼.

　아이즈의 얼굴에서 강한 위기감이 땀으로 배어나왔다.

　"아이즈, 일단 물러나!! 거리를 벌리면 검은 닿지 않아!"

　후방에서 밀려드는 눈보라의 여파와 함께 리베리아가 외쳤다. 영창을 마치고 입이 자유로워진 순간 재빨리 충고한 것이다. 그러나 아이즈는 따르지 않았다.

　칼자루를 고쳐 쥐고, 고집스럽게 우다이오스에게 달려갔다.

　"저 바보가……!"

　비통한 매도를 등 뒤로 들으며 계층 터주의 품으로 육박했다.

이미 포착된 리베리아에게도 말뚝이 사출되고, 동시에 스파르토이가 다시 모습을 나타냈다. 발이 묶인 그녀와 물리적으로 분단된 채 아이즈는 우다이오스와 전투를 재개했다.

비스듬히 들어 대각선으로 내리베는 대참격.

자세를 통해 공격의 각도와 범위를 간파하고, 공격이 펼쳐지기 전에 회피행동을 취했지만 바로 옆의 공간을 쩌렁쩌렁 뒤흔드는 충격파에 휩쓸린 아이즈는 얼굴을 고통으로 일그러뜨렸다. 그 직후 굉음과 함께 지면의 파편이 튀었다.

베기 위해 접근하는 아이즈에게 우다이오스는 몇 번이나 말뚝을 사출했다. 그녀를 직접 노리는 것이 아니라 장벽처럼 5M 이상이나 되는 기둥을 양산해 진로를 가로막는 것이다. 몇 개나 되는 기둥이 모인 두꺼운 벽을 아이즈는 한순간에 돌파하지 못해 몇 번이나 돌격이 중단되었고, 그러면 즉시 대참격이 날아들었다. 가공할 바람 가르는 소리를 내며 장벽과 함께 아이즈를 베려 했다.

적은 말뚝과 '마력'의 폭발을 양립시킬 수 있다. 성가시다고밖에 형언할 도리가 없었다.

아이즈는 바람의 힘이 허용하는 대로 종횡무진 내달려 몇 번이나 후방을 차지했지만 스파르토이와 말뚝의 벽에 가로막혀 조금 전처럼 결정타를 내지는 못했다. 칠흑의 뼈

몇 곳에 손상을 입혔지만 우다이오스도 핵관절 같은 곳에는 치명상을 허용하지 않았다. 오히려 그 이외의 부위는 포기하면서 철저히 급소를 방어했다.

몇 번째인지 모를 대참격을 회피하고 초조함에 사로잡힌 가운데.

다시 한 번 돌격을 감행하려던 아이즈는.

휘청.

몸에서 힘이 빠져나가는 소리를 들었다.

"_____."

최고 출력 에어리얼, 그리고 장시간에 걸친 연속구사.

그 살인적인 과부하에 견디다 못해 마인드보다도 먼저 아이즈의 몸이 한계를 맞은 것이다.

새빨갛게 물들어가는 듯한 온몸의 통증이 경종을 울려댔다. 끊어지려 하는 몸에서 힘이 빠져나가고 움직임이 눈에 띄게 활력을 잃었다.

그리고 이를 간과하지 않은 우다이오스는 말뚝을 거세게 사출했다.

"으윽!?"

관자놀이로 날아든 칠흑의 창. 간신히 회피했지만 몸에 두른 기류가 깎여나갔다.

추가타를 가하려는 듯 말뚝의 속사포가 아이즈를 급습했다. 사방팔방에서 창날이 치솟아 바람의 갑옷을 몇 번인가 스쳐 충격이 몸에 전해졌다.

자세가 흐트러져 창날에 붙들릴 뻔하면서도 죽을힘을 다해 계속 피하고 있으려니——금색 눈동자에 그것이 비쳤다.

왼팔을 등 뒤로 돌려 힘을 모으는 우다이오스.

어깨, 팔꿈치, 손목. 세 개의 핵관절에서 빛을 뿜어내는 수평쓸기 공격 자세.

현재 위치는 완벽하게 적의 사정거리 내였다. 얼어붙은 아이즈를, 일렁이는 붉은색 불꽃이 무자비하게 내려다보고 있었다.

생각이 새하얗게 물들어가는 가운데, 말뚝에 얻어맞는 것도 아랑곳 않고.

몇 겹이나 되는 기류를 몸에 두르며 아이즈는 온 힘을 다해 자신의 몸을 날렸다.

다음 순간.

『워어어어어어어어어어어어어어어어어어어어어!!』

"으으윽!!"

맞았다.

흑대검의 끄트머리가 바람의 갑옷을 갈랐다. 무턱대고 회피행동으로 나섰던 덕에 직격은 면했지만, 충격만으로도 아이즈를 멀리 날려버리기에는 충분한 파괴력이었다.

지면을 깎으며 수십 M이나 되는 거리를 급류 같은 기세로 날아갔다. 몸에 둘렀던 기류는 모조리 터져 날아가고 【에어리얼】이 강제로 해제되었다.

연기를 내면서 겨우 멈춘 몸. 형용하기 어려운 통각에 온몸을 지배당하면서도 아이즈는 눈을 떴다.

시야는 새빨갛게 물들었다.

"아이즈!!"

비명을 지르는 리베리아.

드러누운 몸으로, 떨면서 천천히 일어나려 하는 소녀의 모습에 미모를 일그러뜨렸다.

"──비켜!!"

『꼐엑?!』

완력으로 지팡이를 휘둘러 눈앞에 있던 스파르토이의 머리를 박살냈다.

몰려들었던 마지막 몬스터를 격파한 리베리아는 아이즈에게 달려가려 했다.

『워어어어어어어어어어어어어어어어어어억!!』

"윽?!"

하지만 발밑에서 말뚝이 발사되었다. 창졸간에 몸을 기울인 리베리아가 고개를 들자 아득한 전방에서는 우다이오스가 눈구멍 안쪽의 붉은 불꽃을 그녀에게 조준하고 있었다.

우선순위를 쓰러진 아이즈에서 리베리아로 전환한 모양이었다. 칠흑의 창날에 공격당한 그녀는 버들잎 같은 눈썹을 곤두세웠다.

"【종말의 전조여, 흰 눈이여, 황혼 앞에 바람을 일으켜라】."

날려버려 주마.

재빨리 '병행영창'을 시작한 리베리아는 어지간해서는 드러내지 않는 분노의 표정을 띠며 비취색 눈으로 우다이오스를 노려보았다. 100M 이상 떨어진 거리 따위 전혀 상관하지 않고, 연신 말뚝을 피하면서 마법원을 전개한다.

심상찮은 마력의 고양에 계층 터주가 두려워하듯 몸을 미동하는 가운데——아이즈는.

힘차게 두 눈을 떴다.

"리베리아아아!!"

소녀의 외침이 리베리아를 흔들어 마법원을 지워버렸다.

"손, 대지, 말아줘……!"

상반신을 일으키고, 적의 공격에 날아가면서도 놓지 않았던 《데스퍼러트》를 지팡이처럼 지면에 짚었다.

이마에서 넘쳐나는 혈액으로 얼굴을 물들이며 아이즈는 천천히 몸을 일으켰다.

"……멍청한 소리 하지 마라! 나더러 널 죽도록 내버려 두란 말이냐?!"

"부탁이야, 리베리아……!"

칼자루를 쥔 손을 떨며, 지면에서 몸을 떼며 간청했다.

고함을 지르는 리베리아에게 울먹이는 목소리로 애원했다.

"제발, 부탁이야……!"

뚝, 뚝. 찢어진 이마에서 끊임없이 피가 흘렀다.

지면에 새빨간 피웅덩이를 만들며 아이즈는 팔을 디디고 일어났다.

　리베리아가 아연실색하며 바라보는 가운데, 쥐어짜내듯 영창했다.

　"【눈을 뜨라, 폭풍】……!"

　몰아치는 기류.

　바람의 가호를 온몸에 두르고 아이즈는 다시 우다이오스와 대치했다.

　전의를 조금도 잃지 않은 소녀의 모습에 몬스터도 눈동자의 불꽃을 일렁거렸다.

　『아아!!』

　"흐읍!!"

　포효가 터진 것과 동시에 질주한다.

　몸이 흘리는 신음을 의지력으로 억누르고, 온 마인드를 바람에 쏟아 붓는다.

　뒷일 따위 생각하지 않고, 아이즈는 결전을 감행하고자 우다이오스에게 돌진했다.

　"아이즈……?"

　그 광경에 리베리아는 아연실색할 수밖에 없었다.

　스파르토이를 몰살할 기세로 물리치며, 요란하게 솟아나는 말뚝을 피해 은검을 들고 칠흑의 해골에게 달려든다.

　바람의 포효를 지르며 아이즈는 자신의 목숨을 깎아나

갔다.

'좀 더…… 좀 더!'

충동적으로 손이 검을 휘둘러나갔다.

무엇보다도 빨라지고자 발이 땅을 박찼다.

몸을 감싼 바람에 맹세하듯 마음이 외쳤다.

'나는, 좀 더!!'

납처럼 무거운 팔다리, 신음하며 헐떡이는 목과 허파, 이마에서 흐르는 뜨거운 핏줄기.

무릎을 꿇어버리려 하는 몸에 분노의 감정이 치밀었다. 왜 그렇게 약하냐고, 왜 그렇게 무르냐고.

어떻게 하면, 이 마음과 몸은.

결코 꺾이지 않는 이 검처럼, 이 빠르고 고결한 바람처럼 강하게 있을 수 있을까.

'좀 더——강해져야만 해!!'

시야가 하얗게 터져나가고, 다음으로는 까맣게 물들었다.

눈앞의 강대한 적과 사투를 펼치며, 이곳이 아닌 어딘가로 의식이 흘러갔다.

가슴속으로, 마음 밑바닥으로.

깊이, 깊이 떨어져간다.

'좀 더, 나는——!!'

용서할 수 없어. 용서할 수 없어. 용서할 수 없어.

아이즈는 자신의 약함을 용서할 수 없었다.

© Kiyotaka Haimura

약한 채 더 나아가지 못하는 자신을, 누구보다도 무엇보다도 용서할 수 없었다.

'반드시——.'

아이즈는 알고 있다.

이제까지도, 앞으로도.

자신이 나아갈 길에는 수많은 몬스터의 시체가 쌓이리라는 것을.

베고 베고 베어 넘어뜨리고.

켜켜이 쌓여가는 주검의 산을 만들어내, 그 꼭대기를 넘어서.

그리고 그 너머에.

그 아득히 높은 곳에 있는 것은——.

'——반드시, 되찾겠어!!'

선망을.

갈망을.

비원을.

"——야아아아아아아아아아아아아아아아아아아아아아아아아아아아아!!"

감정을 토해내는 방법도 잊어버렸던 목이 포효한다.

굶주린 외침이 손을, 발을, 온몸을 한계 너머로 몰아붙였다.

더욱 빠르게, 더욱 날카롭게. 그야말로 한순간보다도 짧은 시간에 날아든 참격이, 압도당한 우다이오스의 몸을 갈라나갔다.

그리고 혼신의 일격이 흑대검의 끝을 파괴했다.

『끄으으으으으으으으으으억?!』

우다이오스는 분명히 두려워했다.

눈앞의 소녀를, 바람을 두른 고고한 전사를.

스파르토이를 한순간에 섬멸하고, 창날 같은 말뚝을 베어내고, 자신을 향해 수없이 달려드는 그 모습을.

피를 흘리고 뼈에는 금이 가 몸은 풍전등화에 가까울 텐데도 시간을 거꾸로 되돌린 것처럼 더욱 위협적으로 변해가는【검희】의 참격을 두려워했다.

괴물을 웃도는 그녀의 강대한 의지를 드러내듯, 기세가 수그러들지 않는 검의 은색 광채가 번뜩였다.

『──── 워어어억!!』

칠흑의 거구가 공포를 떨쳐내듯 포효와 함께 떨었다.

갈망이 힘으로 바뀐 아이즈의 속도는 이제 그야말로 신속이었다. 우다이오스가 대참격을 날리고자 '마력'을 축적하면 아이즈는 즉시 핵관절을 파괴하기 위한 질풍이 되었으므로, 반격하려면 충전을 중단할 수밖에 없었다. 이 극한상태에 이르러서는 순간적인 판단도 더욱 날카로워져, 창날 말뚝이 됐든 장벽이 됐든 모든 수를 읽어 흘려내고 돌파해 우다이오스의 공수를 항상 한 수 앞섰다. 스파르토이 따위 이제는 모태에서 생산되는 속도보다도 파괴되는 속도가 더 빨랐다.

무엇보다도, 참격이 무거웠다.

우다이오스의 늑골에 균열을 가하고 몸속의 핵을 위협하고, 가장 단단한 흑대검마저도 부수었다.

바람의 힘이 끊이질 않는다.

『우우우우우우우우우우우우우우우우우우우우우!!』

"웃?!"

우다이오스는 도박에 나섰다.

룸 전역의 땅속에 전개했던 뼈 형태의 몸을 자신의 전방에만 집중시켜, 특대형 말뚝을 무더기로 사출했다.

1만이 넘는 창이 모인, 점이 아닌 면의 규모를 가진 범위 공격에 아이즈는 돌격을 중지하고 크게 거리를 벌렸다.

그리고 우다이오스는 '마력'을 충전하면서 아이즈의 주위를 에워싸듯, 남은 마지막 말뚝을 쏘아 올렸다.

"!"

높이 10M, 빈틈없이 몇 겹이나 되는 말뚝이 겹쳐진 조그만 반원형 벽.

전방만이 열린 그 감옥은 아이즈의 퇴로를 차단하는 **막다른 길**이었다.

다가오게 하지 않겠노라고 거리를 벌리면서, 또한 공격이 가능한 위치로 유도하고 포위한다. 일시적으로 사출할 수 있는 말뚝을 모두 다 쓴 우다이오스는 흑대검을 든 왼손을 뒤로 끌어당겼다. 한 점의 파괴력과 속도를 중시한 찌르기의 자세였다.

반원형 막다른 길에 갇힌 지금의 아이즈에게는 전방 말고는 도망칠 곳이 없었다. 그리고 탈출하기 전에 흑대검의 찌르기가 날아들었다.

어깨와 팔꿈치, 그리고 손목. 왼팔 속에서 빛나는 보라색 세 개의 핵을 보며——아이즈는 눈에 힘을 주었다.

무릎을 한껏 구부리고, 공중제비.

후방으로 높이 날아오른 도약을 거쳐 반원형 벽 위쪽 제일 깊은 곳에, **착벽**.

경악에 흔들리는 눈구멍의 불꽃과 시선을 마주하고, 출력을 최대로 올려 비명을 지르는 몸에 엄청난 양의 기류를 부여한다.

우다이오스의 포효, 그리고 '마력'의 폭발과 함께 날아드는 흑대검을 향해.

아이즈는 일점돌파의 태풍을 뿜어냈다.

"릴 라파가!!"

칠흑의 칼끝과 바람의 나선화살이 충돌했다.

정면에서 맞부딪친 필살과 필살. 우다이오스의 핵 세 개가 유성처럼 막대한 광채를 뿜어내고, 아이즈의 기류가 폭풍을 아득히 초월하는 엄청난 규모로 날뛰었다.

보라색 광휘와 바람의 충격파가 발생하는 가운데 두 개

의 힘은 서로 맞버텼다.

'바람이여, 바람이여, 바람이여!!'

아이즈의 외침에 호응하듯 바람의 출력이 늘어났다.

서서히 밀려나는 흑대검을 보며 우다이오스의 눈구멍에서 불꽃이 흔들렸다. 더 큰 포효와 함께 '마력'을 쏟아 붓자 핵의 빛이 늘어나 다시 맞버티는 상태로 되돌아가 이번에는 아이즈의 얼굴이 일그러졌다.

바람의 힘을 웃돌 때마다 산산이 부서질 것 같은 자신의 몸. 시시각각 파멸로 다가가는 붕괴의 발소리에 위기를 품은——다음 순간.

"【모여라, 대지의 숨결——나의 이름은 알브】!"

영롱한 영창이 아이즈에게 들렸다.

"【베르 블레스】!"

"!!"

기류와 함께 몸을 감싸는 따뜻한 비취색 빛의 막.

시선을 옆으로 돌리자 그곳에는 우다이오스와 아이즈의 한가운데 지점에서 지팡이를 내민 리베리아의 모습이 있었다.

베르 블레스. 녹광(綠光)의 가호라는 이름 그대로, 리베리아의 보조 방어마법이다.

물리속성과 마력속성 양쪽의 공격에 대한 저항력을 올려주어 대상을 지켜주는 빛의 외투. 부여마법과도 비슷한 효과는 일정 시간 지속되며, 또한 미미하나마 상처도 치유

해준다.

리베리아의 지원 덕에 아이즈의 몸에 조그만 활력이 돌아왔다. 크게 벌어진 금색 눈동자에 비취색 눈동자가 분연한 눈빛으로 호소했다.

——이 정도는 허용해라.

그녀와 잠시 눈을 마주하던 아이즈는 이내 전방을 돌아보고, 다시 눈꼬리에 힘을 주었다.

바람 위로 펼쳐진 빛의 외투 덕에 적의 공격위력이 감소되었다.

이거라면——.

아이즈는 온 힘을 쏟아 부어 에어리얼의 힘을 격발시켰다.

"————————하아!!"

그 순간, 흑대검의 칼끝을 파괴하며 아이즈의 화살이 기세를 압도했다.

흑대검을 헤집듯 검신의 절반까지 약진해, 그곳에서 단숨에 공중으로 날아간다.

바람의 섬광은 일직선으로 우다이오스에게 꽂혀 왼쪽 어깨를 핵관절과 함께 터뜨려버렸다.

『——————————————————

——————————?!』

우다이오스의 왼팔이 요란하게 떨어져나갔다.

후방에서 절규가 터지는 가운데 적의 어깨를 박살낸 아이즈의 몸에서는 마치 힘이 다한 것처럼 기류가 사라지고 마법이 해제되었다.

그대로 하강해, 그녀는 낙법도 제대로 취하지 못하고 지면에 추락했다.

"앗……?!"

소리를 내며 쓰러지는 아이즈의 몸.

한순간 아직도 붉은 시야가 차단되려 했지만 이내 눈을 억지로 떴다.

지면을 통해, 괴로워하며 발버둥을 치는 몬스터의 진동이 전해졌다. 만신창이가 되었을 아이즈는 빛의 외투에 싸인 몸으로 천천히 일어났다.

'……괜찮아.'

아직, 리베리아의 마법이 살아있다.

그러니까.

다시 한 번만, 힘을 쥐어짜내자.

앞으로 조금만 더 사력을 다하자.

저 적을 쓰러뜨리고, 그 적을 넘어서.

강해지자.

지금의 약한 자신과 결별하기 위해.

"……【눈을 뜨라, 폭풍】."

가녀린 목소리로, 그러나 또렷하게 아이즈는 그 말을 자아냈다.

바람의 갑옷을 두르고 등 뒤를 돌아본다.

두 팔을 잃어 절규를 질러대고 있는 칠흑의 대해골을 향해 칼자루를 고쳐 쥐며.

아이즈는 한 걸음을 내디뎠다.

그 후의 전투는 한 시간에 걸쳐 이어졌다.

스파르토이를 맡은 리베리아가 지켜보는 가운데, 소녀와 미궁의 왕은 서로에게 상처를 입히면서 일진일퇴의 공방을 펼치고 사투를 이어나갔다.

그리하여.

소녀가 뿜어낸 참격이 은색 빛을 그리며 몬스터에게 치명상을 주었다.

『워어어어어어어어어어어어어어어————………….』

파손된 아래턱, 부서진 수많은 늑골, 떨어져나간 머리의 뿔.

온몸 곳곳에 균열을 일으킨 우다이오스는 가리는 것이 사라진 입 안에서 갈라진 절규를 울리며 천천히 지면에 쓰러졌다.

마침내 절단된 요추부터 칠흑의 거구가 벌렁 드러눕듯 기울어지고, 뭉게뭉게 연기를 일으키며 무너졌다.

"……."

피가 말라붙은 얼굴의 표정을 조용히 가라앉히며, 아이즈는 우다이오스에게 다가갔다.

땅속에 이어진 골반에서 떨어져나간 몬스터는 더 이상 말뚝을 쏘지 못한다. 격전을 이야기해주듯, 혹은 흩어진 백골의 전사들에게 바친 것처럼 수많은 칠흑의 묘비가 지면에서 돋아나 있다. 아이즈는 무수한 까만 기둥 사이를 지나 몬스터의 가슴으로 뛰어올랐다.

두 팔을 잃은 우다이오스의 눈동자는 여전히 타오르고 있었다. 까만 눈구멍 안에서 붉은 불꽃이 조그맣게 일렁거렸으며, 자신의 가슴 위에 있는 아이즈를 힘없이 바라보았다. 아이즈가 올라탄 견고한 흉골은 이미 금이 가, 그 안에 존재하는 거대한 '마석'은 눈부신 빛을 잃었다. 지금은 꺼져 들어가는 흐릿한 빛만을 띠었다.

아이즈는 말없이 《데스퍼러트》를 두 손에 들고 칼날 끝으로 하늘을 향했다.

바람의 소용돌이를 일으키는 은색 검. 높은 상단으로 든 그 일격을, 조용히 발밑으로 내리질렀다.

『―――――――――.』

금이 간 흉골이 갈라지고, 바람의 참격이 '마석'에 도달했다.

표면이 부서진 보라색 거대 결정에 균열이 일어나고, 찢어지는 소리를 내며 터져나갔다.

다음 순간, 우다이오스의 온몸이 허물어졌다. 칠흑의 뼈가 재로 바뀌고, 쏴아아 파도처럼 지면에 퍼져나간다.

주위의 칠흑색 묘비 또한 소리를 내며 형체도 없이 무너져내렸다.

"……."

모든 것이 끝난 전장에서 아이즈는 오른손의 검을 힘없이 늘어뜨렸다.

룸의 어스름에 휩싸인 가운데, 덧없는 머리카락의 금색 빛과 흐림 없는 검의 은색 빛이 반짝였다.

수많은 재, 괴물의 시체 위에 선 그녀는 천천히 고개를 들었다.

이마에서 피가 흘러내린 얼굴을, 그리고 가슴받이를 피투성이로 물들인 채.

말도 없이, 영혼이 빠져나간 것처럼 어둠에 잠긴 천장을 우러러보고만 있었다.

"……."

"……리베리아."

검을 칼집에 거두고 지면에 내려선 아이즈에게 리베리아가 다가왔다.

아이즈가 야단맞은 어린아이처럼 시선을 살짝 옆으로 돌린 가운데, 발을 멈춘 리베리아는 아무 말도 하지 않고 손을 상처 입은 이마에 가져갔다.

"가만히 있어."

무언가 말하려던 아이즈의 입을 리베리아의 입술이 자아내는 영창문이 막아버렸다.

발동하는 회복마법. 이마에 가져다댄 손을 중심으로 따

뜻한 녹색 광채가 태어나 아이즈의 상처를 치유해나갔다. 이마에 닿은 손가락과 그 빛에 아이즈는 눈을 한 번 감았다.

이윽고 상처의 치유를 마치고 리베리아는 1급품 방어구이기도 한 자신의 성포(聖布)를 찢어 꾸욱 누르듯 아이즈의 피얼룩을 닦아냈다.

다소, 아니, 상당히 세게 닦아내는 바람에 아이즈는 한쪽 눈을 찡그리고 볼을 꾹꾹 눌려가면서도 시키는 대로 가만히 있었다.

"……."

"……."

이마를 대충 닦아내자 리베리아는 손을 치우고 시선을 마주했다.

자신보다 키가 큰 엘프의 눈동자를 아이즈는 잠자코 올려다보았다.

"무슨 일이 있었지?"

질타하는 것도 나무라는 것도 아닌, 그저 묻기만 하는 그녀에게 눈을 크게 떴다.

무언가를 호소하는 듯한 그 투명한 눈빛에 아이즈는 가슴이 메어지는 것 같아 고개를 숙이고 조용히 말을 시작했다.

아무리 사정을 물어봐도 대답하지 않았던 리빌라 마을에서 있었던 사건.

그 붉은 머리 테이머와 있었던 일을 모두.

"그 사람, 나를…… '아리아'라고."

그렇게 말한 순간 리베리아는 눈을 크게 떴다.

목소리를 잃고, 동요를 감추듯 입가를 오른손으로 누른 채 조용히 생각하는 기색을 보였다.

시간이 흘러, 이윽고 손을 뗀 리베리아는 겨우 아이즈가 변모한 이유를 헤아린 것처럼 살짝 탄식했다.

그리고 소녀를 바라본다.

"아이즈, 나는 미덥지 못한가?"

"!"

고개를 들고 말을 잇지 못하는 아이즈에게 다시 한 걸음 다가간 리베리아는 금색 머리카락을 쓰다듬었다.

눈앞에서 바라보는 어머니 같은 눈동자와 몸짓, 그리고 온기. 아이즈는 견딜 수가 없어 눈을 다시 내리깔았다.

"나는…… 아니, 티오나나 티오네, 레피야도 너를 가족처럼 생각한다."

그 온기는 아이즈의 몸속으로 스며들었다.

굳게 묶였던 사슬이 풀리고, 가슴을 감싼다. 마음속 깊은 곳에서 타오르던 까만 불꽃이 조용히 꺼져간다.

머리카락을 쓸어주는 부드러운 손가락이 아이즈의 가슴을 두드렸다.

"너는 이제 혼자가 아니야. 잊지 마라."

"……응."

리베리아의, 사랑이라 할 수 있는 감정을 접해, 아이즈는 흔들리는 눈을 감추고 고개를 끄덕였다.

뺨을 살짝 물들이고, 이윽고 조심스레 그녀의 얼굴을 올려다본다.

"리베리아……."

"뭐지?"

"……미안해."

"……훗."

리베리아의 입술이 웃음을 지었다.

철썩. 가볍게 얻어맞은 아이즈는 머리를 두 손으로 감싸며 어리둥절한 표정을 지었다.

몇 번이나 맞았던 꿀밤을 제외하면 그녀가 결코 보이지 않았던 그런 행동이었기 때문이다.

눈을 동그랗게 뜬 아이즈에게 리베리아는 다시 한 번 웃음을 지었다.

"마석의 양도 어지간하지만 드롭 아이템까지 잔뜩 생겨 버렸군. 아이즈, 거들어라."

"……알았어."

우다이오스의 재에 묻혀 있던 마석에 다가가는 리베리아의 뒤를 아이즈가 따라갔다.

둘이서 한참 고생해 전리품을 수습하고 해체해, 레피야 일행이 남겨두고 간 백팩에 채워넣었다.

리베리아가 짐을 짊어지고 둘이서 룸을 나갔다.

비취색 장발과 금색 장발을 찰랑거리는 그녀들은.
모녀처럼 나란히 서서 귀갓길에 올랐다.

에필로그

재회는 별안간

우다이오스를 격파하고 제37계층을 떠난 아이즈와 리베리아는 사흘에 걸쳐 던전 '상층'에 도달했다.

최단 루트를 선택해, 지친 아이즈를 보호하며 리베리아가 전투를 원활히 수행해나갔으므로 '심층'에서 '하층', '중층'까지는 탈출이 비교적 신속했다. 또한 제18계층의 리빌라 마을에서 푹 쉬기도 해 피로의 영향은 적었다.

아이즈와 리베리아는 현재 제6계층을 나아가는 중이었다.

"아이즈, 정말로 그 드롭 아이템은 맡겨버려도 괜찮았던 거냐?"

리베리아의 물음에 아이즈가 대답했다.

"응……. 난, 대검은 잘 못 쓰니까."

리빌라 마을에 두고 온 '우다이오스의 흑검'에 대한 이야기였다.

몬스터를 격파한 후 마석과 함께 남은 드롭 아이템 중에는 아이즈를 한껏 고생시켰던 그 거대한 흑대검도 있었다. 재가 되어 사라지지 않아 전리품으로 수습했던 것이다. 격렬한 전투에서 끄트머리를 비롯한 여러 부분이 파손되어 마침 적당히 모험자가 다룰 수 있을 만한 크기가 되었지만.

이 전리품을 들고 아이즈 일행이 리빌라 마을에 들어가자 마을은 약간의 소동에 휩싸였다. 우다이오스의 미확인 드롭 아이템——입수 조건은 일대일로 몰아붙이는 것——소식에 크게 들끓었던 것이다.

과거 스미스를 꿈꾸었던 보르스 같은 사람은 하이 스미스의 일급품 장비에도 뒤지지 않을 만큼 잘 단련된 괴물의 드롭 아이템을 보고 감격의 눈물을 흘렸을 정도였다.

무기광인 그는 반드시 멋진 무기로 만들어보겠노라고 애원해, 아이즈는 다음 탐색에 대비해 보관하는 형식으로 그에게 맡겼던 것이다.

"게다가 또 그 테이머에게 습격을 당할지도 모르니까……. 강한 무기가 있으면, 든든하다고 해서."

"나 원, 말은 하기 나름이군……."

다 인연이 있어 자신에게 오게 된 게 아니냐던 보르스의 말을 떠올리며 리베리아는 한숨과 함께 중얼거렸다. 지금쯤 흑대검을 문지르며 헤실헤실 웃고 있을 그의 얼굴이 눈에 선했다.

이윽고 제5계층에 도달해 한동안 나아가고 있으려니.

"……?"

"왜 그러지, 아이즈."

아이즈는 룸 중앙에 오도카니 쓰러진 한 모험자의 모습을 발견했다.

"사람이 쓰러져 있어."

"몬스터에게 당했나."

눈살을 찡그리는 리베리아와 함께 아이즈는 모험자에게 다가갔다. 벽면이 연녹색으로 물든 넓은 '룸' 중앙에서 그 인물은 엎드린 채 쓰러져 있었다.

다가가면서 아이즈의 눈동자가 놀라움으로 물들어갔다.

하급 모험자를 연상케 하는 경장에, 아직 성숙하지 않은 가녀린 몸. 그리고 첫눈처럼 새하얀 머리카락.

쓰러진 모험자는 바로 아이즈가 재회를 고대하던 흰토끼 소년이었던 것이다.

"외상은 없는걸. 치료나 해독도 필요하지 않겠어……. 전형적인 마인드다운이야."

무릎을 꿇고 앉아 소년의 몸을 진찰한 리베리아는 어이가 없다는 듯 결론을 내렸다.

그녀의 바로 뒤에서 멍하니, 혹은 빤히 그 백발을 바라보던 아이즈는 자신도 모르게 불쑥 중얼거렸다.

"이 아이는……."

"왜? 아는 사람이야, 아이즈?"

"아니. 직접 이야기한 적은 없지만……. 그 왜, 전에 이야기했던 미노타우로스……."

"……아하. 그 바보가 그렇게 씹어대던 그 소년이군."

리베리아에게는 전에 술집에서 있었던 사건의 진상을 털어놓은 적이 있다. 그녀는 베이트의 행위에 새삼 탄식하는 한편, 이해했다는 듯 소년에게 시선을 되돌렸다.

그리고 아이즈는 전부터 사과하고 싶다는 생각이 있었던 데다, 지금 소년의 모습을 보고 가슴속에 떠오른 생각을 있는 그대로 말로 담았다.

"리베리아. 나, 이 아이에게 보상을 하고 싶어."

"……좀 다른 표현도 있을 텐데."

예전에 진상을 밝혔을 때, 리베리아는 아이즈에게 '너는 어떻게 하고 싶으냐'고 물었다. 그래서 나름 확실하게 대답했다고 생각했지만, 리베리아는 너무 딱딱하다며 탄식했다. 왜 그럴까. 아이즈는 눈을 깜빡이며 어리둥절했다.

"아무튼, 지금 이 상황에서 구해주는 건 당연한 예의라 치고……."

끄덕끄덕 고개를 움직인 아이즈가 리베리아와 함께 소년을 내려다보고 있으려니.

엘프 미인은 무언가를 생각하다가, 흘끔 곁눈질로 이쪽을 쳐다보았다.

"……아이즈, 지금부터 내가 시키는 걸 이 소년에게 해줘. 보상이라면 아마 그 정도로 충분할걸."

"뭔데?"

아이즈가 묻자 그녀는 가볍게 말했다.

"깨어날 때까지 무릎을 대서 재워주는 거다."

다시 아이즈가 눈을 깜빡였다.

"……그거면 돼?"

"확증이야 없다만. 그래도 이곳에서 지켜주기까지 하는데, 그 이상 해줄 의무는 없을 거 아냐. ……게다가 너라면 기뻐하지 않을 남자는 없을걸."

'아이즈의 무릎이라면'이라는 리베리아의 말에 당혹감을 느낀 아이즈는 솔직한 심정을 토로했다.

"잘, 모르겠어……."

"몰라도 돼."

쓴웃음을 짓듯 눈썹을 늘어뜨리는 그녀가 올려다보는 가운데, 아이즈는 그런 정도로 정말 괜찮을지 생각에 잠겼다. 하지만 리베리아의 말은 거의 틀린 적이 없었다.

"우웅……."

감정이 희미한 표정의 이면에서 가볍게 생각에 잠겨 있으려니, 리베리아가 천천히 일어났다.

"나는 가겠어. 남아 있어봤자 방해만 될 테니. 마무리를 짓고 싶다면 둘이 해."

"응. 고마워, 리베리아."

"그래."

인사를 하고 리베리아는 그 자리를 떠났다.

이곳은 이미 '상층'이다. 뭐가 잘못되더라도 아이즈에게 위험한 일이 생기지는 않는다는 사실을 잘 아는 그녀는 걱정하지 않고, 오히려 분위기를 파악해 몸을 빼주었다.

그 뒷모습을 바라보던 아이즈는, 쓰러져 있는 소년의 뒷머리를 다시 바라보며 무릎을 꿇고.

조심스레 살며시 그 자리에 앉았다.

✳

'자, 과연 어떻게 될지…….'

지팡이와 짐을 들고 던전 안을 나아가던 리베리아는 소년의 곁에 두고 온 아이즈의 얼굴을 떠올렸다.

길을 가로막는 개구리 몬스터 '프로그 슈터'를 순식간에 물리쳤다.

'좋은 방향으로 굴러가준다면 고맙겠는데…….'

리베리아는 아이즈의 정신상태를 신경 쓰고 있었다.

붉은 머리 테이머와 접촉한 후라고는 하지만 소녀의 마음과 몸은 균형이 어긋난 상태였다. 단독으로 계층 터주를 격파하려고 자신을 몰아붙였댔을 정도니.

마음의 응어리는 떼어주었다고 생각하지만, 평소에 비하면 역시 아직 약간은 불안정한 면이 있을 것이다.

아이즈의 마음 동향을 헤아리고 있던 리베리아는 소년과 접하면서 그녀가 품고 있던 생각에서 한순간이라도 눈을 돌릴 수 있으면 좋겠다고 생각했다.

"게다가……."

그 소년과 만나, 아이즈의 내면에 적잖은 변화가 일어났음을 리베리아는 어렴풋이 눈치채고 있었다.

정말로 그녀의 맹목적인 성향이 개선될지도 모른다고, 조금 기대도 했다.

"……뭐, 나쁜 방향으로 가진 않을 테지."

설마 도망치기야 하겠느냐고 그녀는 낙관적으로 중얼거렸다.

"……."

가느다란 허벅지에 얹힌 무게는 어딘가 신선했다.

소년에게 무릎베개를 해준 아이즈는 눈을 감고 있는 얼굴을 조용히 내려다보았다.

'……좀, 창피, 한가?'

막상 소년의 머리를 얹고 보니 풋풋하게도 약간 부끄러움이 느껴졌다.

자신과 그의 자세에 뺨을 살짝 물들이며 아이즈는 가볍게 몸을 움직여보았다. 잠에 빠진 흰토끼 소년에게는 진동이 전해지지 않도록 살짝, 부드럽게.

"……."

던전 한복판에서 당당하게 무릎베개를 선보이고 있는 아이즈와 소년에게 몬스터들이 몇 번이나 달려들었지만, 충격을 털끝만큼도 발생시키지 않는 손목 놀림만으로 참격을 퍼부었다.

소년의 경호도 계속하면서 아이즈는 그의 몸을 아래에서 위까지 훑어보았다.

"……노력, 많이 하는구나."

전에 보았던 경장과는 방어구가 바뀐 것 같았다.

하지만 여기에도 이미 긁힌 자국이며 떨어져나간 흔적 등, 사용의 흔적이 곳곳에서 보였다. 아마도 매일 던전에 내려와 몬스터와 싸우는 것이리라. 발톱이며 송곳니에 걸린 모든 흔적을 눈으로 헤아리며 아이즈는 그렇게 추측했다.

흐뭇할 정도로 노력하는 모습에, 순수한 소년의 마음을 접해 마음이 투명해져갔다.

하얗다. 정말로 하얗다.

자신과는 다른, 그런 새하얗고 한결같은 모습에 마음이 씻겨나가는 것 같았다. 마음속 깊은 곳에서 피어나던 까만 불꽃의 잔재가 이때 완전히 모습을 감추었다.

스스로는 알아차리지도 못한 사이에 아이즈의 입가가 웃음을 머금었다.

순백의 토끼에게 치유되어간다.

조금 쓰다듬어주고 싶어져서, 그 토끼 같은 머리카락이며 뺨을 살짝 손가락으로 매만져보았다.

"……엄마?"

부드럽게 쓰다듬고 있으려니 소년의 입술이 움직였다.

비몽사몽간에 흘러나온 목소리에 아이즈의 어깨가 흔들렸다.

'……너도, 없니?'

마음속의 목소리에 돌아오는 대답은 없었다.

금색 눈동자가 조용히 아래를 향했다.

'비슷, 하구나…….'

품어서는 안 될 친근감과 약간의 쓸쓸함을 느끼며.

아이즈는 살며시 하얀 백발을 넘겨가며 사과했다.

"미안해. 나는 네 엄마가 아니야……."

그 직후, 졸음이 가득하던 루벨라이트색 눈동자가 크게 뜨였다.

시간을 들여 각성의 빛이 깃들어가고, 내려다보는 아이즈의 금색 눈동자를 똑바로 바라보았다.

시선이 얽혀, 아연실색 시간이 멈춰버린 소년의 얼굴을 아이즈는 다시 한 번 살짝 쓰다듬었다.

머리카락을 빗기고 눈꺼풀을 매만지자 그는 이윽고 느릿느릿 몸을 일으켰다.

허벅지 위에서 멀어져가는 온기가 조금 아쉬운 기분도 들었지만 단념했다.

그는 주저앉은 채 아이즈를 돌아보았다.

"……환각?"

"……환각 아니야."

얼빠진 표정을 한 채 손가락으로 자신을 가리키는 소년에게 자신도 모르게 뾰로통해지고 말았다. 눈썹을 살짝 세우고, 평소에는 보이지 않는 그런 표정을 지었다.

환각이라니, 좀 실례 아닌가?

이 짧은 시간 동안 많은 것을 받았던 아이즈는 입술을 내밀며 소년의 얼굴을 가만히 바라보았다.

'……어, 어라?'

루벨라이트색 눈동자와 금색 눈동자를 교차시킨 채 꼼짝도 하지 않는 그에게 아이즈는 당황하기 시작했다.

내가 뭔가 실수한 걸까. 표정에는 별로 드러내지 않았지만 마음속에서는 어린 아이즈가 머리를 끌어안은 채 폴짝폴짝 뛰어다니며 당황했다. 말없이 돌처럼 굳어버린 흰토끼 소년의 머리카락이 긴 귀처럼 한번 흔들렸다.

──맞아, 사과해야 하는데.

아이즈가 그 생각을 떠올리고 입을 열려 했을 때.

소년은 목 위쪽이 점점 새빨갛게 달아올랐고. 그 사실을 알아차렸을 때는 눈 깜짝할 사이에 지나치게 익은 사과가 완성되고 있었다.

소년의 예쁜 루벨라이트색 눈동자 속이 마치 실지렁이처럼 흐물흐물해지기 시작했다.

이건 무슨 일이 일어나는 것 아닌가 해서 아이즈가 황급히 물어보려 했을 때──소년은 힘차게 일어났다.

그리고.

"──뜨아아?!"

온 힘을 다해 아이즈에게서 도망쳤다.

"…………."

폴짝폴짝 도망치는 토끼 뺨치는 속도로 소년은 룸에서

자취를 감추었다.

　무릎을 빌려주었던 때와 같은 자세로 굳어버린 아이즈는 전혀 움직이지 못했다.

　꼐엑꼐엑, 어디선가 몬스터의 웃는 소리가 들려온 것도 같았다.

　"……왜, 늘 도망치는 거야."

　아이즈는 조금 눈물이 날 것 같았다.

레피야 비리디스

소속	로키 파밀리아
종족	엘프
직업	모험자
도달계층	51계층
무기	지팡이
소지금	910,000발리스

Status Lv.3

힘	I79	내구	H107
기교	H184	민첩	G226
마력	C688	수렵자	H
내성	I		

마법	아르크스 레이	·단발마법. ·조준 대상을 자동추적.
	퓨절레이드 팔라리카	·광역공격마법. ·불꽃 속성.
	엘프 링	·소환마법. ·엘프의 마법에 한해 발동 가능. ·행사 조건은 영창문 및 대상 마법 효과의 완전파악. ·소환마법, 대상 마법만큼의 마인드를 소비.

스킬	페어리 카논	·마법효과 증폭. ·공격마법에만 강화보정 배가.

장비	숲의 티어드롭	·마도사 전용 지팡이. 마법의 위력을 높여준다. ·타격무기로서는 성능이 낮다. ·장비자의 마력에 반응해 지팡이 끄트머리 중심에 박힌 마보석이 청백색으로 빛난다. ·37,800,000발리스.
	실버 바레타	·은제 머리장식. 경량. ·방어력은 거의 없다. ·보호의 힘이 깃든 모험자용 액세서리. 마비 내성 효과.

LEFIYA VIRIDIS

후기

    스핀오프 시리즈 제2권입니다——만, 이미 캐릭터의 숫자가 엄청나게 늘어나 골머리를 썩으면서 외전 작품의 어려움이란 것을 절절히 통감하고 있습니다.

    앞을 다투어 등장할 차례를 쟁탈하는 그런 그들 그녀들입니다만, 본편 쪽에서도 나오니 따뜻하게 지켜봐주시면 고맙겠습니다.

    이야기가 바뀌지만, 이 책의 내용을 회의할 때 어째서인지 담당편집자님과 좀비가 드글드글 나오는 모 호러 액션 어드벤처 게임 2의 이야기로 불타올랐습니다. 저는 게임을 잘 못해 친구의 플레이를 곁에서 바라보기만 하는데, 대신 공략본을 정독해 공연히 스토리에 박식해졌던 기억이 있습니다.

    그 모 게임에는 '남자주인공편: 표면', '여자주인공편: 이면' 같은, 흔히 말하는 재핑 시스템(zapping system)이 탑재되어 있는데요, 남자주인공편에서 쓰이지 않았던 무기나 아이템을 여자주인공편에서 사용할 수 있기도 하고, 그 반대도…… 뭐 그런 게 가능하다고 합니다.

    본 작품도 남자주인공이 본편에 여자주인공이 외전이고, 심지어 이야기의 무대를 공유하고 있기도 해서 장난기에 불이 붙고 말았습니다. "헤로인이 쓰지 않았던 무기를 히어로가 장비하게 하자!"고 둘이서 예이예이 외치며 회의를 했던 것도 같습니다. 본편 5권과 이번 외전 2권의 2개월 연속 간행이 결정된 후의 이야기죠.

본편 5권을 읽으신 후에 외전 2권, 혹은 외전 2권 후에 본편 5권을 읽으시면 씨익 웃음을 지으실지도 모르겠네요.

독자 여러분이 외전도 읽어주신다는 전제로 본편을 진행하지 않도록 주의를 기울이면서, 앞으로도 이따금 그런 장면을 더 은근슬쩍 이야기 속에 끼워 넣을 수 있으면 좋겠습니다.

그러면 감사의 말씀을 드리며.

편집부 코타키 님, 타카하시 님, 본편에서도 원고를 감독해주셔서 많은 신세를 졌습니다. 평소에 들려주시는 많은 어드바이스와 감상은 작품이 이렇게 한 권의 책으로 간행될 때마다 뼈와 살이 되고 있음을 매일 실감합니다. 일러스트를 맡아주신 하이무라 키요타카 선생님, 예쁜 일러스트로 필자의 노력 이상으로 작품을 매력 철철 넘치는 것으로 바꿔주셔서 정말 고맙습니다. 그밖에도 작품을 지탱해주시는 수많은 관계자 여러분과 독자 여러분께도 깊은 감사드립니다.

앞으로도 부디 잘 부탁드립니다.

이만 실례합니다.

오모리 후지노

역자후기

1권에서는 장절하게 역자후기를 빼먹었던
안녕하세요, 역자입니다.

스포일러가 우다이오스의 말뚝마냥 다종다양한 형태로
바닥을 뚫고 불쑥불쑥 솟아나오는 후기이므로, 아직까지
본문을 읽지 않으신 분은 보스방에서 이탈해 1페이지로 돌
아가 주시기 바랍니다. 어쩌면 본편의 스포일러도 있을지
모르니 조심하세요.

보통 역자후기는 본문 번역을 마친 다음 작성하는데요
(당연한가), 밤늦게까지 마감을 치고 나면 체력이나 정신력
이나 바닥을 치는 바람에 일단 본문만 전송하고 역자후기
는 나중에 작성해 보내는 경우가 많습니다. ……음, 어디
까지나 개인적으로는요. 모든 번역자가 그렇다는 게 아닙
니다.

아무튼 외전 1권 때도 "역자후기는 나중에 드릴게요!"
신공을 시전했습니다만, 넵, 좀 많이 바빴습니다. 평소에
는 절대 빼먹지 않는 역자후기도 잊어버릴 정도로. 저 후
기 쓰는 거 굉장히 좋아하는데…… 크흑.

그래서 이번 2권 후기는 1권에서 하고 싶었던 말까지 들

어간, 평소보다도 한 3할 정도 장황하고 정신없는 장광설이 될 것 같습니다.

그런고로 '던전에 만남을 추구하면 안 되는 걸까 외전 소드 오라토리아' 제2권 되겠습니다. 참고로 본편 제목까지 붙이면 제가 이제까지 번역한 작품 중에서 가장 긴 제목입니다. 대한민국에 출간된 라이트노벨을 통틀어도 이만큼 긴 제목은 별로 없을 거라고 생각합니다. 뿌듯(왜 뿌듯).

외전 1권을 처음 접하고 번역하면서 든 생각입니다만, 아이즈가 참 모에해졌어요. 아니, 캐릭터 자체가 바뀐 것은 아닙니다만 뭐랄까, 캐릭터의 깊이가 더해지면서 매력이 늘어났달까요. 저는 본편을 읽을 때는 아이즈가 비록 메인 헤로인이기는 하지만 비중이나 등장 빈도도 우리 오동통 귀여우신 주신님에 비해 약하고, 성격이나 이미지도 어딘가 벨과는 좀 안 어울리는 것 아닌가 생각했습니다. 그야말로 벨이 느낀 것처럼 '높은 산꼭대기의 꽃'처럼요.

하지만 외전을 통해 새로운 일면을 접하면서 그 생각이 많이 바뀌었습니다. 아니, 어쩌면 벨과 아이즈는 서로의 극단적인 부분을 잘 보완해주는 캐릭터인지도 모르겠다는 생각마저 들었습니다. 마음속에서 지지하던 헤로인 순위를 슬쩍 바꿨을 정도로요. 참고로 제가 벨과 맺어지기를 바라는 헤로인 순위는 첫째가 주신님 둘째도 주신님, 그 다음이 에이나, 아이즈, 릴리입니다. 미안해 시르.

다만 개인적으로는 베이트와 로키가 좀, 정이 안 간달까요. 본편에서 우리 벨하고 주신님을 괴롭힌 적이 있어서 말이죠(편애 번역자). 어쩌면 이번 2권에서 베이트와 로키의 활약이 따로 준비되어 있었던 이유는 작가님이 저와 비슷한 심정이었던 독자들을 의식해서가 아닐까…… 그런 생각도 해봤습니다.

한편으로는 캐릭터의 매력만이 아니라 세계관의 깊이도 더욱 깊어진 것 같습니다. 벨이 속한 헤스티아 파밀리아 같은 하위권 집단이 아니라, 오라리오 내에서도 1, 2위를 다투는 로키 파밀리아의 시점이다 보니 그동안 보지 못했던 대규모의 모험을 볼 수 있었던 것이 제일 신선했달까요. 똑같은 요소를 접하더라도 상위 파밀리아에서는 역시 스케일이 다르네요. 1권에서 보여준 원정 풍경은…… 헤스티아 파밀리아가 불쌍해 보일 정도였습니다. 분발하렴, 벨. 너도 던전 벽을 파괴해서 몬스터가 나오지 못하게 한 다음 쉴 수 있는 수준까지 가면 앞으로 모험이 좀 편해지겠지…….

또한 고레벨 모험자들이 되다 보니 접하는 사건도 그에 맞춰 스케일업 파워업한 느낌입니다. 한 편의 추리소설을 보는 느낌, 이라고까진 못하더라도 뭐랄까, 판타지에서만 볼 수 있는 미스테리 요소가 담겨 있었달까요. 예의 '극채색 마석'이 앞으로 또 어떤 사건을 일으킬지, 붉은 머리 테이머와 아이즈와의, 혹은 아이즈 어머니와의 관계는 무엇인지, 본편과는 어떤 접점을 보여줄지가 자못 기대되네요.

……1권에서 못 했던 이야기까지 늘어놓다 보니 정말 여느 때보다 3할 정도 늘어난 후기를 써버리고 말았습니다. 이러다간 후기로 책을 쓰게 될지도 모르니 슬슬 그만 접고 다음 권(아마 본편 6권이 될 것 같네요)을 기약해야겠습니다.

그러면 저는 다음 작품에서 뵙겠습니다.

2015년 1월
김완

던전에서 만남을 추구하면 안 되는 걸까 외전
소드 오라토리아 2

2015년 1월 15일 1판 1쇄 발행
2017년 5월 15일 1판 8쇄 발행

저   자 오모리 후지노
일 러 스 트 하이무라 키요타카
캐릭터 원안 야스다 스즈히토
옮 긴 이 김완
발 행 인 유재옥
편 집 장 조병권
담당편집자 정영길
편   집 권오범 김다솜 김민지 박찬솔 조찬희
라이츠담당 오유진
디 지 털 홍승범
발 행 처 ㈜소미미디어
등   록 제2015-000008호
주   소 서울시 마포구 토정로 222, 403호(신수동, 한국출판콘텐츠센터)
판   매 ㈜소미미디어
마 케 팅 박지혜
전   화 편집부 (070)4164-3962, 3963 기획실 (02)567-3388
              판매 및 마케팅 (02)567-3388, Fax (02)322-7665

ISBN 979-11-5710-095-8 04830
ISBN 979-11-5710-021-7 (세트)